西班牙语文学译丛

我把灵魂交给魔鬼

Mi alma se la dejo al diablo

〔哥伦比亚〕赫尔曼·卡斯特罗·凯塞多 著
邓伊迪 王冠宇 译 尹承东 译校

中央编译出版社
Central Compilation & Translation Press

图书在版编目(CIP)数据

我把灵魂交给魔鬼 /（哥伦）赫尔曼·卡斯特罗·凯塞多著；
邓伊迪，王冠宇译；尹承东译校. —北京：中央编译出版社，2017.10
ISBN 978-7-5117-3408-2

Ⅰ. ①我…
Ⅱ. ①赫… ②邓… ③王… ④尹…
Ⅲ. ①长篇小说-哥伦比亚-现代
Ⅳ. ①I775.45

中国版本图书馆 CIP 数据核字 (2017) 第 241237 号

"Mi alma se la dejo al diablo"
© Germán Castro Caycedo
Chinese edition copyright © 2017 Central Compilation & Translation Press.
All rights reserved.
本书中文版由作者授权中央编译出版社出版发行。

我把灵魂交给魔鬼

出 版 人：葛海彦
出版统筹：贾宇琰
责任编辑：谭　洁
责任印制：刘　慧
出版发行：中央编译出版社
地　　址：北京西城区车公庄大街乙 5 号鸿儒大厦 B 座 (100044)
电　　话：(010) 52612345（总编室）　(010) 52612368（编辑室）
　　　　　(010) 52612316（发行部）　(010) 52612346（馆配部）
传　　真：(010) 66515838
经　　销：全国新华书店
印　　刷：北京印刷一厂
开　　本：880 毫米 × 1230 毫米　1/32
字　　数：238 千字
印　　张：10.5
版　　次：2017 年 10 月第 1 版
印　　次：2017 年 10 月第 1 次印刷
定　　价：39.00 元
网　　址：www.cctphome.com　　　邮　箱：cctp@cctphome.com
新浪微博：@中央编译出版社　　　微　信：中央编译出版社（ID：cctphome）
淘宝店铺：中央编译出版社直销店 (http://shop108367160.taobao.com) (010) 55626985

本社常年法律顾问：北京市吴栾赵阎律师事务所律师　闫军　梁勤
凡有印装质量问题，本社负责调换，电话：(010) 55626985

谨将此书献给

费尔南多·戈麦斯·阿古德罗

Mori en este y fierro el Diablo viene todas las tarde para llevarme Dios esta conmigo pero mi alma va ser para el Diablo me mira y sale como marrano del rio

Oy vino como perro Cave sa negra y Cachos quiere mi alma Tengo Calentura No puedo Casi Caminar y a qui soto que mis y yi Tos me los Cuy da Fermin

No mate perros para comerme los Porque Dio Lastima mas vie me Toca morir Dian Bre Como Los Perros

mi alma se La deJo al Diablo

Final del Testamento de Benjamín Cubillos.

本哈明·库维略斯遗嘱末段

我死在了这座地狱里

每天下午魔鬼都要来把我带走

上帝跟我在一起

但是我的灵魂将属于魔鬼

它看着我

从河里像猪一样走出来

今天它像狗一样走来了

头是黑的还长着角

它要取走我的灵魂

我在发烧几乎不能走路

这儿就我孤单单一个人

希望费尔明照顾我年幼的孩子们

我不会把狗杀掉吃了它们

因为我不忍心

我宁可像狗一样饿死

我把灵魂交给魔鬼

译序

赫尔曼·卡斯特罗·凯塞多无疑是当代哥伦比亚最重要的作家之一,而且是独具一格的优秀作家。他于1940年生于锡帕基拉,长期从事新闻事业,曾在哥伦比亚第一大报《时代报》任记者10年,是著名的电视栏目《特使》的创始人,并亲自领导这个栏目20年,为哥伦比亚电视新闻的改革做出重大贡献。从1976年至1996年的20年间,他一直笔耕不辍,共出版了10部作品,即《痛苦的哥伦比亚》(1976)、《在亚马孙河迷路》(1978)、《我把灵魂交给魔鬼》(1982)、《卡利纳》(1985)、《洞穴》(1989)、《黄色的抹香鲸》(1989)、《飓风》(1991)、《巫婆》(1994)、《秘密行动》(1996)和《古鹤鸟》(1996)。他的这些作品写的全是书中真实人物或他本人的亲历亲闻,所以在拉美被称为见证文学,具有极高的可信性和历史价值。作者本人这样说:"作为哥伦比亚最紧张而动荡的数十年的见证人,我一直认为,我应该把国家部分的日常历史写出来,以便未来的青年人能更好地理解轮到他们接班的哥伦比亚。"

卡斯特罗·凯塞多的这些作品均在哥伦比亚和西班牙同时出版,并且陆续在委内瑞拉、厄瓜多尔、秘鲁等国出版,受到国内外读者的普遍欢迎，评论家也给予高度评价，因此，他曾11次获哥伦比亚新闻奖，8次获国际新闻奖。

《我把灵魂交给魔鬼》是他的代表作，20世纪80年代曾在哥伦比亚和整个拉美引起轰动。作品通过四位美国环球富翁游览团成员到哥伦比亚热带雨林考察、狩猎、旅游的故事，多角度、多层次、全方位地描写了亚马孙地区的神奇世界。

哥伦比亚的亚马孙大森林区是一片广袤的大地，面积相当于整个西班牙国土，位于世界上流量最大的亚马孙河以北，常年被炎热、潮湿、茂密的热带雨林所覆盖。那儿大树参天，树冠枝叶极度繁茂，连阳光都难以透进。大树下边长满盘根错节、纵横交叉、密不透风地挤压在一起的植物。这些植物的种类不计其数，动物亦然。严格说来，这儿的动植物（包括某些印第安人部落）尚未为人类真正地认识。

哥伦比亚亚马孙地区大河纵横，构成一个巨大的河流网，它们都流归狂野的奥里诺科河和亚马孙河。这些河流在漫长的雨季淹没广阔无垠的低洼地带，同时把热带雨林变成阴暗的沼泽地。《我把灵魂交给魔鬼》的故事就发生在名为亚利的大河畔。亚利河水量之丰富不亚于滔滔流过西班牙和葡萄牙的杜罗河，但它在亚马孙地区尚不具进入大河行列的资格。

这部描写哥伦比亚辽阔原野的报告文学式的作品是作者提着一台录音机亲自深入热带雨林，仔细寻访每一位知情人，力求素材的最大准确和真实，把一个个撼人心弦的故事重现出来的。当然，作者在写这些故事时，也没有忘记查阅主人公们的私人日记和官方文件，以及参照他们档案中和其他各种场合的照片。这些故事出神入化、扑朔迷离的情节超出了人们的想象。这是与我们的世界差之霄壤的另一个世界的生活。

　　这部作品的最大特点是通篇显示出一种原始性的真实，作者没有把亚马孙地区的人物和事件同我们的现代文明做任何的比较和联系，而是让读者自己与那些人物和事件进行沟通，产生感情的共鸣，从而作品也便对他们产生了莫大的诱惑力，使他们想到，世人应该克服近视，去认真了解一下那个有着丰厚底蕴的奇妙世界。

　　最后，我要说，《我把灵魂交给魔鬼》虽然讲述的是发生在哥伦比亚亚马孙热带雨林中的真人真事，但这部作品却不失浓重的文学风味，如上所述，拉丁美洲文学界称它为见证文学，我想它该是同我国的纪实文学相类似。而北京大学的拉美文学专家赵德明教授则认为它也可划入散文的范畴。这类作品介绍到我国尚属首次，那么，它到底算作怎样的一部作品，还是请读者先读读作品本身，进入亚马孙的热带雨林领略一番那儿光怪陆离的内部世界，稍作一点品味之后再作理论吧。

引言

《我把灵魂交给魔鬼》是哥伦比亚出版的第二部非虚构叙述文学作品。

这个书名我选的是本哈明·库维略斯遗嘱的最后一句话,当时他似乎已处于昏迷状态,被抛弃在哥伦比亚亚马孙地区的热带雨林中,几近死亡。

本书卷首的文字临摹复制了库维略斯遗嘱的最后两页。

其他的内容即是讲述发生在一片如同半个匈牙利大的辽阔大地上的真实故事。这片大地在全年的12个月里始终被潮湿、闷热、几乎难以涉足的热带雨林所覆盖,一直伸延到世界上流量最大的亚马孙河北部。

但是,它的居民却只有匈牙利的二十分之一。

亚马孙地区被紧密拥挤的参天大树所覆盖,阳光难以透射。在大树的下方,生长着纵横交织、坚实成团的植物,也活跃着大量的动物,这些动物和植物种类繁多得难以计数,实际上人类尚没有认识它们。

亚马孙地区巨大的河流遍布,在漫长的雨季河水暴涨,淹没大地，将热带雨林变成一片黑乎乎的泽国。这主要出现在这个故事的发生地亚利河流域，因为这条河跟多瑙河一样，水量极为丰富。但是，哥伦比亚那一地区的其他大河并不造成这种灾害。

这部纪实文学中的所有人物都是真实的，而且以真名实姓出现在本书内，只有五个人除外，因为目前他们还活在世上。

实地采访全是在故事发生的热带雨林中进行的，力求以最高的准确性再现每一个故事，这些故事的内容本身就避免了虚构成分，但是所能搜集到的也只能是一个完全异于我们的世界的部分生活场景。在这个世界里，试图找到与我们的习俗相似的情况是徒劳的。

哥伦比亚的亚马孙地区远离城市，动植物与世界的其他地域截然不同。那里有着不同的时间，它不是用钟表来计数，而是用日历。居住在那儿的人类有着同样的关注，而且是唯一的，比如语言，以及对生活和空间的概念。

在故事的写作中，我放弃了哪怕是些微地把他们的习俗与决定我们城市文明的习俗予以对比的企图，显然，如果我把这两种习俗对比，就等于浪费了忠实地传达那一地域生活方式的机遇。因为在我从业的早期我就得出结论：人民之间的真正差异是由文化屏障决定的，这种屏障让我们难以理解他们的习俗。

作品的结构是以主人公所写的三本私人日记为基础的，来源于官方文件。照片一部分是从人物档案中获取的，另一部分则是从地方报纸上复制的。

主要人物表

奥斯卡·里韦拉　哥伦比亚猎手　24岁
埃内斯特·斯里姆·鲍威尔　美国探险者　58岁
马丁·莫宁斯塔　美国商人
维森特·金德罗　哥伦比亚向导
伊内斯·巴伦西亚　厨娘　39岁
埃德加·加西亚　猎人助手　18岁
本哈明·库维略斯　哥伦比亚农民　26岁
胡迪特·库维略斯　本哈明·库维略斯的姐姐
豪尔赫·桑切斯　哥伦比亚人　49岁
埃佛拉因·桑切斯　豪尔赫·桑切斯的兄弟
劳尔·利马　豪尔赫·桑切斯雇佣的混血儿
埃尔默　预备役军人
托尼·N.　国际富翁环球游览团成员
斯坦利·吉耶斯内尔　国际富翁环球游览团成员
亚伯拉罕·威尔弗雷德·布埃（阿韦·布埃）　国际富翁环球游览团成员　34岁
威廉·C.沃尔什　国际富翁环球游览团成员
弗里茨·特鲁普　奥地利人类学家
沃尔夫冈·普塔克　奥地利人类学家
爱德华多　印第安人　20岁
卡耶塔诺·马索莱尼　神父
何塞·罗德里格斯　助手

目录
Contents

第一章	001
第二章	007
第三章	013
第四章	019
第五章	030
第六章	050
第七章	061
第八章	086
第九章	104
第十章	114
第十一章	131
第十二章	144
第十三章	154
第十四章	202
第十五章	223
第十六章	243

第十七章　252

第十八章　273

第十九章　282

第二十章　307

尾声　315

第一章

"我把《圣经》留给费尔明，我把这些日记留给费利克斯，我把工资留给我的妻子……我把灵魂交给魔鬼。"

这是本哈明·库维略斯遗嘱中的几行文字。本哈明·库维略斯是一个26岁的农民，他的遗骸是在亚利河边一座孤零零的简陋的小屋里被发现的，那是在哥伦比亚亚马孙热带雨林中。在他的身旁放着一本《圣经》和一个笔记本，他想把自己死亡的情形记录在那个笔记本上。他的遗骸是被劳尔·利马、奥斯卡·里韦拉和六个土著人发现的。这些人在森林里迷了路，一直折腾了三个月。他们的任务是去寻找一种叫巴拉塔的橡胶树，这种橡胶用于制作高尔夫球。

奥斯卡·里韦拉（猎手，24岁）的讲述

"时间大概是1月末，河里流水很少，我们在河中央航行时，那仅仅是一条水渠，酷似一条泛起白色泡沫的带子。我们看到，河岸大概距船面有两公尺高。这天上午，我们唯一记得的是我们从豪尔

赫·桑切斯的茅屋出来时差不多是 10 月末，那时河里涨满了水，可现在，河水竟是如此之浅，啊，约摸 90 天已经过去了呀……三个月居然没有找到一个有人的地方！

"前几天的微风停止了，上午的天气已经是热辣辣的令人痛苦难熬。约摸在 11 点钟，我们行至一段很长的笔直的河段。前方，在河的左岸，我们看到一片反射的光芒，好像有人对着太阳放了一面大镜子。

'有人，那儿有人，妈的。'劳尔说，其他人也舒展四肢想看个究竟，劳尔的妻子站起来喊道：

'奥斯卡，可能是人，您起来看，真的是人！'

"我感到脑袋热得发胀，每半个小时就用水湿一次。太阳好像把我们的鼻尖烤焦了，水和汗水都如同热烘烘地在燃烧……此外，我们肚子很饿，饿得一会儿也忘不了……我沉默不语，因为我不相信他们的话。不过，半小时之后，我相信了河左岸的确有反光，于是，我从一个年幼的印第安人手中夺过桨划了起来，因为显然他已经累了。我们又一连划了三个小时。

"我们到达那个反光的地方的时候，就跳上岸，爬上了一道悬崖。然而，当我们看清那儿的房子的时候，我们唯一能干的事就是几乎精疲力竭地躺在了地上。我们的面前是一座简陋的小屋，屋顶是由六块锌皮搭成的，周围已长起了一米多高的灌木和杂草。小屋里没有跑出狗，也没有走出人，我们明白，那座房子已经被遗弃了。

'这叫什么鬼日子，'我对劳尔说，'这儿连个人影都没有，唯一留给我们的吃食就是一把木薯粉。'

"劳尔比我性子更急，他一步一步地走向小屋，当他走进去的时

候,我听到他高声喊起来:

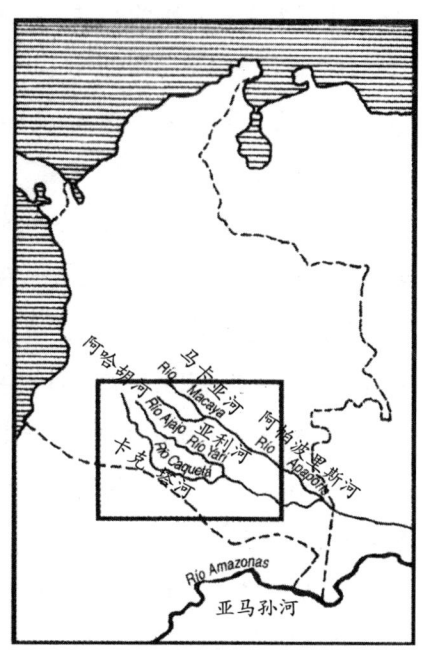

'奥斯卡,快来,这儿有个死人!'

'什么死人不死人,是他们留下的木头人吓唬人的吧。'我回答说。

'不,快来,这儿有个死人!'他又重复道。

"我没有说什么,但是,喊到第三次的时候,他已经吓得掉了魂儿,再次喊道:'喂,别让我求您,快来呀,这儿有一个死人,我害怕。'

"我往前走了大约15米,到了屋门口。我看到劳尔脸色煞白。在一个屋角里,放着一张床,那完全是用木棒支成的床。床上有一个充气垫,再上边是一个棉垫。床的上方遮着一个挡蚊子的小帐篷,床边上耷拉下一个人的脚……但是那脚已只是皮裹着骨头,呈深灰色。

"当我看到那双脚的时候,顿时出了一身冷汗,神经紧张起来。我感到恐惧,于是对劳尔说:'我们走吧!'

'不,等一等,我们好好检查一下。'他回答说。

"此时别的人也进了屋,我告诉他们只能看,不能动。

'谁也不许从这儿拿东西,哪怕是我们需要的救命的东西。儿附近可能会有人,如果来了发现了我们,那可就有我们好瞧的了。'

"我们让小印第安人留在河边站岗,一旦有人来就通知我们,然后我们在小屋里就开始翻腾。我用两根树枝把帐篷挑起来,帐篷上有两片黄色的污迹,那是雨水造成的,现在已经干了。我仔细看了一下帐篷下边,对劳尔说:'的确是一具遗骸……在这样的原始森林里发现死人实在是蹊跷。'

"劳尔已经在床上遗骸的头边拿起了一本《圣经》和一个绿色的笔记本,大概死者在死亡以前在那个笔记本上写了些什么。可我让劳尔把笔记本放下,什么也不要动。

"遗骸仰面朝天,右臂伸开,左臂弯曲,手枕在颈下。手指伸开而不弯曲,嘴合着,牙咬得很紧。他的裤子很脏,羊毛衬衫是黄绿色的。……他大概死于夜晚,因为夜晚天气冷,而白天天气热,使人身体柔软舒展……遗骸很长,差不多有180厘米左右,头上没有头发,它们全部掉落在枕头上了。枕头很脏,跟帐篷、衣服、垫子和裹着遗骨的皮一样呈土灰色。衣服跟帐篷一样带着雨水的污迹,整个小屋由于热带雨林的潮湿散发着浓重的霉味。在此类热带雨林中,洗过的衣服,哪怕你放到太阳下,两天也难以晒干。

"我把目光从死人身上移开,感到浑身一阵战栗。那时,我注意到了那个绿皮笔记本,为强烈的好奇心所驱使,我把它拿到手中。上面的字是用铅笔写的,字母很大,像小学生的字体,我对劳尔说:'这肯定是他的。'

'好好看看,告诉我写了些什么。'他回答说。

"我走到门口,借着阳光看个清楚,因为字迹很模糊,好像写时手臂无力。日记上说,他沿亚利河而下,航行了六个小时,曾两次迷路,翻船的时候,他把钱和纸张都丢光了,费了九牛二虎之力才上了岸。那时,他只好又步行回到了营地……那些字很难辨认,但是我记得他还谈到他那儿的狗。他说他没饭吃,病了。他看到有一些狗死了,但是他不敢吃它们的肉,而是觉得现在该轮到他死了。他认为撒旦是他的主人,他已经不怕魔鬼了。我没有再读下去,而是想离开那儿,但是劳尔和其他人继续在那个小屋里搜查着。

"我往后退了一步,仔细地观察着那里的一切。一个白色的冰箱引起了我的注意,我走过去看看里边有什么吃的,因为我想,既然这儿没有人,我们就可以拿点东西吃,解解我们四天的饥饿,我们已经整整四天水米没沾牙了。于是我去开冰箱。但是,冰箱门刚打开一半,妈的,把我吓了一大跳。我想叫,但是叫不出来,我的舌头僵住了。冰箱里有个黑乎乎的东西。样子像魔鬼,眼睛画成白色,嘴画成红色。两个结扎成它头上的角,我似乎看到还有头发。我把冰箱门关上,劳尔走过来看看发生了什么事。我们重新把冰箱打开,那时我们已镇静下来,我看清了里边的东西,那是一块破黑布。我拿起留在死者床垫上的一根树枝把那黑布挑起来,下面是一台'鸣禽'牌榨汁机,旁边放着两个辣酱油瓶子。

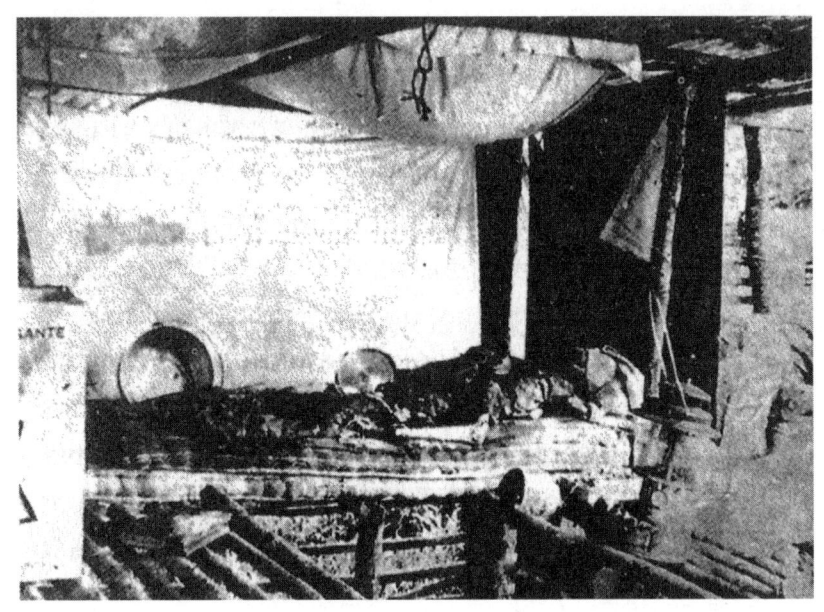

卡利《西方日报》刊登的照片，证明在亚利河热带雨林发现了本哈明·库维略斯的遗骸。

"由于我已经在绿皮本上读到了有关魔鬼的事情，于是我又回到床边，把它的前几页打开。那儿记录的东西给我留下了深刻的印象，那是一种不同的字体，但也是用铅笔写的：'除了设法沿河而下到达阿拉瓜拉监狱外，我看不出任何别的道路能使我走出这种困境。我没有足够的汽油沿河而上设法第五次返回。再说，我不相信 18 型发动机有那么大的驱动力，同时，我也不相信我能再跟这个人多待上一天。他完全疯了，整天想到地狱，又喊又叫。我所需要的一切就是命运之神帮助我。'一个叫斯里姆·鲍威尔的人签字。"

第二章

七个月前的6月21日，上午10点钟，一个58岁、身高170厘米的名叫埃内斯特·斯里姆·鲍威尔的得克萨斯人的飞机降落在亚利平原偏远的跑道上。那儿是亚利河源头热带雨林中一片广阔的大草原。

这老头儿是一个小组成员，这个小组的使命是在那儿登船，日夜兼程航行八天，直至到达亚利河很长的一个笔直的河段，在它左岸的密林中找到一个荒凉的营地。

DC3型小飞机在土跑道颠簸了几次之后终于停了下来。飞机上除了埃内斯特·斯里姆·鲍威尔之外，还有一个18岁的名叫埃德加·加西亚的年轻人，他受雇做猎人的助手；一个39岁的胖胖的少言寡语的女厨娘，名叫伊内斯·巴伦西亚；一个44岁的向导，名叫维森特·金德罗，他在亚利整个地区引路都是很有名的。

他们是被营地的主人马丁·莫宁斯塔招来的。在打发他们乘船到亚利之前，马丁往飞机上装了满满的十桶汽油，三台小船上用的发动机和几口袋食品。金德罗为这个小组的负责人。

马丁和他的雇工们在堂索伊洛·埃尔莫萨的牧场索埃兰迪亚整

整待了两天，天不停地下雨，安排好两条小船把他们送走并不那么容易。

最后，到了6月24日，他们终于启程了。斯里姆，维森特和埃德加事先把船安排得很好：他们把两条小船分开，在中间用木头搭了个桥，在桥上不占船的地方安了一台33马力的发动机，船的后边用铁丝把燃料桶一个个连在一起拖着，漂在水上，看上去似是一条大尾巴。

亚利地区水运系统

维森特·金德罗的讲述

"第一天，我们把一切扛在肩上送到一条小河边，那条小河流进一条大河，它叫亚利河。我们把小船装配好，把东西装在上边，但是，十桶汽油（每桶55加仑）成了问题，哪儿都放不下。于是我去了山上，砍了几根桃榈树枝，这种木头很结实。我又找了一条马丁放在飞机上带来的长绳子，把头几桶汽油用树枝固定在了船的两侧。全部汽油桶固定好后，我从最前边的油桶里取出一点油，它们后边的两桶再少取出一点，最后的油桶取出的更少，这样油桶就可以漂在水上，拖起来很省力。船的两侧多带五桶油。"

马丁12年前在哥伦比亚定居，驾着他的小飞机跑遍了这些热带雨林，在这儿买了一个牧场，起名"彭哈莫"。

在他多次在亚利河上空的飞行中，他发现了一连串的瀑布，这些瀑布是在河水流经高耸的岩石群时形成的。瀑布的前方，都有一段笔直的河流，似乎是水上飞机降落的理想之地。

亚利河畔长满茂密的植物，是地地道道的处女地，看上去很适宜开辟一个猎场。"周围只看到热带大森林和亚利河穿过，进入营地的通道只有空中和河流。"后来一个调查的法官这样写道。

马丁买了一架带浮筒的飞机降落在了这个地方。

马丁·莫宁斯塔的讲述

"我对亚利平原很熟悉，它在亚利河的上游，我在那儿买了一个牧场。但是，这个地区的发现者维森特·金德罗跟我讲起了亚利河，他想沿河而上，一直到河的尽头。维森特告诉我，那儿有几道瀑布。一天，我们登上了我的塞斯纳180型飞机，在空中飞了一阵，找到了亚利河。我们沿河而飞，发现一处笔直的河段。从技术上讲，那儿是水上降落的理想之地：水流平缓，长1300米，两岸之间的宽度约为

150米，此处的水面宽度也如此。我一看到它，立刻在上空盘旋，仔细地观察了一番。我很喜欢这段河水，于是便调整好方位下降，落在了水面上。维森特拿着一根缆绳从飞机里走出来，侧身在水中游着，因为水中长满了植物。我让发动机不灭火，以保持飞机稳定，不被河水冲走。十分钟之后，维森特上了岸。他用带在腰间的砍刀在植物下方开出一小块地方，设法用缆绳把飞机拴住，以便我把发动机熄火。我们又用砍刀开出一片较大的空地，将飞机停在那儿，然后又搭起一顶帐篷，这天我们就在那儿过夜。第二天，我们在河对岸勘察了一番。从激流的水声判断，我觉得这地方实在难得。午后我们在河里钓鱼，锯鱼密密麻麻，黑糊糊一片，这种鱼长得不大，但它们成千上万地结集成群，转眼间就可以把一个人吃掉；在11月和12月，河里会游来其他类型的大鱼，它们的肉十分鲜美。锯鱼可食，味道也好，但刺很多。那天下午我们离开了亚利河，但我一直希望尽快回去。我喜欢那个地区的安静和大自然的美丽，那是百分之百的处女地，到处是野生动物，可以狩猎，生活没问题……

"这次旅行之后，我们又去过两次，并且开始更多地了解这一地区的热带雨林。此处远离世界的一切，自然风光迷人……说得更确切些，我对这儿更有兴趣，更想专心地琢磨它了。我发现了另外一些河流，但亚利河是最好的，它最有利于我们寻求的目标。从航空的观点看，它运送人是极为理想的。因为不管在这些原始森林中进行怎样的开发，机场都是必不可少的。另外，此处有益于健康，没有任何蚊虫，没有病灾。我唯一看到的是一种无害鸣禽，它们只是在白天出现。如此而已。

"第三次勘察飞行后的一周之后，我和维森特以及另一个小伙子又去了那片雨林，并且在那儿开始建造营地并开辟一个港口供我的飞

马丁水陆两用飞机营地现存的唯一一张照片

亚利河

机进出。我们选好了一个地方盖房子，附近有一条小河与亚利河相通，河水清澈见底。这地方无可挑剔，我们就在这儿开辟港口，就是说，它没有急流，河水平静。我们在灌木丛中开出一块地方，把飞机藏起来，然后拼命地干了几天活，把一片土地上的植物砍光了。我又离开雨林，到'三拐角'空军基地商谈，梅德拉诺少校租给了我一架比奇克拉夫特，也是水空两用飞机，只是大一些，我用它开始运送最初的设备：灯具、冰箱、工具、武器……买这些东西花了我一大笔钱，也就是说，我自二战结束从美国空军退役后节约下来的大部分钱都花在建设营地上了，这都是我的血汗钱，全埋在那儿了……我的计划是建造一个大型旅游营地，甚至包括一个本土动物园。我要把这个营地建设得很漂亮，以便让人们逃脱城市的喧嚣，看到的只是莽莽的大森林以及多种多样的动物，听到的是瀑布从高空倾泻的水声。这时我梦想在大森林中有一块空地，很大很大的一片空地，我在那儿种上大蕉树和香蕉树，用水力发电，利用优良的设备……"

六个月之后，四分之一公顷的植物被砍光，建起了一个营地，营地上有一个四米见方的简陋小屋，屋顶由闪光耀眼的锌皮搭成，四周用柱子撑起，周围没有任何保护。小屋没有墙。旁边有一个更小的房子用来做厨房，距厨房八米之外，另有三座小屋，屋顶由扁桃巴西棕叶搭成，"四周用木杆支撑，为印第安人客栈式风格。"这是埃德加·加西亚的说法。

埃德加·加西亚还说："那些简陋的小房子离一条小河大约十米，这条小河中的水又深又清，锯鱼密密麻麻，这种鱼十分贪吃，游动凶猛。"

第三章

那个6月24日的星期四,维森特·金德罗、斯里姆·鲍威尔和被马丁雇用的其他人在大雨滂沱中连续航行了六个小时,中午之后,他们到达了埃尔莫萨先生庄园里的一个小屋。小屋里住着农民本哈明·库维略斯、他的妻子以及他的六个从一岁半到九岁的孩子。库维略斯一家照看着埃尔莫萨大庄园里的一群牲畜,作为报偿,主人允许他在那里盖一座小屋栖身,还允许他开一个果菜园,爱开多大就开多大。那伙人到达那儿,是想雇用库维略斯,这样营地所需要的工人就齐了。

"库维略斯是穷人吗?"埃尔莫萨问。片刻,在他双目沉沉陷入回忆之中后,他本人又自言自语地回答道:"对,他很穷,因为我们在亚利平原上的人都是穷人。我们所有人都为生活而挣扎。牧场——那儿把庄园都这么叫——都非常大,有成千上万公顷的面积,都是未开垦的处女地,我们必须用我们艰辛的劳作开垦它们,渐渐地使它们牧草丰盛,开始供放牧一些牲畜。土地很肥沃,只是偏僻,远离世间的一切,没有公路,没有卫生站,没有药品,在这儿耕耘很不容易,先生,十分艰难,懂吗?"

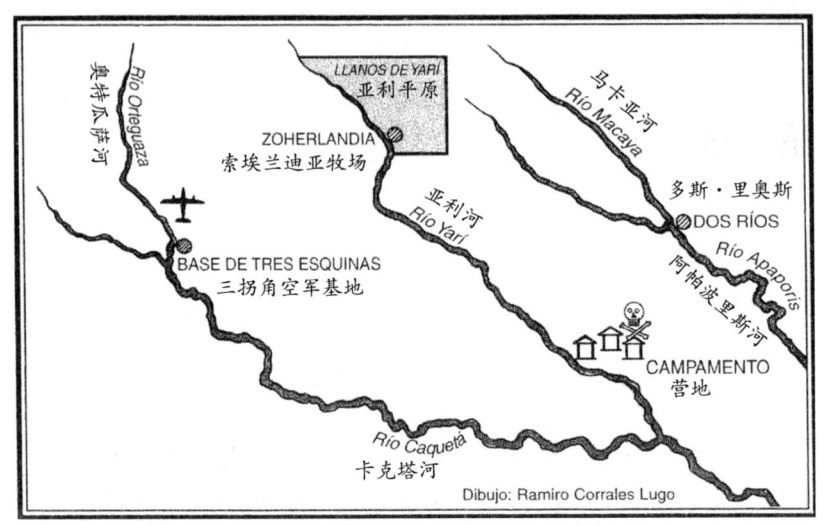

库维略斯的妻子罗萨尔瓦回忆道:"午后不久,我们看到有条船开过来。那是堂维森特·金德罗和鲍威尔先生,还有其他几位先生。维森特老先生第一个跳上岸,来到我们的房前打听本哈明。他手里拿着一张纸,上面写着马丁先生要求本哈明陪他们乘船沿河而下。由于这些天我们正没饭吃,我的丈夫认为陪他们走一趟可赚些钱回来填饱肚子,就跟他们去了。他告诉我很快就回来,大约20天之后,他跟所有的孩子告别,临行前一个个吻了他们,抚摸了他们。他非常爱这些孩子。出门时他对我们说:'眼下的情况你们再忍耐一阵吧,等我回来的时候,咱们的命运就会改变,有好日子过了。'"

库维略斯把四只猎狗带到木筏上,走了。

厨娘伊内斯回忆说:"在旅途中,晚上有几次我们停下来扎营。由于男人们都是猎手,他们便去打猎。他们带着武器、帐篷和足够的吃食,可以维持相当长的时间。当时已经进入雨季,河水开始上涨。"

维森特："几乎天天落雨，且都是暴风骤雨，十分的吓人。为了很快赶到营地，我们几乎一直航行，不停下来。实际上我可以说没睡过觉，只有别人睡觉，他们躺在把两条小船连在一起的木头上，用油布盖着身子，整个夜晚我都驾船航行。有几次我的骨头都几乎累散了，我们黄昏时停下来，在森林中睡觉。我们很少钓鱼和打猎，因为木筏很大，靠岸抛锚很费时间。"

头几场暴雨之后，斯里姆开始写一篇题为"亚利大冒险"的日记。在他的涂胶油布下，特别是在晚上，他总是从一本前一年的日历上扯下几页，草草地写上几句，他这样写道：

"6月25日，星期五。我们一早便从库维略斯家出发。即便听到一次欺诈性的警报我们都没有停下来。我们打死了两只雌火鸡和一头鹿。至今厨娘还不能非常令人满意，同以前为马丁掌厨的切拉差得很远。

"6月26日，星期六。我们一早便起程，但是大雨阻止我们前进。我们没有停下来，只是船行得比较慢。很少看到动物，因为河滩已被水淹没。

"6月27日，星期日。昨晚真是糟透了，大约12点钟，大一点的船沉了。我们把它打捞上来，大约凌晨4时重新启程。我们整整航行了一天。我们向三只鸭子开枪，一只也没有打中。蹩脚的猎手。实际上，唯一有点真本事的猎手就是本哈明。噢，如果切拉在这儿有多好！伊内斯要赶上她还得把技术提高百分之九十九，现在给她提鞋都不够格。

"6月28日，星期一。我们整天都在航行。我们在第一个土著人村落停下来,但是没有一个人。我们前进得不快,但是我们时刻都在赶路。我们希望明天能赶到营地。一如往常,天下着大雨。

"6月29日,星期四。我们好好休息了一夜,清早趁凉快赶路。打了三只野鸭子。在河里没看到动物。下午5点左右我们到达了营地。一次长途旅行。

"6月30日,星期三。好了,我们终于开始搭建营地了。有那么多该死的事情要做,简直不知该从何处入手。我们在照明的问题上遇到点麻烦但还是解决了。我们全面打扫卫生,维森特去打猎。"

维森特:"我们把剩下的东西卸下来:木板和一些能在船上过夜的东西。然后我便去打猎和放块肉诱捕老虎。马丁通知说有几个美国旅游者要来,这样,当他们到来的时候,老虎已经上套了……我们也要美餐一顿。这一天我打了一头野猪,一头驼鹿,放好了诱捕老虎的肉饵。回来之后,我动手为工人们盖另一间小屋。"

以前,马丁曾经带着访问者和临时考察人员做过几次试验性的旅游。但是,这一次他决心已定,希望看到旅游业的真正兴起。这儿附近有一个至今为人所完全不知的印第安人部落,是他无意中刚刚发现的,这对旅游者具有极大的吸引力。"这些印第安人住在地上挖出的洞穴里,距今天我们享有的文明有许多个世纪。"马丁说。

我们离开营地,用发动机驱动小船沿河而上航行了一天。在离亚利河边不远的地方,是那些印第安人的夏季钓鱼区,这不仅吸引了马丁,也吸引了冒险家和研究印第安人的学者。埃克托尔·科雷亚是这个地区的居民,他这样记叙道:

"马丁第一次带我乘飞机去他们亚利河营地,那大概是在去年年末。飞行中，我们看到河里漂着一只独木舟，上边坐的就是至今人们尚不知道的印第安人。马丁让飞机下降，准备降落在水上。当我们在水上降落后，印第安人已无影无踪，他们到山上去了，独木舟拴在河边。维森特·金德罗懂一些土著人的方言，他高声叫他们，印第安人却不回答……我们往独木舟上看了看，那儿有几块驼鹿肉，有一个小吊锅和一个在太阳下晒制成的陶盘。我们在那儿耽搁了一个小时，可印第安人就是不出来。维森特告诉马丁想把他们的驼鹿肉拿去一块，马丁没答应。看到他们始终不出来，我们又重新起飞。

"我第二次跟马丁和维森特去亚利河边，那时他们的营地马上就要建完了。我看到他们已经有了一个那个部落的印第安人，那是他们那个星期刚刚逮来的。他们发现这个印第安人时，他身上一丝不挂，这在此处的热带雨林中已难以见到；他的头发很长，一直拖到腰间。他们给他穿上了裤子和衬衣。马丁待印第安人很好，显然，印第安人也尊敬他……但是，那是一个少有的奇怪的印第安人，跟这些地方的所有印第安人都不一样。"

马丁："第一次接触印第安人，是在跟维森特一起搭建我们营地的某一天。我们一边搭建营地，一边抽出时间在那个地区上空作考察性飞行。"

维森特："那一天，我们不是寻找印第安人，而是设法从水上到达一座我们从飞机上发现的山。这座山山头是平的，呈黑色，闪闪发光，并有一个个的方格。那些方格好像是用尺子划出来的，十分的完美。就是在这个时候，我们发现了印第安人。"

这些发现使马丁的头脑中产生了一个十分美妙的计划，他对那片原始森林中蕴藏的财富着了迷，以至在短短的几天中，作为他旅游企业的起点，营地最初的一批工作人员就到齐了。因此，当斯里姆和他的同伴们到达的时候，他们看到，从冰箱到灯具、小型发动机（它们是用来安在船外，为沿着通往密林的水不深的小河行驶的小船作动力的）、帐篷、毛毯、充气垫、工具和优良武器及弹药一应俱全。另外还有高质量的日常用品。

头几天晚上，营地的新居民都工作到很晚。在入睡之前，他们听了几分钟河中第一道急流的咆哮声，那种单调而刺耳的声音一直传到营地，在寂静的暗夜中，尤为显得响雷一般。

"第一道瀑布十分宏大壮观，但也很危险。从飞机上观察，那好像是河流的一个拐弯，河水撞击在岩石上又折了回来，形成一连串的漩涡和浪涛，有如危险已迫在眉睫。在这第一道瀑布上，亚利河突然加速，浪涛和流水的喧嚣声在营地清晰可闻。

"接着是第二道瀑布，比第一道小一点，距第一道大约100米。再过100米，又是第三道瀑布，它比第二道又小了点儿……接下去又有九道瀑布，都悬挂在高耸陡峭的岩石间，水泻猛烈。在瀑布之间，航行几乎是不可能的，只有经验丰富和熟悉瀑布危险的人可以操作。

"照我们的看法，要想穿过瀑布，船最好贴着河边走，为了更安全些，最好把船拴在树上。否则，如果船在河中央航行，很可能被急流冲向岩石，再从岩石上撞回来，为漩涡所吞没，沉入河底。"后来莫亚诺法官这样写道，他是在这一地区调查四人死亡事件的第一人。

维森特和他的人到达营地一天之后，他们面临的是一项艰巨的工作。营地已有好几天没人照管了，大森林开始吞噬它。那是7月1日。

第四章

7月4日,星期日,在距亚利河1000公里的地方,奥斯卡·里韦拉(他是后来发现遗骸的人之一)终于认识了埃佛拉因·桑切斯,后者在热带雨林中居住了十年,在那儿经过数年的冒险之后,刚刚回到他的故乡。

埃佛拉因和他的兄弟豪尔赫在兰达苏里颇有名气(兰达苏里是国家内地山区的一个村庄),因为当地老人围绕他们编织了不少神奇的英雄故事。这些故事都发生在南方热带雨林中,那都是些久远的事情,但十分的迷人。奥斯卡听了这些故事,并且为它们所吸引。

"我们到了镇上的广场,"奥斯卡讲述道,"看到一群人围着一个体魄健壮的汉子。'他是猎手桑切斯。'有个人说。我问是哪个桑切斯。'还能是哪个桑切斯?就是埃佛拉因·桑切斯呗,就是那个在沃佩斯大森林住了很久的桑切斯呗!'众人异口同声地回答。

"围着桑切斯的都是像我们一样的年轻人。他们都是锯木工,是从山上下来到镇上的咖啡馆里过休息日的。我凑到他们那儿去,是因为我很想认识那个叫桑切斯的人。当我走到那群人身边的时候,他正在说愿意到热带雨林去的人都可以挣大钱，工资爱要多少要多少。可没有人相信他的话。那时我走过去问他一个人在那儿到底能挣多少工资。

'每天100到150个比索。'他回答说。

"当时我的工资是40比索，因此我决定跟他去。预备役军人埃尔默和另外五个年轻人跟我想法一样。第二个星期，我们乘坐了五天汽车，又走了一天一夜，就让桑切斯连同另外20名旅客一起装到飞机上了。飞机上还装了鸡、猪、木箱和一袋袋的食品。当时我们是在比亚维森西奥，那是大森林的进口。在起飞之前，机舱门用绳子捆好了，因此我感到很安全。这是我第一次乘飞机。"

雇工们从比亚维森西奥飞到米拉弗洛雷斯，后者是热带雨林的中心，豪尔赫·桑切斯在那儿等他们，他一分钟也没耽搁就让工人们坐上了一条小船。然后他对工人们说，他们要去一个地方，是他的橡胶营地之一，在埃佛拉因·桑切斯到来之前，他们必须得为他干活。

豪尔赫没有跟这些人提到钱，这些人也没有为钱而担心。在旅途中，他们只是注意蚊子，蚊子在他们的皮肤上咬出小红点，接着小红点便由于出汗而溃烂。

橡胶营地占地大约20公顷，全是些牧场，那是为桑切斯效劳的当地部落的印第安人向热带雨林夺来的。一幢用锌皮作屋顶的房子是供白人住的，一座棕榈叶屋顶的小屋供"野蛮人"住，那些混血儿称印第安人为未开化的人。

没有人给他们饭吃。到了晚上，他们每人得到了一份粗木薯粉饼，让他们泡在水里吃。他们叫这种食物为"奇维"。

这种食品他们没有一个人能咽下一口。木薯粉一泡到水中马上膨胀起来，没有别的味道，只有一股发酵味，吃到嘴里就如一把干土撒在舌头上，马上会吐出来。

天亮了。当一个土著人走到他们吊床前告诉他们应该起床干活的时候，他们一齐反抗了："今天我们要休息。"他们回答，并且让土著人把他们的决定告诉桑切斯。

十分钟之后，那个土著人又回来了。桑切斯让他为这些工人钓了一条大鲇鱼。这是他们四天来第一次看到的能下咽的东西。

奥斯卡和埃尔默驾着一条小船下到了港口，用从家乡带来的一些钱买了大米和咖啡。桑切斯也在港口，一看到他们，就朝他们走了过去。

"胡闹，你们下来干什么？"

"我们要买吃的。"

"难道营地没给你们吃的让你们填饱肚子吗？"

"我们吃不下那种炒木薯粉，臭得要死。"

"可是，热带雨林中就是吃这东西！"

"对不起，吃这东西我们没法干活。我们不是来挨饿的，而是来挣钱的。您哥哥是这样答应我们的。"

桑切斯狠狠地瞪了他们一眼走开了。

接下去的两天，奥斯卡和他的伙伴们还是拒绝干活。作为回应，桑切斯不再让那个土著人为他们钓鱼。

那时，他们便一天到晚地睡觉。然而，他们时不时地便被黑压压云团般的蚊子闹醒，再加上天气炎热而潮湿，他们的日子很难熬，因为他们在气候良好而有益于健康的地区住惯了。

"印第安人的劳动十分繁重，他们大多数都想离开。他们自己在桑切斯的土地上耕种，收木薯的季节到来时，收获物双方平分。印第安人将木薯做成炒木薯粉，供桑切斯运到密林深处的阿帕波里斯河畔，在那儿桑切斯有一个很大的采橡胶营地，都是印第安人给他干活。当新工人到来的时候，豪尔赫待他们很好，第一天让他们跟他一起吃饭，但是，然后就强迫他们像牛马一样地干活……好吧，三天已经过去了，埃佛拉因终于到来，他是我们的老板。我们对他说，如果他把我们带到一个这样的地方，最好我们还是回家去。那时，埃佛拉因决定提前带我们去森林深处，不想再发生海梅的类似事件。海梅是我们的一个同伴，那天一到这儿，他马上折回港口，溜上了载我们到这儿来的同一架飞机，跑了。"

由于营地形势紧张，第二天黎明，埃佛拉因和六个汉子便坐上一条大船奔多斯·里奥斯去了，那儿距营地有几天的行程。他们到那儿后，将着手采胶乳，指望用它来发一笔财。

奥斯卡的回忆接下去是这样写的：

"我们乘船沿河而上，船行了十个小时，我们没有吃任何东西，因为木薯粉饼我们无论如何咽不下去。我们购买了大米和其他食品，下午在大森林中停下来的时候，就自己动手煮饭吃。在旅途中，我们以河边的水果充饥。我们把船靠岸，下船来走着去摘些野果吃。我们并不认识那些水果。记得有一次我们看到一棵藤本植物上挂着许多野果，我们就问埃佛拉因是否能吃。他回答说可以吃。但是，吃下去之后，有几个人醉了，并且呕吐，一个小伙子还病倒了。那时我们大家说：'如果这个小伙子死了，我们就一起抓着那个埃佛拉因狠狠地揍他一顿，然后把他扔到河里。'小伙子不停地呕吐，桑切斯只好给了他一个药片让他吃下去,这样小伙子才说感到好些了。

"船上除了我们七个人之外,还有七个土著人。土著人不跟我们一伙人混在一起。埃佛拉因驾着船。土著人用他们的语言又说又笑,我们以为他们在嘲笑我们,于是,我们板起了面孔。我们在整个旅途中都很严肃,直至一天下午我们到了一个印第安人的家,在那儿停下来睡觉。

"印第安人问我们是否带着卖的东西,埃佛拉因回答说没有。但是,在出发之前,有人告诉我们一个人旅行时应该带点什么,因为印第安人很容易欺骗,所以我在米拉弗洛雷斯买了三卷便宜布。买时我总共花了30比索,我向印第安人要价每卷100比索。主人提出用两只老母鸡换我一卷布。那些鸡很肥,每只鸡能值100比索,桑切斯对我说:'换了吧,我们大家一块来吃鸡,钱以后我付给您。'就这样,买卖成交。

"跟我们一起来的土著人把吊床单独挂在了一边。他们用自己的语言交谈,有三个人不时地看我们,并且不停地笑。我们心里在想:'他们在说什么?'我们不信任他们,我看得出,他们也不信任我们。晚上,我发现他们有一个人不睡觉,而是在观察我们。我也醒着不睡,每当我正面看那人的时候,他就在吸烟,并且看着我们。

"第四天,大约清晨4点钟我们就早早起床上路。在不停地航行了一阵之后,我们到了一个坐落在比河要小的小溪旁的白人的家,我们要从那儿踏上一条进入密林深处之路,最后到达阿帕波里斯河,也就是整个森林区最凶险的河流之一。我们进了白人的家,受到了主人的热情接待,他给了我们饭吃。与我们同行的印第安人单独留在了一个小破屋里,是埃佛拉因这样安排的。主人还给了我们咖啡,但是没有给印第安人，印第安人吃'奇维'，我们吃的饭他们吃不到。只有在路途中和一块宿营的时候，印第安人才跟我们吃一样的饭。晚上，在去睡觉之前，主人把他们叫去给他们喝了咖啡，而我们吃了鸡……

"经过九天的行程，又遭了一场罪，终于到了阿帕波里斯河。我们不得不把船和发动机扛在肩上在大森林中走一段路。船很大，把我们的膀子都磨破了，露出鲜红的肉。我们没有药治疗……看到阿帕波里斯河的时候，把我们吓了一大跳。大瀑布接二连三，浪涛高过船头，河宽得出乎意料。国家内地的大河我了解不少，但是阿帕波里斯河这般水流湍急、波涛汹涌的大河却是从未见过。

"在下水之前，我们在山上安营休息，谁知天不作美，一阵暴雨打得我们连眼睛都睁不开。开始下雨的时候，我们睡得正香，因为实在太累了，躺下就进入了甜美的梦乡。我们躺着等了一会儿，直至雨水将吊床淋得透湿。天很冷，冻得我浑身哆嗦。我们只好起来了，因为吊床上没有任何遮盖物，连毯子都没有，一个布条都没有。露天里，在大雨滂沱中，桑切斯和印第安人依然呼呼大睡。由于寒冷几乎把我们冻僵，我们便决定下地，叫醒其他人，要求埃佛拉因立即登程。我们不能继续待在那儿，我们要活动活动，暖和暖和身子。

"雨如瓢泼似地倾泻……我们冻得颤抖不止。我们登上船，在暗夜中航行。雨不停地下，我们用桨，用手，用鞋，用一切可用的东西把雨水从船中淘出去。我们不是用发动机航行，而是用桨划船，因为上边经常有树干冲下来，很容易把推进器撞坏。我们沿河而下，大约凌晨4点钟，雨才慢慢地停下来。那时我们对埃佛拉因说：'老板，我们困了。'我们依旧感到很冷，但困乏比寒冷更厉害，因此，我们想停下来先睡一会儿，哪怕是半个小时也好。埃佛拉因听了我们的话,船靠了岸,我们挂好吊床,尽管寒冷和潮湿得要命,我们还是睡了一会儿。清晨5点钟,埃佛拉因把我们叫醒。没有别的事好干,我们包好吊床,重新上了船,等待着天亮太阳出来,暖暖身子。那时我们没有沿河而下,而是离开大河拐进一条小河在森林中前进。森林中十分阴暗,因为树木和其他植物极为稠密,连一束阳光都透不进来。那是深绿色的森林,不透光的森林,上方封盖着的森林。因此,潮气难以散发,身体和树木的热气相互渗透在一起,使人的鼻尖上都挂上水珠。

"大约下午3点钟,我们终于看到了一片倒下来的树林。我们发现那些大树有40到45米高,倒下来压到别的树上。那儿射进了阳光,我们开始喊起来:'太阳,埃佛拉因,太阳……'这时我发现,当一个人尚不习惯的时候,绿色会使他神经错乱,烦躁不堪,以及十分痛苦和憋闷。我就感到憋闷,其他人则感到烦躁。中午时分,预备役军人哭了,后来他说,他不是感到害怕,而是感到悲哀。桑切斯听到他哭,笑了。我们对桑切斯说,他应该尊重人,让每个人自由发泄自己的感情,寻求解脱的办法。他继续往前走,但是不说话了。在这片森林的空地上我们停下来,从包中取出吊床在太阳下晒干……太阳是黄色的,比我一生中任何时候见到的太阳都黄。埃尔默对我说:'兄弟,这太阳真是美极了。'桑切斯听了对他说道:'等着瞧吧,过几天你们才知道太阳美到什么程度呢。'我们没有作声。有些人想回家,但是,做这种决定已为时太晚,我们已经走进困境,事情难以挽回了……

"那天下午,我们打了一只驼鹿。我不认识这种动物。第二天,我们又打了一只驼鹿、几只长尾猴、雌火鸡、一只黑山鸡和一只野猪……离开大河那几天我们吃得很好。我们沿着一条很窄的小河航行，水很清，泛着红色。埃佛拉因告诉我们，水呈红色是因为小河的源头是一片沼泽地，那儿长着棕榈树，棕榈树根部不断渗出红色的黏液，就这样把河水染红了。河边的树木部分树干没在水中，我们从很深的河水中清清楚楚地看到水下的树身有一米多高。整个河面被上方的树木枝杈严密遮盖着，阳光进来的很少。我们洗了两次澡，河水温暖而舒适。我们泡在水中不想出来，因为天气太热，而且是一种湿热……那几天，我们绕弯行船，避开一些瀑布，但是，我们还是要再进入阿帕波里斯河。

"我们终于到了一个叫'恶魔'的地方，展现在我们眼前的急流比以前见到的更狂野，更凶险。我问我们的 33 型发动机在这种地方是否能带得动我们，桑切斯作了肯定的回答。'可是，我们是 15 个人呀！'我对他说。他没有吭声。**整整一天，我们就航行在那些激流险滩之中。我们让船贴近河边，抓住树枝和藤本植物，一齐推着船逆流而上……水流湍急，船十分难以驾驭。我们都很害怕，没有人说一句话。在那儿我长了一门学问：在船上当水手操作发动机的人，在激流中行船时，要设法让船靠近岸边，以便坐在船头的人能抓住大树垂下来的枝杈和岸上垂下来的藤本植物，给船以助力。我们要经过许多道瀑布，瀑布不大，但水流却十分凶猛，这时就要善于选择它们水流比较平缓的去处。所谓比较平缓的去处，就是浪翻得比较低，水花和泡沫比较少的地方……在到达一道瀑布之前，河水总是平缓的。然后就会出现一段嶙峋怪石，水流也便湍急起来。形成瀑布的地方，总是有很多石头，一般说来，都是高大的岩石。这些岩石是倾斜的，由此便可推断水流经过它们时速度会有多快。但是，瀑布的发现却是十拿九稳的,因为在到达瀑布前几米远,河两岸的石头上都会长出一丛深绿色的小叶灌木,森林的树也十分低矮,就像一片荆棘一般。当接近瀑布的时候,人们凭着已经看到的森林的植物早已有所准备,于是便把发动机的马力开到最大,让船上的重物保持平衡,紧紧地把桨握在手中随时准备应对……

"我们又在阿帕波里斯河中航行了。由于害怕,觉得天特别长。当桑切斯问我们会不会游泳时,我真想给他一个大嘴巴。妈的,在这样的河里,即使游泳技术再好,谁又能够得救?河水越流越急,将船掀到水面上方一米多高。当船落下来的时候,把我们的腰都要震断了,仿佛骨头都要散架了。头几个浪涛船颠簸得很厉害,将我们摇得如筛煤球一般。那时,我们赶紧设法把裤腿扎紧,以便船落下来时身体轻爽些,大家互不干扰。随着我们前进,水势越来越险,在一道瀑布前,我们的船再也无法前进了。于是我们只好下船,再一次把船扛在肩上,步行穿过森林。三个人走在前边用镰刀开路,12个人把船抬起来扛在肩上。我们轮班抬,有人累了的时候就把他替下来。这个地区到处是荆棘和芒刺,我们身上多处被划破,额头和脚上都流着血……由于衣服被撕成布片片儿,我们个个都变成了复活节前宗教游行队伍中的苦行者。但是,想到印第安人会嘲笑我们,没有一个人叫苦或抱怨。我们白人已经商量好了,如果印第安人嘲笑我们,我们就宰一个他们这些婊子养的。我们再也无法忍受他们了。

"他们没有一个人嘲笑我们,我们也没有一个人叫苦或抱怨。这样很好。结果,走到半途中的时候,他们看到我们也能吃苦,便开始跟我们讲话了。这有助于我们互相了解。我们开始互相信任了。路途走完之后,他们就有了上乘表现,对我们十分客气,我们之间交换了香烟……不过，当然啰，尽管他们跟我们讲话，有些人我们还是不喜欢，因为他们想提高嗓门对我们发号施令，这让我们很不自在。

"大约下午4点钟，我们又上船在河中航行。这一天，我们要对付最后一道瀑布。我们发现了一个印第安人采橡胶的营地，他们在瀑布对面设了一个捕鱼的机关，里边逮满了鱼。我们在这个营地留了下来……那捕鱼机关是木制的，活像一个大漏斗，安放在石头中间，因此，水要通过它循环流动。我们跟一个印第安人走到那捕鱼的机关前边，他钻到里边，开始往外抓鱼，我们装了满满的两大口袋。他们捕鱼是为自己吃的，但是我们愿吃多少就吃多少，而且分文不收。我们从未见过他们那样的熏鱼，那简直就像……说不清楚。我想这天晚上我们睡的时间最长。天亮的时候，我不知桑切斯跟营地的印第安人讲了些什么，但可以肯定的是，他要我们把印第安人吃不完的鱼装两口袋。我们真的装了两口袋带走了。

"我们又开始了在急流险滩中的耶稣赴难路。我们害怕死在这偏僻荒凉的地方。在这种地方，如果小船遇难，上帝都救不了你。我们又要爬过一道大瀑布了，它叫'安戈斯图拉'。那是一个狭窄的通道，两侧是高耸的岩石，石壁呈绿色，长满苔藓，峭壁上垂下长长的藤本植物，随着河中浪涛的形成，不停地在水中甩动着。瀑布的背面有一个印第安人营地，他们已独立于桑切斯兄弟，自己经营采胶业，但其产品全部卖给桑切斯他们。

"那儿的印第安人摆脱桑切斯兄弟的控制之后，后者就建营地出售给他们。我们刚才提到的营地是森林中的一块洁净之地，它只有一幢房子，柱子和屋顶都很高，底部是用一米或一米半高的木桩支撑起来的。如此而已。

"那天下午，我跟那些独立经营的印第安人中的一员交谈。我问他:'兄弟,你们建营地怎样跟桑切斯兄弟打交道?'他告诉我事情很简单:'我们把大约一公顷的大树砍倒,清除杂草,把一切收拾干净。然后收拾出梁檩盖房子,我们用藤条把梁檩捆牢,用棕榈树叶搭成屋顶,一切都是我们印第安人自己干,桑切斯们只是派几个工人来,帮我们忙……我们没钱的时候,就用皮革、鱼货、木薯粉和老母鸡付他们账。'

"我想我们在路上走了14天。一天上午,我们终于到了多斯·里奥斯。那是一个很大的营地,埃佛拉因正在那儿建一条跑道准备降落飞机。营地有五幢房子,都很宽敞。许多印第安人跑出来迎接我们。总共大约有40个男人,还有他们的妻子和孩子。所有的人都很瘦,小孩都挺着大肚子,头上顶着烂疮,那是被皮托虫咬的,这种虫子咬出的烂疮臭不可闻。这些印第安人的管理者叫劳尔·利马,是一个心肠歹毒的家伙。尽管这个营地管理者也是个印第安人,但他却像一个白人那般发号施令,飞扬跋扈,谁敢跟他说话嗓门大一点,或眼睛盯着他讲话,他就会给你点颜色瞧,或干脆踹你几脚……

"结婚的印第安人住在一幢大房子里,他们叫它'印第安人之家',大概有20人。单身汉住在另一间大房子里,我们叫它'光棍之家'。在这幢房子对面,有一幢房子是用棕榈叶编织成的帘子遮掩着的,埃佛拉因常到那儿去,它只住白人,土著人不能住在那儿。

"好了,我们已经到了多斯·里奥斯。这儿跟整个大森林一样,炎热,潮湿,到处是蚊子和种类繁多的咬人的小虫子……我们下船之后,马上把熏鱼和生鱼都卸下来。约摸20分钟之后,我们想去吃点东西,可是什么也没找到。一切全光了。那些人全是些饿鬼……妈的,他们连鱼鳞都没给我们剩下。"

第五章

在经过一周精疲力竭的长途跋涉之后,斯里姆·鲍威尔开始指挥工人干活。他要在七天之内把一切安排就绪,因为马丁要带着美国猎人过来,来到这儿的第二天一早,他们就要开始猎虎。

马丁亲口对他们说,来的四个美国人属国际富翁环球游览团,他们要来哥伦比亚亚马孙地区碰碰运气,因为他们在美国专业杂志《大地和河流》上读到了一则由马丁出资刊登的广告。

金德罗手中有一份这样的广告,它登在1月21日上述杂志的126页,内容如下:

在南美哥伦比亚热带雨林中狩猎:美洲虎、野猪、鹿、蟒蛇、鸭子、火鸡、野鸡和多种淡水鱼。我们是业主,可用飞机和通过水路在短短几天之内将您送达目的地。我们的营地设备齐全,舒适豪华,使您有宾至如归之感。我们有一艘60座游艇,训练有素的导游,经验丰富的猎狗,它们可以为您捕捉到本半球最佳猎物。

马丁·莫宁斯塔,南美哥伦比亚卡利市2233信箱,电话

531283，或者美国得克萨斯州达拉斯市德鲁琼12107信箱，电话（214）2391904。

在这个星期，斯里姆·鲍威尔在他的日记中这样写道：

"7月1日，星期四。我和本哈明以及厨娘把营地收拾一下。维森特和埃德加什么忙也帮不上。他们说他们已经设了八个陷阱，但是对此我表示怀疑，因为他们离开营地的时间并不多，就是外出三四个小时。整天大雨如注，那些小雨就不值一提了。

"7月2日，星期五。尽管天下大雨，我们的工作还是进展顺利。虽说我还看不出用什么办法，但肯定他们会捕到老虎。也许我们伟大的猎手已经打好一张虎皮放在了床下。我很高兴，反正猎手的钱不用我掏腰包。

"7月3日，星期六。我们还在收拾营地。我们希望在我们的猎手打到某种猎物之前，我们把大米和玉米准备好。已经过去两天，他们都是空手而归。天仍旧在落雨。

"7月4日，星期日。今天是7月4日，我们放了许多焰火，很是热闹了一番。清晨一起床我们就鸣枪开始新的一天。可是，本哈明·库维略斯被一只该死的黑蝎子蜇了，整整在床上躺了一天。猎手们外出折腾了一天，仍是一无所获。幸好我们捕到一些大鱼下锅。我们还发现了许多老虎的脚印。

"7月5日，星期一。我们希望这儿的老虎比任何其他动物都多。又是四天过去了，猎手们还只是打了几只长尾猴作捕虎的诱饵。这只能有两种解释：要么这儿动物很少，要么我们的猎手糟透了。本哈明还是不能干活。维森特和一个小伙子在搭棚子。我和厨娘清扫营地周围。

"7月6日，星期二。好了，今天是我们等旅游者到来的日子，但是他们没有来。我想这样也好，因为我们的猎手好像打不到任何动物给我们的营地提供肉食。我希望明天有人来，否则我们的这点大米和玉米要严重地发霉了。我们还有点用鱼汤煮的米饭，味道不好。上午我把本哈明派出去，看他能否打到点什么。太好了，维森特在天傍黑的时候打到了一只鸭子。"

那个7月6日的上午，两个美国猎手在距亚马孙地区数百公里之外的卡利市国际饭店登记下榻。他们的名字是：托尼·N.和斯坦利·吉耶斯内尔。

关于这两个人，哥伦比亚秘密警察外国人员管理局提供的资料很少。在一份官方报告中，一个签字模糊的官员这样写道：

> 美国公民托尼·N.是纽约贝尔重型机械设备公司经理。美国公民吉耶斯内尔是波多黎各一家石油公司的行政管理人员。两人都没有在哥伦比亚任何港口入境的记录。

就在同一天下午，又来了一位去亚利河的考察者同他们会合。他叫亚伯拉罕·威尔弗雷德·布埃。他是乘ALM航空公司301班机从麦德林入境的，来自库拉索群岛。然后从麦德林乘坐一架家用飞机飞到卡利。据警察局的材料，此人34岁，1944年12月4日出生。根据他的入境登记，他住在库拉索群岛的安东尼奥·西梅翁大街71号。他身高1.85米，栗色的眼睛，黑头发。在卡利市国际饭店，他登记的职业为商人。他在库拉索群岛经营一家旅行社。

马丁接待了他们三人。他们是来寻求特别刺激的,24小时之后便启程飞往"三拐角"空军基地了,那已是在热带雨林之中,从那儿,他们再转乘军用水上飞机飞到亚利河营地。

这天晚上,旅游团只缺一个人:威廉·C.沃尔什。他是又一个美国人,迟到了一天。根据警方登记,他是从利马乘哥伦比亚航空公司907班机飞来的。由于没有能及时同他的三位同胞会合,他只好单独飞往热带雨林了。

沃尔什7日住进卡利市国际饭店,登记身份为加利福尼亚州帕森斯建筑公司主管。

据马丁说,这些美国人答应每人每天支付给他2500哥伦比亚比索(约合250美元),但他们只付了他5000比索。

那个7月7日的星期三,马丁、托尼、斯坦利和布埃乘坐哥伦比亚空军515号飞机抵达营地。那是哥伦比亚空军唯一的一架水空两用飞机,它要覆盖国家南方热带雨林成千上万公里的飞行路线。那是一架老比奇克拉福特飞机,1946年制造,哥伦比亚于1954年低价从美国购进。

马丁必须租用这架军用飞机,因为他的两架飞机——一架水空两用和一架陆用——在连续两次的事故中都坏了。那正是他刚刚在《大地和河流》杂志上登出广告之后,这使他险些放弃这次远征狩猎计划。现在他的水空两用飞机刚刚从河里捞出来。另一架飞机还扔在热带雨林中的跑道上。

营地的一切都安排得很好，唯有吃饭不行。金德罗和埃德加没有打到好的猎物，所以旅行者第一天的食物基本上是罐头。

斯里姆·鲍威尔在他的日记中写道：

"7月7日。根据指示，我给发动机换了油。我们把'本田'发动机装在船舷外。马丁大约下午4点钟来到，他带来了许多东西。好像毒蛇咬了我们的猎手。他们一天到晚告诉我动物在哪儿在哪儿，可似乎他们打到的猎物连自己都养不活，还谈什么供应营地。大概我们的旅游者只能以河鱼充饥了。

"7月8日，星期四。好了，最后我们终于在三位旅游者到达之后开始打猎了。幸好马丁打到了几头野猪，才给旅游者第一天留下了好印象。旅游者各去打猎或钓鱼，但都运气不佳。我希望他们至少能打到一只美洲虎，否则马丁可就不好交待了。"

那天，清晨4点半伊内斯便急急忙忙起床，并且叫起埃德加帮她做饭。旅游者们一早就要去大森林，马丁前一天吩咐她要准备一顿特别的早餐，让他们吃得像在曼哈顿似的：橙汁、鸡蛋、火腿和浓咖啡。

当埃德加开始劈柴生炉子的时候，斧头劈劈啪啪的响声和进行一次新冒险的美妙的幻想使旅游者们在黑乎乎的屋子里摸索着起床了。在维森特、斯里姆和马丁的帮助下，他们开始准备打猎的装备。

打猎的武器检查过了，状况良好。马丁从大货包中取出了几箱弹药，旅游者们套上了新伪装。这种伪装带着许多大口袋，他们在里边装了从急救消毒用的生理盐水到强力蚊香、治牙痛的喷剂、水消毒药片、维生素、脱水盐、镇静剂等一切在狩猎中可能用得着的药物。他们把多种鱼钩和诱饵串成串儿挂在帽子上,此后,他们借着一盏油灯围坐在一张床,或者一张桌子周围用早餐,同时要求马丁为他们绘制出那天狩猎预定的路线。

餐厅外边,维森特安排了本哈明和埃德加应该扛上些什么东西,因为来访者只能带上他们的双筒望远镜、几个照相机、一台小型摄像机,当然,还有墨镜。

吃罢早餐之后,伊内斯从冰箱中取出两加仑冰镇酸味柠檬水灌满几个旅行水壶。旅游者们免不了从口袋中取出几个药片预先放入水壶之中。

埃德加扛着两箱罐装啤酒、六条橙黄色雨衣和斯里姆提前准备好的特殊子弹带先行。为了以防万一,马丁吩咐又多带了些弹药。也许这天的狩猎会大获成功。

但是,到了中午12点,他们还没打到一只野兽,来访者有点不安了。天气阴暗而炎热,有人评论说当时的气温颇像纽约的夏天,但是,潮湿得像佛罗里达的大沼泽地。

面对来访者的焦躁情绪,马丁问维森特怎么办。维森特暗示他应该去"岩石岭",因为他在那儿每次都发现大群大群的小野猪(山猪)。马丁对他说这会儿对他来说去哪儿都一样,要紧的是要打到点猎物,而且要快。

他们决定去寻找"岩石岭",据维森特说,这个地方离那儿不远。

经过两小时的跋涉,他们终于到了"岩石岭",可老天爷却下起了大雨。但暴雨很快就停了。过了几分钟,狗便轰起了一群小野猪,并且对它们紧追不舍,小野猪钻进了一个山洞。

维森特:"那是一块十分高大的岩石,周围大树环绕。岩石的洞口很大,颇似一座教堂的入口。我拿了一根树枝往里捅,小野猪就是不出来。那时马丁说:'我们炸它们。'我对他说:'见鬼,您怎么想出这种主意来?'他说:'不,我们就炸它们,准行,维森特。'于是我们下到营地,搬来了满满一桶飞机上用的乙烷基汽油。马丁还拿来一支上满开花弹的步枪。他说:'准备好了。'我把汽油桶绑在一根很长的扁桃巴西棕树枝尖上。由于山洞有一个向里的通道,我便一点一点地往里伸,马丁用手电为我照亮。我问他:'看见了吗?'他说:'看见啦,我能看见,再往里伸……'我慢慢地把汽油桶大概伸进了有五米深。他说:'好了,现在我们可以爆炸了。'但是,我没想到爆炸力会有那么大。当时一个美国老头正在拿着摄影机拍电影。马丁对着汽油桶开了一枪,汽油桶竟像一个炸药包似地炸开了。轰!这一炸炸了我们一眼沙子,美国老头手里的摄影机扔掉了,也不知扔到了哪儿去了。马丁顺着小山滚下去,美国老头跟他一样。当惊吓过后,我定下神来擦了擦眼睛对他说:'哼,你真是天字第一号大笨蛋,妈的!'他回答说:'我说我们要爆炸呀……'小野猪的声音再也听不到了。它们老老实实地待在洞里了。后来傻乎乎地出来了三只,我们把它们逮住杀死了……我不知马丁怎样想出了这样的主意。他很聪明,太聪明了。"

7月9日,中午刚过不久,马丁租用的哥伦比亚空军老比奇克拉福特飞机载着第四个外国旅游者在水上降落了。

当沃尔什走下飞机,马丁听到他的名字时,他不禁大感意外。原来马丁早就听人说起过他,知道他的业绩,因为两人都是工程师,同为一家公司服务过,并且在同样的年份,都在柬埔寨。"只是我们工作的地点不同,所以彼此从未谋过面。"

马丁在柬埔寨参加的是海外劳务团,在那儿建设海岸公路。沃尔什的使命跟他一样。

那天上午,他们回忆起了那些年代:两个人担任同样的职务,他们认识很多人,了解许多共同的情况。马丁撤走之后,沃尔什继续待在柬埔寨。后来沃尔什同加利福尼亚的帕森斯建筑公司联系上了,这是一个非常重要的公司。"实际上,查尔斯是这家公司的创始人之一,后来他升到了业务总管……他比我稍大几岁。"马丁说。

战争结束之后,莫宁斯塔在美国退役,他利用为退伍战士提供的便利条件进入了印第安纳波利斯大学,在那儿荣获了水利工程师的称号。"我的学业完成得很顺利,因为我喜欢这个专业。我一边学习一边工作。我是一个优秀的学生。"今天他回忆说。

在以后的年代里,他取得了丰富的工作经验,因此优先被录用到柬埔寨工作。他在那儿得到了妻子跟另一个男人结婚的消息。"她离开了我,可我不知道。"绝望之中,他回到了美国。可在那儿只待了短短几个星期,因为他遇到了一个来南美的好机会。

"那些天,我们跟沃尔什就谈这些事。他喜欢我跟他讲我的战争生涯,尽管实际上它并非那样激动人心。我参加了步兵,被派往夏威夷的'夏娃'基地,在那儿我认为我是最年少的兵之一,因为为了让部队接受我,我隐瞒了年龄,伪造了证件,最后如愿以偿:参加了某种形式的战争。像我同代的所有年轻人一样,我愿意参战,这是一种爱国主义和历险欲望的混合物,什么都有一点……战争快结束的时候,我被委派为一架军用运输机的首席机械师,这样有时我可以驾驶飞机。结果我爱上了航空。我记得有许多个月我们飞越南太平洋的所有岛屿,一直飞到中国:包括北平、青岛……我认为唯一让人害怕的事是发生在青岛。那是一座山城,我们靠近它的时候,他们用轻武器朝我们开了火。我们赶快飞离那儿,回到了基地,数了一下,机身竟被打穿了200多个洞。我们得救,堪称奇迹。

"所有这些故事沃尔什都喜欢。那些天我们讲呀,讲呀,没完没了地讲那昔日的年代。"马丁说。

据斯里姆·鲍威尔说,那个7月9日的星期五,"我们所有人都去打猎,但却一无所获。如果在头30分钟不能打到点猎物,旅游者们就会感到扫兴,精神上受不了。但是,我认为等到后来打到几只动物时,他们的情绪就会好起来。至少我知道他们在这儿只待一周时间,这于他们于我们都是十分有利的"。

"7月10日,星期六。今天猎人们打到九只野猪,大家兴高采烈。但是他们希望猎到美洲虎。我带着那个叫斯坦利的人在周围转悠了三个小时,除了一道道的瀑布外,连个野兽影儿都没看见。我不愿意单独带他一个人,因为他有点轻微的耳疾。营地肉很少,天在下大雨。"

那个星期六,他们分成了几拨,但是,马丁像往常一样,还是把维森特带在身边。自从他们认识那天起,维森特就成了他的随从,跟他形影不离。

在维森特眼里,马丁是踏上这些热带雨林的最重要的人物。他把他看得如同游侠骑士,跟他结下深厚的友情,无条件地关爱他,崇拜他。为了他,他多次险些丧了命。维森特除了为人公认的忠实可靠之外,他还有两个特殊的优点:丰富的幽默感和哥伦比亚农民的那种传统的吃苦耐劳、坚忍不拔的毅力。

那天，他到了弗洛伦西亚城，我认识了他。弗洛伦西亚离大森林边不远，我们通过信件约定在那儿见面，他比约定的时间提前两分钟到达。他在一辆破旧肮脏的公共汽车里挤了四个小时，我问他要不要休息，他说不用，四个小时的路程对他是小菜一碟。那是上午 10 点钟，他享用早餐：一块肉、四个煎鸡蛋、咖啡、四个面包，然后，作为补充，再来半打瓶装啤酒"滋润"一下吃下的食物。

那么好啦。亚利地区的那个星期六，拂晓前同样是大雨倾盆。约摸 6 点钟，天气变得干燥而炎热起来。由于前几天在头几个小时的寻觅中他们在热带雨林中逛来逛去没有发现任何动物，马丁此时瞅了一眼维森特。维森特立即心领神会：他们应该再回"岩石岭"去。看来，在那种情况下"岩石岭"是他们的救命福地。

维森特："当看到事情不妙的时候，马丁便会皱起眉头把眼睛转向'岩石岭'那边，那时，我们就直奔那里而去。我们一到那儿就发现了野猪群，猎狗追了上去，它们钻进了山洞。又走下去了一点。我对马丁说：'现在您甭再胡来搞爆炸啦，我们别再出洋相了。'他说：'对，对，对，可是，我们怎样把它们弄出来呢？'我对他说：'我们让它们待在里边，再去找别的。'在这个地区，小野猪到处都是……他说：'巴森特，'马丁是美国人，西班牙语发音不准，故把维森特发为巴森特。'我们这样办吧，我们来搭个猪圈。'我想了想问道：'怎样搭个猪圈？'谁也想不到他会想出这样的主意来。根据他的想法，我们要砍一些棍子，排成一排埋在洞口里边，棍子的上方用一根绳子吊着，就像窗帘那样，棍子的下方冲里的方向是向上的，这样野猪出来时可把木棍掀起来，但要回去'窗帘'就把它们挡住了，它们就被围在了那儿。我们在洞口外边还要牢牢地竖起另一道棍墙，把洞口围得严严实实。我对马丁说:'您甭干这种荒唐事啦,有这工夫,我们可以打到别的小野猪了。'可是他说:'不,不,不,就这么办。'他开始这么干了。当猪圈快搭完的时候,我对他说:'不过,我们不要等在这儿,因为小野猪现在不会出来。我们走吧!'我们到岭下去了。猎狗发现了另外的小野猪,并且将它们逼进了一棵粗大的空树干中。空树干中有许多大马蜂,还有许多会飞的大毒蚁……小野猪一进去,'轰'!它们一下飞了出来。我对马丁喊道:'别靠近那儿,魔鬼都拿它们没办法,有两个大马蜂蜇着你,就会使你命丧黄泉。'听了这话马丁说:'那就这么办吧,巴森特,您设法把小野猪逼出来,我们等在这儿。'这一天我们带了一个美国老头,他是个医生。于是我走到树边,使劲地拍了几下,结果小野猪发狂似地跑了出来,美国佬们对准那些争先恐后、仓皇逃跑的小动物用他们的来福枪'砰、砰、砰'接二连三地开火。那个美国老头儿打瘸了一只小野猪的腿,小野猪一瘸一拐地跑,他便去追那小野猪,嘴里还喊着:'我们捉活的'(他还喊了些什么就没听懂了)。我赶紧对他说:'先生,小野猪会咬您的。'那时他开始用英文跟小家伙讲话:'可爱的小野猪,可爱的小野猪,你老实点。'说着便靠近了它,还问那小野猪:'你听到了没有?'可当那美国佬一下骑到小野猪身上的时候,这小动物只用力一拱,便把他掀了个仰八叉,并且将他摔到了一棵加罗麻上,这加罗麻跟菠萝一般浑身是刺,美国老头被扎得钻心地疼,四脚朝天嗷嗷叫了起来。而小野猪还不依不饶,扑到他身上要咬他,老头儿又忙活着对它连踢带踹。

"我笑个不停,马丁不高兴了,对我说:'巴森特,去帮帮医生,野猪在咬他呢!'那时我拿着根棒子赶了过去,狠狠地在小野猪头上给了它一下,小野猪老老实实待在那儿不动了,它死了!

"只打死了一头小野猪,我们还需要更多的肉,于是我们回到了山洞口的猪圈那儿。那时,我们看到一群小野猪被棍棒圈着挤成了一团。它们都从山洞中出来了,挤成一团是因为猪圈小,容不下。我们打死了八头,足够我们食用和增加捕虎诱饵的了。"

"一头小野猪有多重?"

"大约40公斤,它的肉味道鲜美,跟家猪一样。"

鲍威尔的日记写道:

"7月11日,星期天。他们沿河而下,整整忙活了一天。回来的时候,他们说什么也没找到。不出所料,大家都牢骚满腹,情绪低落。昨天晚上我们也去捕鱼了,我空手而归。"

维森特:"晚上,老斯里姆·鲍威尔对我说:'维森特,去钓鱼吧。'我回答说:'好吧。'当我们离开营地的破房子时,他对我说:'不,不,不,我们不去钓鱼了,我们来学老虎。'我说:'就这么办。'这之前,他让我给他弄个大葫芦,其实那就是个水果壳,很坚硬,里边是空的,是个椰子壳,脑袋可以放进去,这样咆哮声就会更洪亮。好吧,我照他的吩咐做了,给他弄到了一个大'葫芦',他在上边挖了个大洞,将它带在手上。营地下边有块河滩,不大的一块小河滩。到了那儿,我对他说:'就在这儿吧。'他说:'那么我来学老虎叫了,您准备好!'我对他说:'好了,您来吧!'随后我又补充道:'您学老虎吼叫,如果发生异常情况,我随时用手电筒照亮。'老斯里姆·鲍威尔把脑袋伸进椰壳中,像老虎一般咆哮起来,他忽而咆哮,忽而吼叫,过了一会,他忽然焦急地对我喊道:'快照亮,快照亮,老虎在抓椰子壳呢。'我说:'别扯淡啦!'我用手电把他照亮,什么也没看见。我对他说:'没那回事,您在自己吓唬自己,您心虚。'他说:'可是,这是怎么回事?这是怎么回事?到底见什么鬼了?'我往椰子壳里边一照,原来是他的整个假牙掉在了那儿,当他转动椰子壳的时候,假牙就发出嚓嚓嚓的抓挠声。

"这套假牙太大了,装得不合适。马丁把吓得半死的斯里姆老头接回去,经过治疗让他从惊吓中恢复过来,并且让他留在了庄园里,然后就把那套假牙让人送到镇上委托托马斯·罗哈斯修理了……

"老斯里姆·鲍威尔在劫难逃,倒霉的事情一个接一个,每次他都要出点洋相。又一天清晨,我对他说:'老虎把营地附近的诱饵吃了。您去搭一个床。'他问我搭床是怎么回事,我对他说就是在老虎吃诱饵的地方和对面树冠之间搭一个木平台,旅游者们爬上去,在那儿等待老虎。我负责到上边远的地方去搭这种床,因为老虎把那儿的诱饵也吃光了。

"老斯里姆按照我的吩咐去搭了床,然后回到了营地。他每次回营地,只要有咖啡,不管多少,全都喝光,半点儿也不剩……这次,我看到他回来了,就料想到他要找什么。厨房里有一块驼鹿油,我把它放进咖啡壶,在蜡烛火焰上烤化。我心想:'如果这老家伙吞下这块驼鹿油,我们就会让他忘掉咖啡了。'果然不出所料。当他走进营地的时候,我坐在一段树干上瞅着他。他到了厨房,拿来一只杯子,把咖啡壶里的东西倒出来就喝。这一喝不要紧,马上'咔咔咔'地咳嗽起来,同时把手中的杯子扔出好远。我走过去问他:'斯里姆,怎么啦?'他说:'妈的,油,听着,听着,哪个婊子养的干的这事?'我对他说:'不,不是植物油,是动物油,您没看到我要在咖啡壶里煎东西吗?'他说:'哎呀,煎什么东西呀,妈的!谁在咖啡壶里煎东西呀？'您可别说，想不到那个美国老头真是发火了。

"等斯里姆平静下来的时候，我问他道：'您把床搭好了吗？'他说：'搭好了，搭好了。'我又问他：'搭得结实吗？'半个小时之后，我招呼旅游者走出营地。我对他们说：'旁边的床搭好了，我们爬上去看看，然后我们再到另一个地方去，那儿老虎也把诱饵吃掉了，我们也搭了床。'我们到了斯里姆搭搭床那地方，我往上一看，天哪，他用树枝搭成的床拧边的结都断裂了。我暗自思量：如果我和医生两个人爬上去，准会把床压散。于是我对他说：'您一个人上去吧，我等在下边。'老先生抱着一棵大树往上爬，刚爬到一半，斯里姆搭的床一下散开了，棍棒稀里哗啦散落了下来，打猎也便到此结束。马丁跟斯里姆大发了一通脾气。

"美国老头肺都气炸了。待他冷静下来之后，我把他叫过来说道：'别发火，我们再往上走走，看看是否有别的老虎吃了诱饵。'说罢我们就往前走，当然喽，我们看到了新老虎爪印。老虎几乎把诱饵吃了个精光。我对斯里姆说：'您看，肯定有老虎在这儿。那么，我们先让猎狗去找老虎。'他说：'好吧。'于是我们把狗放了出去，狗在前边寻着虎的爪印前进，不一会就把老虎轰了起来。老虎开始左拐右拐地逃跑，穿过了一条很宽的河。前边是一条崎岖不平的宽沟，一棵大树从沟的这沿倒到了沟的那沿，搭成了一座天然木桥，老虎便取道这座桥过沟，当它跑到沟的另一边时，就蜷缩着硕大身躯趴卧下来，看着哪条狗上来了，准备对它发动攻击。'领事'——这是我带的一条好猎狗，一条红脑袋的白狗——抢在前边过沟，它跑到沟对面刚一露头，老虎便突然伸出利爪将它拍死（这只老虎可不是等闲之辈）。当我听到它的惨叫声时，我便呼唤它，但是没有一点回应。它为我们尽职尽责了。其他的狗可不是大傻瓜,它们听到'领事'的惨叫声,看到老虎将它扑到了利爪之下,便不再前进,只是停在后边'汪汪'地叫个不停。我跨到沟的对面,看到老虎把我的狗叼在嘴里。老虎正在走远,于是我用美国老头的猎枪(他的猎枪由我带着,我们要为美国旅游者带上一切)冲它开了一枪,不偏不歪正打在它的屁股上。它丢下嘴里的狗,仍是大摇大摆地往前走,那时,其他的猎狗如闪电般地冲上去向它轮番发动进攻,我从远处一边追赶一边呼喊着为猎狗鼓劲,它们终于把老虎逼到了一棵不太高的树上。我和美国老头赶到狗和老虎搏斗的地方,老头迫不及待地催促我道:'快点找老虎,快点找老虎。'我对他说:'您看,先生,老虎咬死了一条狗。'他看了看老虎的犬齿在狗头上咬出的大窟窿,说道:'噻噻噻,噢……'他往每个窟窿里都伸进半个手指试了试说:'噻噻噻,噢,子弹打的。'我对他说:'他妈的什么子弹打的,是老虎的牙齿咬的。您没看到脑子和眼睛都咬出来了吗?'那时他仔细地看了一下死狗,顿时害怕起来。我对他说:'我们去找老虎,它一准就在这地方,因为狗在这儿不叫了。'我这儿往上看看,那儿往上看看。而美国佬则走到一棵大树旁倚到上边左看看,右瞅瞅,神色十分恐慌。我这儿看看,那儿瞧瞧,还是没有找到老虎。这时我发现美国老头倚的那棵树上有一个树枝折断下来,待我往树冠上一望时,不禁向美国佬高喊起来:'您看,它在那儿。'(那大虫就在他的头顶上方,粗大的尾巴垂下来,几乎触到这老头的脑袋)噻!这下可就热闹了,美国佬一时吓得魂飞胆散,撒丫子就跑,慌乱中在一个下坡处一下子摔了个大屁蹲,手中的猎枪、旅行水壶和双筒望远镜全扔出好远,帽子也不翼而飞,总之,一切都摔得不知去向了。那时我追在他后边喊道:'小心,别打滚,没准您又要滚到刺窝里去了,那儿有荆棘。'我把他拉回来,自己赶快站到了大树下边以阻止老虎逃之夭夭。我对美国老头说:'先生,朝老虎开枪,朝老虎开枪。您不是说您要打死老虎吗?'他说:'噢,噢,噢,噢,啊!我的猎枪。'我问他:'猎枪在哪儿?'他也问:'在哪儿?'

'快去找呀,先生!'

'噢,噢,噢,噢,啊,不,巴森特,还是您去把猎枪拿来吧。'

"我去把猎枪拿来了,可是他把猎枪的护手摔掉了。这护手是安在猎枪的后座上的。我对他说:'这可怎么办?没有护手,您一开枪子弹的底火喷上来,您的眼睛可就倒霉了。'他说:'噢,噢,噢,噢,啊,不会的,没事。'他装上了一大盘子弹,对着老虎的正面(这是一只大老虎)开了枪。这一枪正打在老虎的前额上,把老虎打懵了,两三秒钟没有动弹,接着,它'噗通'一声便从树上跌到地上,而且是一头栽到地上的。那时,噢,我们看清了,那是一只老老虎,身躯硕大,子弹并没有打进它的头颅,恰好把它的眼睛打烂了,它瞎了。我对美国老头说:'别让它把猎狗抓住。'一条狗扑上去向老虎发起攻击,我抓住狗腿往后拽,另一条狗又冲上去,我也抓住它的腿往后拽,一边还对美国人喊:'快把狗赶开,快把狗赶开!'老虎趴在那儿不动,它变成了瞎子。我认为美国佬会过来帮我,对此我深信不疑。可这时我看到一条狗又扑到了老虎身边,老虎冷不防挥动利爪抓住了它的耳朵,并且想把它拖到嘴里去。如果哪条狗被老虎拖到嘴边,它的小命可就完了……我赶快又伸手抓住了狗腿往后扯,这一扯不要紧,老虎的爪子把狗耳朵撕了个稀巴烂,血淋淋的,可是我救了那条狗的命。我对美国老头说:'再给它一枪,老虎就趴在您前边一米远哪！'老头开始找他装得鼓鼓囊囊的子弹袋，嗐，也丢了。我们没有了弹药，可老虎还活着。我对老斯里姆说：'用刀子，拿去，用刀子把它宰了。'斯里姆说，'不行！'我对他说：'那您来抓着狗，我用刀子捅它的肚子。'他说：'噢，噢，噢，啊。'他过来抓住狗不让它们被老虎伤害，可是由于他吓得浑身打抖抓狗的手没有劲儿，一只叫'塔桑'的大狗猛地一窜，又把那老头仰面朝天掀翻到荆棘丛中。我心想：'可别叫这群狗把老头给咬死。'于是我对他说：'我们让老虎待在这儿吧，反正它已经瞎了，您没看到它的眼睛都被子弹打烂了吗。屁用都没有了。'我把狗赶开，老虎站了起来，并且开始歪歪打打像个醉汉似地向前走。它朝着美国人站的地方走去，斯里姆看到这情形拔腿就跑，老家伙跑得如此着急而艰难，以致鞋后跟不断地踢到自己屁股上。但是他还是跑出了好远。那时我便只跟老虎和一群猎狗留下来了。我再次把狗赶开，同时心中暗想：'这个婊子养的老虎，用棍棒我是打不死它的，它的皮肉太硬太结实了。用我的刀子？刀子太小了，扎进去一点半星儿的有什么用？'那时我想出了一个主意：'用藤条，用根又粗又长的藤条勒死它。我去砍一根藤条来，缠在它的脖子里，将这个婊子养的活活勒死。'这样想着我便走到一棵叫架子藤的植物前边，砍下一根藤条，打了个活结套在老虎脖子上，并且把它勒紧。美国佬看到这情形，一步一步地走了回来。我把藤条较长的一端递给他，并且叫他使劲勒。噢，没想到他用力一拎，天哪，老虎猛地一甩脑袋，借着藤条的抻劲一下把他甩起来带到它的脚下。呼！老虎窜出去发疯地往前跑，不时地撞到大树上，美国佬死死地抓住藤条不放，被拖在老虎的身后连滚带爬，直至'咚'地的一声也撞在了一棵树上……我想：'这下糟了，老虎要把美国佬给咬死了。'没有别的办法了,我只好用刀子结果老虎的性命了。但是,我又想:'如果我捅它的肚子,那就把虎皮破坏了。'那时我便站到对面等着它,直到它趴下来。等它终于趴卧下来的时候,我对美国佬说:'先生,给您刀子,您把它宰了,老虎算您的。'美国佬慌忙说:'噢,噢,噢,噢,啊,不行,不行,巴森特,还是您把它宰了吧。'那时,我手一挥就把刀子捅进老虎的肚子里,虎皮破坏了,但是我把它杀死了……(那美国佬真是个胆小鬼,可他后来还一遍遍不厌其烦地跟人家讲这段故事显摆自己。)

"老虎已经打死了,老斯里姆说我们得把它整个儿抬到营地去,以便拍照。我们把老虎的'手脚'绑了,我砍了根粗树枝穿进去,我们把它抬了起来。我对斯里姆说:'您走前面吧!'这家伙走四五步就得把老虎放下来休息一下,而且他还不时地被树根或藤条绊倒。他真是太笨了。我想:'照这样下去,我们今天可难回营地了。'那已经是大约下午4点钟,这一天我感觉工作时间特别长,特别特别的长。于是我砍了一些棕榈叶编了一个大筐把老虎放了里边。但是,老虎太沉了,沉得邪乎!怎么办?我把大筐拴上背绳,哈腰把老虎背起来。我对老斯里姆说:'在我走过坑坑洼洼的地方时,您要把老虎的尾巴掀起来。'这样,当我穿过难走的地方和走在倒下的树干上时,他就帮着把老虎的大尾巴掀起来,直到我们回到营地。到了营地之后,老斯里姆不仅不让我们剥老虎的皮,连动都不让我们动。我把老虎吊在房梁上,他掏出照相机为它拍了照。他让大家都站到死老虎旁照了相,其中有一张是我和马丁一起站在老虎旁边照的。天很快黑了下来,我们把老虎吊在了门旁边。这天晚上,由于猎到了老虎,美国佬们喝了个酩酊大醉,他们兴奋异常。可是,由于害怕外边的老虎,

维森特（右）和马丁

他们夜间谁也不敢离开营地……他们中间有个人有一双长筒靴,另一个人拿过一只把尿撒在了里边,然后将它放到了床边。主人睡得死死的,一点儿也未察觉。第二天,我们起床的时候,主人坐起来,伸了伸懒腰,把一只脚放进了靴子。他晃了一下脚,接着又晃了两下,说道:'噢,噢,噢,噢,啊,昨天晚上下雨了。'我说:'没有啊,没有下雨呀!'他说:'噢,噢,噢,噢,啊,我靴子里有水呀。'我有点纳闷儿,一边琢磨一边说道:'水?哪儿来的水呀?……不,不是水,是另外的东西,是啤酒,或者杜松子酒……'那时,那美国人把手伸进靴子,湿了手指拿出来一闻,不禁喊了起来:'噢,嚯,嚯,嚯,嚯,啊,是母狗撒的尿,婊子养的,婊子养的,有人在我的靴子里撒尿啦!'说着,他一下把靴子扔出好远。我想:'但愿他把另一只靴子也扔掉,捡来就是我的啦,这是双好靴子呀。'我等了几秒钟对他说:'另一只靴子怎么办?它就一只了呀!'他说:'噢,噢,噢,噢,啊,不,靴子我不要了。'

"结果,他把另一只靴子送给了我。"

第六章

7月连续不断的大雨覆盖了亚马孙地区成千上万平方公里的大地，但是，多斯·里奥斯地区的暴雨比亚利地区更为骤烈，因为那儿是暴风加骤雨，在夜幕降临之前，大风把奥斯卡·里韦拉和他的伙伴们赖以栖身的营地屋顶的锌皮像纸片一样地揭起来卷走了。

大约晚上11点钟，一条小河的水漫溢而出，激流拖着猪、鸡、工具奔腾的喧嚣把他们从梦中惊醒。热带雨林被一道厚厚的雨幕遮挡着，只有雷鸣电闪时才能看到一点它的模样。

预备役军人从吊床上跳下来，当他企图躲开从侧面倒塌来的屋梁时，大家都听到了屋顶嘎嘎吱吱的响声，随即它便飞到旷野中去了。他们看到屋顶在木薯地里弹跳了几下，然后便四分五裂地解体了。

很快，混血儿和土著人都像落汤鸡似地聚在了旷野里。树干吱吱呀呀作响，他们认为有的大树会倒下来，把他们压扁在泥水中，他们的吊床也放在了那儿。

清晨6点钟，地面上全被红色的黏糊糊的淤泥覆盖了，但是中午一过，热辣辣的太阳就似乎要把人的皮肤烤得燃烧起来了，地面也很快变得又干又硬。

不过，对奥斯卡来说，在多斯·里奥斯度过的这个最后的夜晚并没有什么值得大惊小怪的，因为他和他的伙伴们整个一周来都遭受着大雨的袭击，晚上想合合眼都是困难的。

总之，他们在那儿待了八天，整日睡大觉，很少干活，他们已慢慢习惯了吃木薯粉，他们说："吃这东西在几分钟之内嗓子发干，牙齿发黏。"

奥斯卡回忆说："在这段时间里，我们不睡觉的时候，就在雨林中长途跋涉，走到尽可能远的地方去。我们跟土著人交朋友，他们很少讲话，干完活之后就蹲在他们简陋的茅舍里。

"开头，一个土著人教给我们应该如何在密林中行走。我们走哇，走哇，最后脚都磨破了，因为我们在迈步的时候不懂得怎样把脚站稳，再后来就是脚掌上的大泡破开来导致糜烂，疼得像赤脚走在炭火上。埃佛拉因告诉我们那是因地面潮湿所致。在这种训练中，我首先要做的是学会发现芒刺，有的芒刺又大又尖，可以把橡胶鞋底扎透。

"每次去热带雨林的中心地带，那都是一条耶稣遇难路，但是我们又必须这样做，因为如果我们不学会活动，那以后我们就可能变成死人……每次出行，印第安人都让我们自己走，回来的时候我们必须去找他们，他们用自己的语言讲话，他们不时地看我们，并且笑我们。这使我们十分恼火。有时我们一连走上几个小时，还是在原来的地方转圈子，直至他们中间一个叫托马斯的人教会我们不要再冒傻气。'当进入森林的时候，'他说，'一定要看好太阳的方向，看看它是在您背后还是在您前方，而且一边往里走，一边透过上方能透进阳光的树木不断地看着它。如果您进去时太阳是在正面，出去时就应该在您背后，您同它的方向要有一个大调个儿。在植物比较稀疏的地方,您可以用看树干来辨别方向:北侧和南侧树干上没有苔藓。那时,您可以根据所取方向的需要去找到树干光秃的侧面或为苔藓覆盖的侧面。在有水的地方,那就请您注意河水的流向,河水总是流向北方、南方或东方,您走进森林时一定要选好一个方向……如果有的地方既没有河流又没有溪涧,那事情可就麻烦透了。'这是印第安人告诉我们的。

"在那些日子里,我们没有收到一个比索。从离开我的村庄到那个暴风雨的夜晚,一切都是无偿的。埃佛拉因告诉我们,等我们割胶的时候会挣到很多钱。当时我们想:我们都是白种人,又是干活能手,等等没关系。

"第二天上午,我们出发到干活的地方去。我们从多斯·里奥斯沿阿哈明河而上,一直航行了三天。第一天烈日当空,其余两天早上下午都下雨。不是暴风雨,是蒙蒙细雨,但船舱里还是慢慢积满了水,我们不得不用小锅、船桨或随便什么东西把水弄出去。一天下午,为了说说话儿——因为一个人在旅行中总在想着将会挣到很多钱在故乡买幢房子——,我问埃佛拉因为什么两年来他们对印第安人分文没付。他没有吭声。显然,他很不高兴,狠狠地瞪了我一眼,像是要把我吃掉。我以后再也没有跟他提起这件事。船上有我们兰达苏里的七个小伙子,还有在米拉弗洛雷斯住下来的七个土著人。我们到了一条大河的河口,埃佛拉因对我们说:'我们就在这儿干活。'但是,我们下船上岸之后,那儿竟没有营地,映入眼帘的只有茫无涯际的密林。'我们就待在这儿吗?'我问埃佛拉因。他回答说:'在有时间盖一幢大房子之前,印第安人会教你们搭茅屋,你们把吊床挂在茅屋里。'

"我们面面相觑,没说一句话。我们放下我们的东西,印第安人去砍树叶编织屋顶。我们也去砍树叶编屋顶。但是,当我们砍来树叶编织的时候,却怎么也编不成。天黑的时候,我们在杂草间开出一块空地,铺上一些绿树叶,便在上面躺下睡觉。我在家乡从未学过盖房子,唯一多少懂点盖房子的就是埃尔默,但是,热带雨林中的茅舍完全是另一回事。可不管怎么说,我们必须搭盖点什么栖身。第二天,我们大家一起动手干活:首先砍梁檩,然后准备屋顶材料。我们见到硬木树就砍倒,剥去树皮,用它们一根根搭起屋架。我们分工合作,有人去砍木材,有人去砍树叶,有人剥树皮。这一天我们的房子没有盖完。干这活时,我们吃的是木薯粉。我们没有去捕鱼,也没有去打猎,为了盖好房子然后开始干活——在一种叫三叶胶的树上割胶——挣钱,我们没有时间顾这些。

"开头几天埃佛拉因·桑切斯是我们的老板,我们盖房子的时候,他在那儿待了一个星期。他告诉我们哪些是三叶胶树,我们应该怎样开辟出道路进入热带雨林中心地带,然后他就走了。他把我们单独扔在了那儿。由于已经有了茅舍睡觉,我们便着手修路。开头,每个人吃上一碗木薯粉糊糊就感到肚子饱了,但过上一刻钟,肚子又感到饿了。整天都是这样。于是我们学会了吃一种叫吉贝果的水果,我们学会了如何采摘,如何烹饪。那水果味道很好。它流出的乳状液汁应该是很有营养的,因为有时我们只喝这种乳液,竟是过四五个小时才感到饥饿。

"学会开辟道路进入密林深处可不是件容易的事,对于不了解当地环境的人来说,要想在林中走直路是不可能的。有时你觉得是往前走,可实际上是在转圈子。不过,我们很快便掌握了开辟道路的窍门：一个人在前边走，用镰刀在树上砍出记号，或者将低矮灌木的顶部割掉。其他人跟在后边，只把杂草踩倒而不去动大树，这样，四米左右宽的道路就开出来了。

"如果我算得不错的话，我们应该是在7月。我们用了一周的时间修了一条九公里长的路。我们仍是没有时间打猎和捕鱼。所以我们继续以木薯糊糊和吉贝果乳液为食。可是，等我们修完路以后，我们就有了时间去捕鱼了。正如在阿帕波里斯河告诉你们的那样，我们唯一能打到的就是锯鱼。这种鱼只能做汤，因为它的刺能把人的嘴扎破。我们没有奶油，没有食用油，也没有盐。于是我们就把锯鱼剁碎一点儿一点儿地吃。第二天，埃尔默想起了埃佛拉因曾对我们讲过在河边上有盐碱地。这些盐碱地在大石头间，那儿积聚的水是咸的，周围的动物，如驼鹿，都喜欢喝这种水。一个人爬到岩石上，可以像数放牧的牛羊一般数驼鹿，可以选任何一只开枪猎取，因为有时它们成群结队地到来。听了埃尔默这样的讲解，这天上午我们大家说：'妈的，今天我们可是要吃肉了。'

"晚上，我们去了埃尔默告诉我们的盐碱地，在那儿躲起来等驼鹿到来。但是一些叫牛虻的小昆虫不停地咬我们，咬得我们只想哭。它们让我们一刻也不得安宁，不停地用爪子挠我们，而且不发出一点声音，我们可是遭罪了。大约在凌晨3点钟，来了一只驼鹿喝水。我们有几个人藏在石头后面，有几个人藏在树后面，听着它咂咂地喝水，我们打开手电筒朝它开了几枪，可是这个婊子养的跑了。我们又等了一个小时，大约在4点钟左右，又来了一只。它来的时候我看到了，我用手电照亮了它的脸，朝它开了一枪，但是，它也逃了。4点半的时候来了另一只，我们又没有打中。清晨6点我们回到营地，饥肠辘辘，困得要死，连根驼鹿的毛都没捞到。'昨天晚上没有驼鹿来。'我们对印第安人说。他们想笑我们。但是一句话也没有说。约摸下午3点钟，他们有两个人去了森林中心地带，打来了几只猴子，把它们吊在树上熏烤，仿佛它们是从树上掉下来的。熏烤的时候不剥皮，不去毛，整个儿地放在火上方。第二天上午，猴子肉烤热了，可以吃了，但是我们感到恶心和害怕：它们像烧焦的人一样，好像我们是要去吞食一个人。但是，我们饿得两眼发黑，所以……所以……不吃又怎么办呢？我们吃饱了肚子便去干活。我们一连两三个小时都在路上走，一会儿走向这边，一会儿走向那边，为的是想碰碰运气，看看在哪儿能找到巴拉塔橡胶树。因为，您看，在热带雨林中所有的树木都是不同的，那儿有成千上万种树木。因此，为了找到巴拉塔橡胶树要走很远的路。有时在一个地方会找到三棵，五棵，十棵，走上200米又找到五棵。就这样接连地找下去。这些树和另一些树相距很远。我们用指南针掌握方向，这是桑切斯在离开之前教给我的。用指南针我是要付钱的，尽管那是为了给他干活。我卖布给印第安人收了一些钱，从中拿出120比索给他。除了指南针之外，桑切斯还给我们留下了一些猎枪子弹，猎枪是他借给我们的，这两样东西我们也要付钱。他在米拉弗洛雷斯买一带子弹花四个比索，而我们要付他十个。他借给我们白人一支猎枪，借给印第安人一支猎枪。这两件武器供14个人用。

"生活会教会人们一切，没过几天，我们便成了开路的能手。一天我们能开出15到18公里的路，可是我们找不到巴拉塔橡胶树。每天下午干到4点钟，当我们估摸着天要黑下来的时候，我们就赶快转身往营地跑。尽管如此，还经常是还没下山，天就全黑了。那时，我们就只好睡在山上，因为四周一片漆黑，我们没法走路。我们就睡在大树根上……一个人在睡下之前，要好好看看旁边有没有什么野兽，然后割下一些大树叶铺在地上作垫子，一直睡到天亮。

"一般来说，像这样的情形，我们都是白跑路，因为我们找不到巴拉塔橡胶树。我们的劳动强度很大，当我们碰上好运气，一下子找到100棵、200棵巴拉塔橡胶树，够我们干上一星期活的时候，我们就两人结伴而行，我的伙伴是埃尔默，他是我的表弟。

"这种方式很好，因为开始的时候，我们每个人都和一个印第安人结伴，可这些婊子养的现在唯一干的勾当就是把我们故意丢在山上让我们迷路，大概他们是想要我们死在那儿。他们对我们说：'您看，这是一棵巴拉塔橡胶树。'接着，转眼他们就不再带路，屁事不干，神秘地在我们面前消失了。那时，我们就要悄悄行事，静静地听。过一会儿就听到他们在我们前面走动。此时我们就赶快一声不响地往前走，循着声音追上他们。为了能突然抓到他们，一定不能喊叫，如果你叫他们，那就要重新落得只身一人。

"有一次，一个印第安人企图把我丢在一条大河边。那是个星期天，我们去钓鱼。他对我说那条河不远，所以我只带了三排猎枪子弹，可他把给他的全部子弹都带上了。我们走啊，走啊，老是走不到目的地。真他妈的扯淡，那才不是很近的地方呢：我们整整走了三个小时，或者说我们到了上午9点钟才到了那条河。我们从河岸上下去了一点，在一片平静的水面前停下来，开始钓河里的沙丁鱼。我拿上鱼钩，放好鱼饵，便把它抛进水中耐心地等待。印第安人看了我一眼，然后站起来，砍了一个棕榈叶。他们管那棕榈树叫加拉巴木，叶子很硬，有两个手指厚，他把那叶子放在了水面上。有了那片叶子，鱼钩就不下沉,鱼钩刚放下去,他就钓到了第一条沙丁鱼。接着是第二条,第三条,第四条……总之,钩无虚放。不多一会儿,他就钓到了四五十条沙丁鱼,可我连个鱼毛都没钓到。那时他开始嘲笑我了。他笑一笑,看看我,再笑一笑,再看看我。我真想用脚踢烂他的屁股,但是我忍住了。我们沿河往下跑了一段,在一段清澈见底的河水前停下来。我开始往水中观察,只见一个黑色的圆形动物在沿着河水边缘蠕动,并且时不时地在水下漂着静止不动。那时,印第安人看了我一眼对我说:'您去把这条鱼抓住。'我瞪了他一眼,几乎肺都气炸了:'干吗你不去抓呢?你这个混蛋,没看到这是一条鳐鱼吗?'鳐鱼是一种水生动物,身上有两个叉,可以刺进人的肉里,让你疼得撒尿。如果一个人没有带着药物或不懂得用药草治疗,那伤口就会很快化脓溃烂。他没有回答我,而是走近了那条鳐鱼。

'请砍根尖棍来!'他对我说。

'您干吗不自己砍?'

"我对那个印第安人已经没有信任感了。他想了一下又说道:

'那么您把砍刀借我用一下。'

'您自己腰里也有一把呀!'我回答说。

"他恶狠狠地瞅了我一眼,我们离开了鳐鱼所在的地方。他沿着一根搭在深水上方的木头迅速地过了河(这些人走路都是很快的)。我也照他的样子过河,但是我感到脚下在打滑,好像要跌到鳐鱼身上去。我穿的是高筒胶皮靴,而他们印第安人是打赤脚。我过河的时候落在了他的后边,到了河对岸就不见他的踪影了。我不停地喊他的名字,足足喊了有一个多小时:'法乌斯蒂诺,法乌斯蒂诺……'但是这个狗娘养的就是不回答。那时,我感到十分的孤单,心中暗想:'真是糟糕透了，这条河很大，如果我一直沿着这条河走，那会一直走到阿帕波里斯河。我可能会饥饿而死，可是，我得设法从这儿走出去。'我感到害怕。我站到高崖上喊法乌斯蒂诺，他还是不答应。那时，我拿过猎枪，打开枪盖，把嘴对准枪筒开始吹起来：我吹出的声音酷似狩猎用的牛角号。印第安人也用同样的声音回答我。但是距离很远。这当儿，我赶紧拿起猎枪，连子弹都顾不上放，顺着河一阵猛跑，打算追上他。我赶到一个地方，看到那儿升过一堆篝火，沙丁鱼鳞撒了一地。我心中想：'这个乌龟王八蛋在这儿吃沙丁鱼了，怪不得他要把我甩掉了。'

"我环视四周，没有看到他。我想叫他，但是我想：'假设我喊叫，他可能就在我旁边不回答我。我得设法找到他！'于是，我又往河里看去，那儿有几个深水区，我看到有一个动物正向水下沉，那个动物像只猫，我情不自禁地喊了起来：'法乌斯蒂诺，一只水獭！'我并不认识水獭，但是别人告诉过我水獭的样子，并且说水獭皮值好多钱。听到我这么一喊，印第安人就在我身边回答了一声，把我吓了一大跳。我回过头去，他的眼睛正在注视着我，接着便哈哈大笑起来。

"'一张水獭皮在港口上卖400比索。'我心里想。于是我对印第安人说：'我们杀死它。'他对我说：'干吗要杀死它呢，杀了它主人也会给我们要走。'我对他说：'不，我们杀死它，把它藏起来，把皮卖给别人。'我拿过他的猎枪，站到下边的河旁等着水獭。我们等了很长时间，最后水獭还是溜走了，看来印第安人无意猎获它。

"那一天我对那个印第安人没有半点儿信任感了。在回营地的路上，我对周围的一切都很注意。心想：'如果他再丢下我，我必须设法自己走出去。'

"我们走哇,走哇,我一直想着那只值400比索的水獭,直到后来我对印第安人说:

'法乌斯蒂诺,您为什么不愿打死那只水獭?'

'因为这样的事已经发生过了。我们猎到过水獭、老虎和虎崽,埃佛拉因让我们把皮交给他,答应以后给我们付钱,但是他从没给过我们一分钱。'

'但是他对我们不会这样。'我回答说。印第安人笑了。他看了我一眼,又笑了。

"大约下午4点钟,我们发现了几只肥火鸡。印第安人开枪打死了一只,我也开枪打死了一只。我问他还有多少子弹,他说还有十颗(真不少)。我让他借给我两颗,答应回到营地就还他,他不肯。我只剩下一颗子弹了,我心想:'如果碰上倒霉他再把我扔掉,林中跳出个老虎来截住我……我该怎么办?'印第安人经常用老虎吓唬我们,由于我没见过老虎,我觉得它们就是死神。他们说在这带热带雨林中,老虎十分的凶狠。我心中异常地害怕,但我始终没在他面前表现出来,免得他跟我捣蛋找麻烦。如果他拿老虎来戏弄我,那就更糟糕了,我感到每走一步我的四肢都在打战。黄昏降临了,那时我睁大眼睛,紧紧跟在他的后边,跟他寸步不离。如果他加大步伐,我也跟着加大步伐,同时注意着他的一切动作。我们大约在晚上6点钟到达营地。我点起一堆火用锅煮火鸡,我喝了鸡汤,吃了硬邦邦的鸡肉,嗬,味道好极了。

"照埃佛拉因的嘱咐,印第安人在一个地方做饭,我们在另一个地方做饭。埃佛拉因在走前提醒我们:

'在没有跟他们混熟之前,你们要十分小心这些印第安人。暂时你们还要跟他们分开做饭，睡觉也分开，一切都要分开。你们不要跟他们混在一起，他们很坏，一不小心，他们会杀了你们的。'这是他的原话。

"因此，我们整天提心吊胆。晚上，我们轮流站岗监视他们。我们白人是团结的，一件事如果发生在一个人身上，就等于发生在所有人身上。但是，印第安人比我们更齐心。他们抓到一条鱼会大家共同分享。他们把那条鱼放在盘子里或树叶上大家一块吃。我们白人却做得相反，只有东西相当多的时候我们才共同分享，但是那些天吃的东西很少，我们就各吃各的了。"

第七章

7月13日星期二的上午是潮湿的。黎明时分,由于前一天晚上下了暴雨,热带雨林笼罩在大雾之中。看来这种热带地区冬季的气候影响了旅游者的情绪。

埃德加·加西亚回忆说:"那一天真是糟透了,从我们起床开始,一切都不顺利。首先是美国佬们为往博士靴子里撒尿的事争论了一番。另外,尽管前一天猎到了一只老老虎,但总的狩猎成果不佳,他们感到很是厌烦。

"吃过早饭,维森特劝他们利用上午时间出去在营地附近走走,说不定还会打到另外的老虎,那些美国人没有吱声。老头儿继续坚持,最后他们才答应了。"

维森特:"我们去了瞎老虎被打死的地方。在山间走出几千米之后,就看见猎狗从远处追过一头棕鹿来。我站在那儿不动,等棕鹿从我身旁穿过时,我一下把它掀翻,让它来了个四脚朝天,这样可以不让狗咬坏它。这时,美国佬们争了起来,这个说应该给他,另一个说应该给他。我对他们说:'你们别争啦,回营地让马丁决定给谁吧。'我的话他们不大爱听,其中一个说他要把鹿带走养起来,因为鹿是活的。我身边带着一条口袋,我把鹿装进去,然后用一根叫丝兰的细藤条将它缝起来,这样鹿就逃不掉了。但是为了不把他憋死,我让它的头露在口袋外边。我们穿行在一些巨大的岩石间,突然,扛着鹿的美国人跌倒,连滚带爬地往山下滑去,转眼就不见了,直至终于在山下的灌木丛中停了下来。但是,他受伤不轻,疼得哇哇乱叫。口袋里不仅有鹿,还有一暖瓶热咖啡,美国人往下滚的时候,口袋多次碰撞在石头上,暖瓶对着鹿炸碎了,当即把鹿炸死,弄得我们倒霉透了。我们没有了咖啡,也没有了口袋,我对那美国人说:'您看看,先生,鹿谁也甭要了。'他十分地恼火,对我用英文嘟哝了几句什么,我没有说话。他爬到摔下去的那个地方,对我说:'现在我要把这头鹿吃了。'我对他说:'妈的,那您就带上它吧。'我们返回营地,到了营地之后,我就把那头鹿剥了,我对那美国佬说:'先生,这肉坏了,味道很难闻,因为这鹿是暴死的。'他说他还是要吃,说这是他自己的事。那时我叫伊内斯把鹿肉烤熟。鹿肉烤好之后,用盘子端来一块,美国人兴致勃勃地张大嘴咬了一口,咂摸了一下滋味,连连叫道:'噢,噢,噢,噢,嚯!'他一下把肉扔出了好远,半点儿也没吃。"

埃德加:"下午1点钟之后,天开始放晴,一轮冬日昏暗不清的太阳露出脸来。旅游者们说他们想到河里去洗澡。整日大雨滂沱,河床里的水涨得很满,波浪翻滚。旅游者们胡子拉碴,个个成了脏鬼。我劝他们最好到小溪中去洗澡,因为大河里的水太深了,但是他们不理我的碴儿,说是小溪里有锯鱼,水流平缓,危险更大。他们说得不对,但是我没有反驳。他们离开我去找马丁和维森特谈了。"

维森特:"荷兰人阿韦是个身材魁梧的黑人。他来到我身边告诉我他们想在瀑布那儿洗澡,我们必须得答应他们,因为他们想拍些照片带走。我对他说:'河水很深,您没看到下了那么多次大雨吗?不要去那儿,还是在附近洗吧。'他说不行,这是他们自己的事,用不着我操心,他们能管自己,河水越深越好,否则他们还不来呢。我对他说:'那你们就脱掉衣服洗澡。'他说:'干吗要脱掉衣服呢?'他们脚上穿着大皮靴,身上穿着伪装,伪装的裤腿上有一些大口袋,里边装满了东西和照相机。为了不再多劝,我说:'你们自己看着办吧。'我去弄了一条筏子来。他们跟马丁谈了,马丁让我先把美国老头查尔斯·C.沃尔什和阿韦送过去。那时我叫了埃德加,让他准备好,我们两人一起陪他们过去,他痛快地答应了。"

埃德加:"我们上了船,开始沿河顺流而下。由于水急浪高,大木船里很快就积满了水,我赶紧用一只陶罐把水往外淘。我穿着短裤,脚蹬胶皮鞋,衬衫半敞开着。美国人爬到了把两条船连在一起的木板上,维森特叮嘱那个大块头的黑人要站稳,因为这种筏式船很快就要失去平衡,但是黑人并不理睬。随着我们慢慢靠近瀑布,河水的泡沫也就变得更加浓密起来。瀑布的响声越来越大,我开始感到害怕,把上衣和鞋子都脱掉了。我们离瀑布已经很近了。我用一只手抓紧船舷往前观望,一阵微风拂弄着我的全身,突然一个浪涛打来撞击在船头上,把用木板连在一起的两条船猛烈地掀起老高。我顿时感到心都悬了起来。当船复又落到水面上的时候,浪涛开始往后退去,至船尾时,又把它掀了起来,接着又突然使它猛烈下跌。我唯一听到的就是水声。我往后瞅了一眼,看到美国佬的脸是模糊的。我觉得他们似乎在笑,紧紧地抓住船帮笑。大概他们觉得很好玩。当我终于看清楚他们的时候,他们还在船上坐着,但水已没至他们的腰部!天哪,这只是瞬间的事!由于吓掉了魂儿,我没法扔掉手中的陶罐,仿佛它粘到了我的手上,懂吗?……我的脊背和双腿都麻木了。又一个浪涛滚滚而来,筏式船一下子沉到了我们脚下。那时,我无法再犹豫,果断地决定开始游泳,因为水流的冲击十分可怕。我感到左耳一阵刺疼,原来是那儿遭到水流的猛烈撞击。我看到天旋地转,不知道应该游向何方。我失去了平衡。往下游出几米之后,一个漩涡把我无情地吸了进去,我在水中翻了两三个跟斗之后,激流将我抛到了岸边。此时我的脑袋已经晕了,双腿也感到十分沉重……河岸就在身边,也就是二三米远,但是,尽管我用双臂不停地划水,就是靠不了岸。'我完了,只能到这儿了。'我这样想。但是,随即我又鼓励自己说:'不,我要做最后的努力。'我看到从岸上伸到水面上的藤本植物,我拼命地伸出胳膊一抓,啊呀,抓住了。我用尽全身仅有的力气死死把它抓住,然后往河中看了一眼:一个美国人陷进了漩涡,他只露出了一次脑袋,张开嘴,伸出胳膊,像是恳求别人抓住他,他要淹死了。接着他就沉入水中,没有再漂上来……又过了片刻,我听到似乎有人在激流中喊叫,但是我什么也看不见了。喊声很长,焦急而痛苦,尽管瀑布的声音轰隆隆作响,还是可以听得很清楚。下边,在对岸,两条船已经变成碎片,在浪涛上蹦跳。在我的前方,我看到了维森特,他也只穿短裤,因为他这次也不想穿着长衣出来。老头儿游到了一块石头上。就我们两个人了。我爬到河岸边的悬崖上,撒腿往营地跑去,别的人都在那儿。"

六个月后,维森特·金德罗在法官阿韦拉多·达萨面前的证词笔录:

……第二个浪头过来了,汽油箱往上飞了出去,打在我的胸膛上。发动机熄了火,船开始逐渐下沉。那时我开始游泳,也不知游了多长时间……像是有几个小时,但是由于水流太急,无论如何我游不到岸边。我累了,稍稍放松了一下,结果我被漩涡吸了进去,被水冲得左摇右晃。我赶快用手臂划水保护自己,划呀,划呀,终于划到了有一块石头的地方:那块石头在河中央,远离河岸。我努力抓住那块石头,它上面长满绿色的苔藓,滑溜溜的,但是我终于还是抓住了它。我把僵硬的身子往上一挺,往前一扑,就骑在了这块石头上。当我爬到顶端的时候,我就在上边趴下来,好好地喘了几口气。此刻,河岸距我那么远,我看都不想看。这时我开始想:河水如此汹涌,待我再次下到水里,鬼才知道会是什么结果,我不知道我还有没有力气挥臂游泳,直至游到岸边。我想啊,想啊,最后我对自己说:"谁也不会来把我从这块石头上救出去,我们干了什么事呀,天哪,我必须游出去自己救自己,否则我就只好留在这儿。"那时,我没有再犹豫,"唰"的一下跳进水里。我拼命地游,拼命地游,侧着身子游,侧着身子游,一点点地前进,一点点地前进,终于游到了岸边。我睁大眼睛想找那个小伙子,但是没有找到,我想他也被那些激流恶浪冲走了。船只和美国人也不见了。瀑布吞没了一切。几分钟之后,我看到埃德加还活着。他跟留在营地的其他人一起从森林里朝我跑来,我迅速迎了上去:"瀑布把他们都吞没了,真该死!"马丁看了我一眼,但是我觉得他没听我讲话。后来,我们整个下午都在寻找,晚上我们又带着手电筒回到同一个地方去寻找,看看有没有什么在水上漂着。马丁带来了几个充气垫,我说可以用一个当船到河下边去看看,但是活下来的一个美国人说不要再死人了。别再干扯淡事自找麻烦了。第二天我们又整整找了一个上午，还是没有发现任何踪迹，我们只好回了营地。7月15日星期四，飞机到了，我们和马丁以及所有活下来的人一起返回。

8月14日星期三，24小时之前，哥伦比亚空军的比奇克拉福特飞机已经准备好执行飞行任务。根据和马丁达成的协议，旅游者们将乘这架飞机出发，但是，天公不作美，飞机没有按时起飞。这时候，营地两个新访问者和飞机驾驶员等了八个小时盼望天气转晴起飞，结果是老天不赏脸。"天气情况坏透了，有积云，而且在河上空是一层层的积云。空军基地上空的云层很低，酷似一个厚厚的屋顶，指挥塔宣布机场关闭。直到下午4点天空的云层才开始消散，但那时我们已无法起飞，因为在热带雨林上空飞行需要良好的能见度，允许肉眼看到一切，如果我们此时起飞，就来不及返回了。因此，我们只好等到第二天，待气象条件好一些再说，哪怕天气不会完全转好……您知道，那是一架老掉牙的飞机，没有雷达，照我们的说法就是只能用土办法飞行，需要十分的小心。"后来空军基地指挥官兼比奇克拉福特飞机驾驶员梅德拉诺少校这样回忆说。

营地两个新的访问者是弗里茨·特鲁普和沃尔夫冈·普塔克，两位奥地利人类学家。他们是为写作有关亚马孙地区土著人的博士论文而来的，因此他们已获得了一份维也纳大学的奖学金。他们听说亚利地区生活着一个至今不为人所知的部落，就兴致勃勃地来这儿考察。

弗里茨·特鲁普："上午10点钟，我们降落在营地附近的水面上，降落之后就听说有一条船和两个人以及发动机沉没在亚利河的激流中。看到营地没有任何交通工具，本来我们想立即返回'三拐角'军事基地，但是他们没有安排我们乘军用飞机，因为我们坐不下。马丁和其他人乘这架飞机走了，当时马丁和驾驶员答应五天之后来接我们。尽管如此，我和沃尔夫冈至少问了飞机驾驶员十遍是否肯定回来接我们，他说是的，保证在五天之后回来。为这次旅行我们每个人已付了1000比索，这是付给驾驶员的，我们还准备付返程机票费。"

马丁、维森特、斯坦利和托尼，加上他们的装备，把飞机塞得满满登登的。飞机艰难地从河面上飞起来，然后从第一道瀑布飞出，在河上空飞行了好几分钟。但是，马丁告诉我们，他们没有看到沉没的船只和失踪狩猎者的任何踪影。

那天上午，留在营地的有沃尔夫冈和弗里茨，斯里姆·鲍威尔和本哈明·库维略斯，女厨娘伊内斯和猎人助手埃德加·加西亚。

在寻找了六年之后，终于在卡利见到了马丁·莫宁斯塔，并且同他谈了话。卡利是哥伦比亚西部的一个热带城市，距亚利河很远。

我看到他坐在他家的小客厅里，我感到我面对的是一只关在笼子中的老虎：神经质，厌恶城市的喧哗，每句话都想提到他的自由感，而那自由感似乎又把他同热带雨林的孤独和凄凉联系在一起。

在他的回忆中，有时候他模模糊糊地提到第二次世界大战，提到他在阿富汗的经历，提到他也许是痛苦不堪的童年。他唯一不想回忆起的就是在亚利遇到的那场暴风雨。在回忆这件事时，他只讲述了短短的几个小时，对那次行动提出非议，讲话时吞吞吐吐，言不尽意。对他来说那是一个痛苦的时代，因为当时他们毁坏了热带雨林。

"自从我的水空两用飞机沉入河底后，几个星期以来，我的遭遇一直是不幸的。"他说:"我曾在《田野和小溪》杂志上登过一次广告,看到广告后阿韦·布埃给我打了电话,要跟我订合同搞一次远征狩猎活动。飞机出了事故之后,我决定暂停一切营业活动,直至我购置新的飞机。但是,阿韦对我施加压力,接着就来哥伦比亚找我。我告诉他,在亚利我不能做任何生意,因为我没有飞机。他继续对我施压,结果我组织了那次旅行。可以肯定,如果我有自己的飞机的话,就不会发生那样的事了,也不会发生以后的事了……也就不会再死人了。那次事故是一切事情的关键……我尽量把它回忆一下:我们同奥尔顿·戈因斯商定做一次从卡关河到亚利营地的穿越旅行(我的农场在卡关河)。在天气一般正常的情况下我们飞行了2小时30分钟。在森林上方8000英尺的高空,飞机保持着正常速度。这两点之间的距离花费了我们相当长的时间,还差八分钟就到达目的地了。可偏偏正在此时,飞机却可怕地颠簸起来。由于汽油吸嘴破碎,联结火花塞的电线烧了。当时我有两种选择:继续往前滑翔,跟气流机智角逐,或者飞回去。但是,回去已没有可能。于是我便继续前进,让发动机刚刚着火,每分钟只转800转,而它的最高速度应该是每分钟2400转。那时,我努力让飞机保持每小时80英里的最高滑翔速度,以便延长飞机的航程。我达到了目的。我凭着指南针判断方向往前飞,终于慢慢靠近,远远地看到了河流。河流已近在眼前,但飞机已下降了许多。又过了一分钟,我便飞到了鼻子底下的河上方,但是在我设法在水上降落的时候,机尾掀起了一股风,飞机接近水面时,时速大约每小时100英里。因为风给了飞机推力,当时条件很不好。我几乎是擦着树冠靠近了水面,最终把飞机落到水面上开始滑行。但是,一只浮筒的前部撞在了没入水中的一棵树干上,飞机猛烈地倾斜了一下,螺旋桨摔到了浮筒上,将其从顶部开了一个口子。我们漂流了好长一段距离,但是,天已经慢慢黑下来,机翼撞到了从河岸伸过来的一棵大树上,因为我们完全是被水流冲着往前走的。飞机翻了个儿,河水开始灌进毁坏的浮筒,自然,飞机要下沉了。我取出几条带在飞机上的缆绳,赶快把飞机拴到岸上。这活我们一直干到晚上近7点钟才结束,随后,我们设法睡上一会儿。黎明时分,我们开始找棍棒扎了一条筏子。我们登上了这条筏子。我们必须沿河往下漂流,直至到达营地,维森特在那儿干活。随着我们往下漂流,我们弄到了更多的棍棒,筏子也就越扎越大。我们是在齐腰的水中航行的。往下漂流了一段之后,漂浮情况有了好转,实际上,我们已经可以让筏子露出水面了。但是,由于木头吸了很多水,漂在水面上的情况仍不理想。我腰间别了把'三五'手枪,但是我没有觉察到子弹已全泡湿了,因此还感到十分的安全。那天下午,我们把筏子靠岸,想睡上一觉。但是没有睡成,因为有一只老虎开始发出一种怪异的哼叫声,我觉得它像是一只保黑尔鸟。第二天,我们又登上筏子出发,我饿得肠子咕咕直叫。我们看到一只火鸡,我想开枪射击,但是手枪不听话,子弹卡了壳。我们沿河而下漂浮了六天六夜。有几天,老虎一直在岸上走着跟随我们,因此我们绝不敢离开河水上岸。夜间,我们听到老虎在山上哼叫。我们没有带任何吃食,不得不从肮脏的河水中找寻吃的东西。如果可以这样说的话,我们是在昏睡中过日子,因为大家已经是精疲力竭,再也难以支持了。白天的太阳火辣辣的,令人生畏……我们没有草帽,没有任何遮盖物。没办法,我只好把一个手帕包在头上。终于,这样过了一个星期之后,我看到了维森特,他乘着一条小船向我们划来,我们靠岸了。"

维森特:"我们跟一个助手在营地待了 15 天,却始终未见马丁露面。那时我们想:'他们是把我们扔在这儿不管了。'我们弄了一条小船,两桶汽油,准备到印第安人那边去看看能不能搞到些海枣吃。我们正在乘船前进的时候,突然看到有两个人乘着用棍棒、树根以及其他乱七八糟的东西扎成的筏子过来了。我对那个叫巴伦廷的助手说:'这两个家伙可能是在阿拉拉瓜拉服刑的逃犯,阿拉拉瓜拉就在森林深处……把猎枪递给我,我们得防备着点儿。'他拿过猎枪,慢慢地把它递给我,天哪,这时我却看到,那是马丁的美国朋友奥尔顿和马丁本人,为了防太阳晒,马丁头上包了块手帕。我把船开过去,想首先把奥尔顿接上船,但是他没法站起来,他瘫痪了。由于水泡,他的双脚已是皱皱巴巴,仿佛是溺水者的脚,那时我对马丁说:'快点,快把他扶上船,这老头要死了。'马丁回答说:'好吧,可是他不会死,巴森特。'

"烈日将他们暴晒得身上起了皮,他们胡子拉碴,嘴唇干裂。我带了一些饼干,我问那美国老头:'先生,您吃饼干吗?'他说:'噢,噢,噢,噢,嗬,吃,吃,吃……'我给了他饼干,又给了他香烟,也给了马丁这两样东西……我们一块到营地去。在往下航行中,我们打到了只火鸡。到达营地之后,我们吹起了两个充气垫,让他们躺下休息。他们已是半死不活,我们给他们烤火鸡肉烧汤吃。他们当然吃得很香。过了一会儿,马丁问我:'巴森特,我们怎么办?'我对他说:'好说,明天我们到村里去吧。'另一个美国老头首先开了腔:他说他不走,他要留下来死在那儿。我对他说:'不,我们 15 天以后回来。'他说:'别,别回来,巴森特,千万别再回这儿,路上要穿越许多热带雨林。'我说:'不,先生,15 天以后我要回来的。'他说,不,他要死在那儿了。这样,第二天我就没有再来见他。我出去了,打了两只驼鹿留给他、女厨娘切拉和猎狗吃肉。我打了驼鹿之后还为他们剥好,调制好放在一张木床上,而且还亲手做了一点让美国老头和马丁吃,这样他们会有劲走路,因为我想:'如果他们不吃点东西,他们在这山地里走累了,说不定要让我背他们哩。'他们休息了一下,两天以后我们准备好了船。我们有两桶汽油,我对他们说:'咱们沿河而上,两桶汽油用完后我们再登陆步行。最好我们乘船走得远一点,因为越往上走,我们离开亚利到卡关河的距离就越近了,那样我们走的路就少了。'

"我把美国老头、巴伦廷和厨娘切拉留在了营地,跟马丁一起乘船沿河而上。那一天,我们用发动机航行了整整一天,与飞机根本无缘。我对马丁说:'您的飞机掉下来的地方离这儿很远,妈的。'但是我认为第二天我们肯定会到达飞机掉下来的地方,因为我们乘船已航行了相当的路程。大约在下午4点钟,我看到了几只保黑尔鸟。我对马丁说:'我去打一只来做晚餐,因为我们没有任何吃的。'我们打了两只,然后继续前进。这时,河岸上出现了一只大老虎。我对马丁说:'打死它,打死它,这个婊子养的在跟着我们。'马丁说:'别!别!晚一点干掉它更好。'那家伙是个庞然大物,一点也不害怕。我们的船在它身边开过时,它只是目不转睛地注视着我们。往前开了一段,我们上了岸。我砍了一些树叶编成'小屋'遮雨,又砍了一些叶子作垫子和枕头,然后我们就酣然入梦。第二天,我们早早起来煮了点咖啡,匆匆喝了,马上启程。大约在上午8点钟,我们看到了轻型飞机的翅膀和一段尾巴,因为两个部位都露在水面之外。飞机是从河左岸倾斜着沉入水中的。我对马丁说:'您看,那儿有飞机翅膀。'他说:'太棒了,巴森特,没错,肯定是!我把它弄到那棵树前边了……一棵很大的树。'他们没有把飞机拴牢,所以飞机沉入水中了。说着我们已靠近飞机,我对马丁说:'我们得在这儿潜到水下去看看有什么东西。'(飞机沉没得很深)马丁已经告诉过我,美国老头从口袋里掏出一些美元放在了仪表盘上,那些钱飞机失事之后未能拿出来。我对马丁说:'这些钱还在飞机中,应该是在驾驶舱内漂着,我们得把它们捞出来。'那天晚上要下雨,所以我们搭了一个棚屋,然后我捉了两只鸟,烤熟当饭吃。我对马丁说:'我们得把飞机打捞出来,美元肯定还在里边'。据说美国老头大概带了有5000美元,我想:'潜水必然会取得报酬的。'于是我们脱光衣服潜到水下去。水很深很深,我们潜到水下之后,先从一个窄门进入飞机,然后再钻进驾驶舱,在水中翻动着身体,尽量在水中多待些时间。谁不对美元馋涎欲滴呀!我首先潜了下去,发现有很多美元漂在飞机中,它们没有漂出飞机被水冲走。我伸手抓到一些,把它们拿出飞机,浮到水面上一看,嘀,完好无损。马丁也潜到深水中,同样开始捞美元,我们捞出的数目相当多……

"但是,为了潜水,马丁把裤兜里带的3000比索放到了船上,但是,当我们一次次潜到水底的当儿,没注意那条该死的船沉了,因为它有一个洞。这样,马丁的裤子丢了。不过,马丁的裤兜里装着一串钥匙,我对马丁说:'有这串钥匙,裤子不会漂走,它就在河底上。'我们拿了一个长棍子插入水中搅动起来,装钱的裤子捞上来了,接着我们又继续潜水捞美元。我们几乎把美元全部捞出,只损失了大约300块,因为马丁收起了4000多块。飞机上还装着几箱衣服,我们也把它们捞出来,但是全都泡烂了。那天晚上我们一边晾衣服一边休息,第二天继续乘船赶路。

"大约上午9点钟,汽油用完了。我对马丁说:'好了,我的老伙计,没办法了,我们在这儿要进入森林步行了。'我们把船靠岸,将发动机丢在河岸上,我向马丁指明我们是从什么地方进入密林奔向卡关河的。马丁问我我们要走多少天,我说:'天晓得,走着看吧。'我带了一点大米(大约三磅)、一箱子弹和猎枪。我说:'有25发子弹我们就能吃上很多肉。'马丁说:'巴森特,走那么多的路我能行吗?'我对他说:'当然啰。如果您吃不消,我们就找水路去卡关河,可以扎一个筏子,我让您上去,我们可以就像你们在飞机坠毁以后做的那样继续赶路。'事情就这样说定了。那天晚上我们就留在了那儿。我对马丁说:'明天您继续休息。'天亮的时候我又去打了几只保黑尔鸟和一只小野猪,并编了几个筐子把一切收拾停当准备第二天起程。一大早我就起床熬米粥。我往锅里放了一把米,把保黑尔鸟也放进去,我对马丁说:'喂,这可不是做的早餐,是带在路上吃的,一个人要上路时,早餐不能吃得太早。'约摸在5点半光景,我们刚刚能看清脚下的路,就急急忙忙启程了。我把筐子斜挎在身上,筐里放了两套卧具,砍刀和小刀我挂在腰间。我对马丁说:'您拿着猎枪和一带28发子弹。'就这样,我们开始动身在森林中赶路。

"我把汤锅放在筐子上方,百般小心地一步一步往前走。大约在9点钟的时候,我绊到了几棵藤本植物上,扑通!妈的,一头栽下去打了几个滚儿。汤全洒了,浇了我一脖子,真倒霉!我站起来对马丁说:'来吧,我们吃吧,只剩下肉了,其他全没有了。'我赶快砍了几个棕榈叶把肉收起来,吃到肚里,接着又去赶路。走到中午,马丁说:'巴森特,我累了,我们在这儿停停吧!'我说:'好吧,如果您愿意，我们就在这儿停一会儿让您休息一下。'他说：'不，我们还是走吧。'我们又继续前进。走着走着，我们看到了一大群野猪，嗬，那么多！我心想：'这些家伙要把我们拖住了。'马丁说：'打死它们。'我说：'别，这么多野猪我们可对付不了，干吗自找麻烦。我们躲开它们吧（它们正在一片野棕榈树林中吃东西）。'我们转身躲开它们走。可不想正在这时，一只野猪受了惊，惊恐地跑起来，那群野猪便扑过来向我们进行攻击。旁边有一棵树，我对马丁说：'快爬上去，它们会吃了您的。'我一边这样说着，一边扯着一个树枝将他往上推，他借着劲儿爬到树上。我随后也上了树。我对他说：'别出声，老实待着，等着它们走开。如果它们扯淡不走开，我们就只好整天待在树上了。'那些野猪围着树转了半个小时等我们下来，但最后还是接二连三地顺着路往下走了。我们也便从树上下来继续赶路。

"大约下午4点钟，一头鹿从我们面前穿过，我叫马丁开枪把它打死，我们得吃点东西呀。马丁开了枪，鹿应声倒下。我们停下来把鹿皮剥了，砍下脊肉和四条腿。我对马丁说：'天已晚了，我们得去找水。'我们下到一道大沟，那儿有水。我对马丁说：'我们就停在这儿吧。'我们在那儿停下来。我砍了柴，点上蜡烛照明，搭了一个临时的小棚屋防雨，然后便在一点水里煮鹿肉，但是没有任何调料。对，就这样用一点水我们煮鹿肉吃。我劈下一些扁桃巴西棕叶为马丁做了一个软垫，然后又劈了一些卷起来为他做了枕头。我还为篝火准备了足够的木柴。这里唯一有的就是这些绿色的棍棒；这是一种树，燃烧起来仿佛上面浇了汽油。我准备足了碎木柴，并且把它们码得整整齐齐。大沟里有一个深水处，水很清洁。我们先洗了个澡，大约晚上6点钟，我说：'我们吃饭吧。'鹿肉已经嫩生生地煮软了，我们开始吃起来。由于我们如恶狼一般,吃起来那味道真是好、好、好极了。然后我们就去睡觉。但是,待我们走进棚屋时,里面却是爬满了蚂蚁。那些黑背大蚂蚁看上去十分的凶猛,马丁说:'这怎么能睡觉,太糟糕了!'我说:'这样没法睡,我们来烧它们。'我找来一些树叶,在蜡烛上点着,然后去把蚂蚁烧焦。我看好了它们来自何方,他们是从一些藤本植物上爬下来的,因为蚁窝就在一棵树上方。烧过之后,我又把藤本植物砍掉,我对马丁说:'这回它们再无法捣乱了。'正在这时,我们听到后边有走动的声音。为了逗逗马丁,我对他说:'喂,我们的鹿肉吃不了,老虎来跟我们一块吃肉了。'可此话不幸言中了!马丁用带在身上的手电筒照了照,一点不错,果然来了一只老虎。我对他说:'看看,我对您说得没错吧?'他说:'您等一下,您等一下,我干掉这个婊子养的。'我对他说:'别开枪,干吗打死它呢?'他说:'不,我们得打死它,否则今天晚上它会把我或您吃掉的。'我对他说:'什么,什么,什么?它不会吃我们的。'可是,马丁已吓破了胆,几乎是魂飞胆散了。那时我对他说:'别着急,我把蜡烛的火苗拨得更亮些,让它不能靠近。'就这样,我们把烛光拨得更亮,又在篝火上加了大量的柴,然后便躺在叶子上睡觉。老虎的动静没有了,但是到了晚上11点钟左右,老虎禁不住发出了低沉的吼叫声。听到了没有?老虎的吼叫声很低很低。'呼!'忽然老虎怒吼了一声,像是要把整个山谷都掀个个儿了。我对马丁说:'这只老虎够凶的。'马丁说:'婊子养的,它不会到这儿来吧?'我说:'不会,它到这儿来干什么?哎,它也怕我们,所以刚才它不敢叫得很响。那纯粹是由于怕。'半夜之后,老虎没有声音了,我用手电筒照了照,嚯,当然啰,它大大落落地蹲在那儿。我对马丁说:'现在是该给它一枪的时候了,您可看好了,我给您照着亮。'马丁用猎枪瞄准了老虎,您说巧不巧,差一秒钟就要射击了。嘶啦!该死的手电筒灯泡钨丝断了。霎时亮光消失。周围一片黑暗。我对马丁说:'我的老伙计,现在您可得尽量防备着点儿,天太黑了。'我又重新把烛光拨亮,并且在周围燃起了堆篝火。我们严阵以待,半点儿不敢放松警惕,因为老虎与我们近在咫尺。有时候老虎低声哀叹,有时又发出雷鸣般地怒吼,震撼整个山谷,有时也不发出任何声息。但是,它归根结底就在我们身边。马丁不想睡觉,我对他说:'您放心地睡吧,我醒着不睡,您看,老虎不会进来的,它也怕我们。'但是,我的话没有用,马丁一点也没睡。时间慢慢地过去,我听到了一只鸟叫。是一只蜂鸟:啾,啾,啾,啾……我对马丁说:'凌晨1点了,到天明还有五个小时呢!'我又拨了拨蜡烛,便半躺下来,但眼睛一直盯着老虎的方向。又过了一阵,我又拨了拨蜡烛,保黑尔鸟低声叫起来。我对马丁说:'两点了,到天明还有四个小时。'马丁始终很紧张,我对他说:'您帮助把蜡烛拨亮,我再去砍些柴来,这样您可以分散一下精力。'我又砍了些柴带回来,把篝火燃得更旺,我们便躺了一会。珠鸡叫了起来:咕唧唧,咕唧唧,咕唧唧……我对马丁说:'清晨3点了,到天明只有三个小时了。我们再把蜡烛拨亮点。'我们不知道该说些什么,远处有一些小鸟叫了起来,但辨不清是什么鸟。嘿,真棒,有一只鸟叫了,是普罗鸟:普罗,普罗,普罗……清晨4点了。我对马丁说:'现在您真可以睡一会儿了,只差两个小时就天亮了。'他设法入睡,我又往篝火上加了些柴。在他似睡非睡的时候,我又去砍了些柴来。当我回来的时候,看到他眼睛睁得老大坐在那儿。他说:'您听到了吗?'我笑了起来,对他说:'哎,是火鸡开始叫了,已经5点了，几乎要天亮了，您睡吧，就一个小时了。'他真的睡了一会儿。这个时候，各种小鸟都已经啁啾不止，天渐渐亮了起来。嗯，天终于亮了。我对马丁说：'我们快走吧，您看到山里的夜晚是什么样子了吗？'他说：'巴森特，不，今天我可不休息了，我整天都要赶路。'他的脚上打了几个大泡，大得吓人！（马丁人长得很漂亮）。我看了一眼他脚上的大泡，赶快把背在身上的东西放下来，从后衣襟上撕下几片布，为他把脚包好。我对他说：'您只要走到有水的地方就行，到那儿我来砍一棵球干棕榈树做条小船，把它拖到河里。我不能把您舍在这儿……如果您走累了……不管您在什么地方累了，我都可以把您扛在肩上，把你带到有水的地方去。一旦上了船。一个人就不会饿死了。'我们走了。事情就是这样。马丁走哇，走哇，他很勇敢，也很坚强。

"第二天早晨，大约8点钟左右，我对马丁说：'我们已经到了另一片热带雨林，我们已经走出了原来的热带雨林，因为这儿的水是流向卡关河的。我们已经离卡关河不远了，我们已经离开了亚利，这里的水是两片森林共有的。'马丁问为什么，我对他说：'您看，亚利那边没有这儿长的这种蓝花蕉，请注意，这儿森林的树木更密，更高。您没看到亚利的树木就像城市的郊区那样不那么稠密吗？'我们又走了一段路便看到了橡胶树。我们快奔到卡关河了。果不其然，大约在早上11点钟，我们发现了一条水量丰富的溪流，它流向卡关河，叫那波莱斯小溪。到了那儿之后，我对马丁说：'如果您太累，我们可以扎一个筏子，您看，这儿有适合造船用的棕榈树。'他问：'走水路我们要多长时间到达？'我说：'至少三天。'他说：'要走旱路呢？'我说：'我们今天就可能到达卡关大河。您没看到这些小溪水流有多急吗？我们已经离卡关河很近了，说不定就要进入这条河的低地平原了。'他说：'那我们走路，巴森特。'我答应了他。接着，我砍倒一棵棕榈树，搭了一个小桥让他过小溪。我先走过去，砍了一棵藤本植物，把它在溪两岸扯紧，权作过河扶手，然后又小心翼翼地走回来。小溪里的水哗哗地流淌得很急，我对马丁说：'您过河吧，可要小心，一步一步地走，脚要站稳，如果要摔下去，可会摔伤您的，那可就糟糕透了。'我扶着他过了小溪。我们又走了三个小时，前面出现了一个大湖，那湖在森林中，黑沉沉的，但水却十分的清澈。马丁说：'我不下水，水蛇会把我咬死的。'我对他说：'不会，不会，不会，我们可以下水，但走动要轻轻的，不要弄出声音，因为水蛇是奔声音去的，就跟锯鱼一样，如果一个人弄出声音，他马上就会被包围挨咬。水蛇就是这样。这水中可能有很多凶猛的动物，但只要下水不弄出声音，就会安然无事。'我们穿过那片湖水，到了对岸。马丁脸色煞白，白得没有了血色。但不管怎么说，湖还是过去了。到达对岸之后，我们把衣服脱下来，拧了拧，因为它们全湿透了。稍后，我对马丁说：'我们穿上衣服马上奔卡关河，只要我们走快点，今天就可到达。'是的，我们已处在低地平原之中，我对他说：'今天我们一定要走出去。'

"前方有一些保黑尔鸟，我让马丁打一只留着做饭吃。马丁打了三只，我把它们放进筐子里，我们继续赶路。这时，我们面前的雨林中又出现了一片湖水。穿过这片湖水之后我们爬上了一座小山，那时我们看到了下边有一条大河。我对马丁说：'您看，这就是卡关河。'他说：'不，别扯淡啦，这不是卡关河，这还是亚利河。'我说：'您怎么能这么想？您没看到我们直线穿越了森林吗？您没看到在这儿我们是下午见到太阳的吗？在亚利我们看到的太阳不是在另一个方向吗?您没看到亚利河是流向另一个方向吗?'他说:'不,这儿的水跟亚利河是一样的。'我说:'对,水是一样的,但这是卡关河,您别再捣蛋啦。'

"我开始往下观看。前边有一棵枝叶茂密的大树遮住了我的视线,使我不能看得更远。我砍掉了一些树枝,就像开了一扇窗户。我对马丁说:'您看,河对岸有一片甜棕林,看好了吗?亚利是没有甜棕树的,一棵也没有。'那时马丁往前走了走,探过身去仔细地观察了一番,说道:'巴森特,真邪门儿,是卡关河……可是,我们是从哪儿过来的,花的时间这么少?'我对他说:'我们汽油用完的地方是亚利河和卡关河陆地距离最近的地方,这一点我判断对了。'我们一言不发地凝望了一会儿卡关河,我对马丁说:'行了,现在该松口气了。'我砍了一些棕榈叶,把它们铺到地上,马丁仰面朝天躺在了上边,一边口里说着:'现在好了,现在好了,助我一臂之力吧,我的上帝。'他把鞋子脱掉(他的脚上有几处皮都磨破了,露着鲜肉,挺可怕的),开始休息。'明天我们干什么?''我们扎一个筏子,坐上顺水而下。''去哪儿?''去卡克塔河河口,卡关河就流到那儿。''然后呢?''然后我们就待在河滩上,直到有人路过那儿把我们接走。那儿会有人的。''好吧,巴森特,好吧。'

"下午5点钟左右,我们正在煮粥,忽然'突突突'传来了发动机的响声。我循声跑上去,听到发动机的声音越来越近,后来我便看到了船。我脱掉上衣,挥舞着向它打信号,让它靠近来。但是,他转了个弯,像是又回去了。它去了河对岸,可是又慢慢地过来了。船上的人对我们怀有疑心,因为他们害怕我们是从阿拉拉瓜拉监狱逃出来的囚犯。船靠近之后,上边的人认出了我,从船上下来的是佩德罗·帕哈罗。这天晚上我们跟他一起上了船,次日上午8点钟左右我们到了一个叫拉塔瓜的小村庄。旅行没有停下来。在那儿豪尔赫·路易斯接上了我们,把我们带到另一个更大一点的村庄,人们叫它莱吉萨莫。我们在那儿停了五天,直到来了一架飞机。这架飞机把我们带到军事基地,在那儿我们又停下来等了几天,直至来了一架那种宽体的能在水上降落的飞机。我们去了亚利接美国老头。我们是在离开他以后的第十四天到达的,但是,嗬,美国老头非常高兴。懂吗?我们留在那儿打猎,他乘飞机走了,但他说他还会回来。他真的乘同一架水空飞机回来了,这架飞机是三天以后来接我们的。当我们回到这片热带雨林地带的首府弗洛伦西亚的时候,我们又在普拉萨饭店里碰到这个美国老头,当时他喝得酩酊大醉。"

索埃兰迪亚(索伊洛·埃尔莫萨的土地)是亚利平原伸展向南方的最后一个庄园,因而它便成了乘船沿河而下的必经之地。离那儿几公里之外,便是热带雨林的边缘。从那儿开始往外延展,就是成千上万公里多岩石的相对贫瘠的土地,这些土地为低矮密集的树木所覆盖,阳光照射不进去。

一个星期之后,马丁、维森特和六位工人到达了马尔帕索河口,那是流入亚利河的一条小河上的小天然港。他们弄到了一只大船,装上了帐篷、吃食、汽油、两箱工具和一条很粗的长缆绳,他们要用这条缆绳把飞机从河底拖出来,让它浮在水面上。

马丁估计到打捞飞机的工程是相当困难的,想再找些人,但是没有找到,他只好去求纳尔逊·埃尔莫萨帮忙。

"在这么荒凉的地方,很难雇到工人,不过,我想想办法吧。"纳尔逊对他解释说。六个小时之后,他带了一个健壮的小伙子来,他说他叫本哈明·库维略斯。

"这是个很棒的工人,人很老实。"他对马丁说,马丁当即雇用了他。

九个人乘船航行到飞机出事的地点,他们在河边上搭建了一个小小的营地,然后开始在这片热带雨林中共同干一件活:把飞机从河底打捞出来修理好,让它重新飞向天空。

维森特把工人分成两个一组,每组负责一项专门的任务。用斧头干活的人进入雨林砍来一些大树杈和一些几米长的丝兰藤条。

维森特用这些材料在河边搭起了一个三脚架。由于缺乏滑轮,他设计了一个类似的东西,这东西很奇怪,它能够把一端拴着飞机的缆绳收起来。

第三天,马丁和维森特九个小时都在潜水,因为需要在水下用绳子把飞机转动一下,激流已把飞机拖出好远,整个机身都倾斜了。

然后,他们用连在特制滑轮上的缆绳拴住浮筒,开始借助滑轮的力量慢慢地往上拖飞机。

"这项工作很不容易,因为飞机全进满了水,又多处挂在河里的树根和藤本植物上……缆绳拉断了几次,但最后我们还是把飞机拖出了水面。"马丁回忆说。

两个工人造了两条小船,将它们置于飞机浮筒的两侧,然后用一个小手提水泵和一条水龙带把浮筒中的水抽干。

与此同时,用斧头砍木料的人伐了几棵树木,弄来五个野蜂房。维森特用蜂蜡把每个浮筒的裂口封好,然后用绳子拴住机头,将它跟大船连起来。从我们在马尔帕索河口登船算起,到这时已经过去六天了。

他们沿河往上航行了六个小时,但是拖飞机的事儿干得很不顺利,因为水流一会儿把飞机冲向河中央,一会儿又把它冲向岸边,冲向岸边的时候,机翅膀往往会挂在植物上。

维森特:"当我们看到这种做法很难奏效的时候,我们便上了岸安营扎寨。我对马丁说:'您不要以为我们这样干可以沿河而上达到目的,这样我们会把全部汽油消耗光,结果会滞留在这儿手足无措。最好我们把这个金属鸟拆开来,一片片地放在船上。我们可以再叫工人造两条船,这里有些树木质很好。船造好之后,他们可以划桨跟在我们后边。'马丁说就这么办。第二天,我们把飞机拖到岸边,让飞机头对着河岸。我们又弄来一些大树权,搭起了另一个三脚架,把发

马丁的水陆两用飞机从河底被打捞上来,顺水路去找修理的地方(莫宁斯塔摄)

动机卸了下来。然后又卸下了飞机翅膀，接着又卸下浮筒，把它们拴在船的两侧。最后，我们把机身放到船上。我们用了两天时间拆卸飞机，干得很快。从那儿我们沿河而上航行了八天，但是，河流前方水越来越少，渐渐变得干涸起来，行船越来越困难了，因为船外驱动船只前进的33型发动机的叶片时不时地陷在泥中，船身同样会拖在泥中。那时我对马丁说：'我们上岸吧，把这些东西丢在这儿，等下了雨，河里涨了水，我们再回来，那时就可以把它们弄走了。'"

马丁、维森特、本哈明、基克·萨尔达尼亚和高登西奥兄弟以及赫龙西奥·克拉维霍把船靠过来，将散装飞机慢慢地一部分一部分地搬上去，然后运到岸边，再搬到搭在旁边悬崖上的一个木平台上。到这时，21天已经过去了。

等大雨暴降，河水猛涨之后，他们又回到了这儿，但是已找不到放飞机的地方，因为河水淹没了一切。维森特和高登西奥花了一小时的时间最后才找到。

维森特："河水深极了，从飞机顶部到水平面尚有一人高的深度。我潜到水中，摸了摸飞机，所有的部分都在一起，因为我们放下时都用丝兰条把它们捆好了。我们大家一起潜到水下工作，要把一切都捞出来。我们干的第一件事是把两个空洋铁桶按到水下，把发动机浮上来，先弄出水面，再弄到岸上，最后装到船上。接着又用两个洋铁桶打捞出飞机的中心部分，再后来是机翼，最后是浮筒。浮筒又进满了水，因为我们糊的蜡都被爬来的蚂蚁吃光了……我们把一切弄停当后就上了船，沿河往上航行，三天之后又转入溪流，最后到了马尔帕索河口。"

到达河口之后，他们从纳尔逊·埃尔莫萨那儿借来一辆大木轮车，

在索埃兰迪亚把飞机装到车上完成在平原上的拖运（莫宁斯塔摄）

把拆卸的飞机装在上边,四个人拉着,五个人推着,紧张地干了一天之后,到达了坎迪莱哈斯,那儿有索埃兰迪亚的飞机跑道。八天之后,哥伦比亚空军的一架 DC-3 型飞机在那儿降落,将那架水空两用飞机的散件运到"三拐角"空军基地,并且用了九个月的时间把它修好。

这期间,马丁没有飞机,因为他的塞斯纳 180 型陆地跑道起飞飞机也出事了。在这段时间里,他组织了一次狩猎远征,不想发生了溺水事件,亚伯拉罕·威尔弗雷德·布埃和查尔斯·C.沃尔什都淹死了。

马丁:"比奇克拉福特飞机一到,我们这些幸存者:托尼、斯坦利、吉耶斯内尔、维森特,还有我,马上登机出发,把两个奥地利人类学家和其他工人留在营地。我和维森特以及美国旅游者直接飞到美国大使馆通报另外两个人死亡的事,我们打发托尼和斯坦利去了纽约……随后,我和维森特去了内瓦通知哥伦比亚移民局,让他们把死亡的人记录在案,他们告诉我没有什么麻烦,让我们放心地走就是了。"

第八章

在阿帕波里斯，奥斯卡·里韦拉和他的同伴们第一次经历了严重的失望。他们不懂得怎样割胶，而饥饿则开始损害他们的身体。在奥斯卡·里韦拉头脑中，轻而易举地挣一大笔钱某一天回家买一幢房子的想法彻底破灭了。热带雨林及林中生活的残酷把他压垮了。每天干许多小时的活，得不到休息，有时还要利用晚上时间学习他的新职业，但是没有学会，直到一天他的老板埃佛拉因·桑切斯来了，发现他在劳动中并没有干出良好的成果。

奥斯卡和混血儿们不懂得只有把树皮割破之后胶汁才会流出来。胶汁多储存在树冠上，因此工人要爬到树上，将树冠的枝杈割破，放一个容器接胶汁。

桑切斯看到茅舍中连一滴胶汁都没有，不禁火冒三丈。

"你们得把一根藤条一端拴到树干上，一端捆到腰里爬到树上去。爬到树上之后，就用砍刀砍树枝，然后等着胶汁流出来。"他说。然后他给每人发了一对马刺，以便他们在爬树时双脚更好地抓住树干。

"用藤条拴在腰里？我们没有干过，拴着身子的藤条一旦断了让我们从树上栽下来？"奥斯卡气呼呼地质问道。

"平常大家都是这么干。"桑切斯回答说。可奥斯卡的语气变得更强硬了:"我们可以这么干,但不能用藤条。如果您真的想叫我们干活,那就回到多斯·里奥斯去给我们弄钢丝绳来,这样会更安全。我们不会用雨林里的藤条拴在身上干活的。"

据奥斯卡本人讲,几天之后,桑切斯给每人带着三米的钢丝绳回来了,但为此向每个人收了420比索,另外又收了123比索的盘子和匙子费,那是以前给他们吃饭用的。

"这些欠款我都记到账本上,以后在你们挣的工钱里扣。"桑切斯高声提醒他们,然后就开始给他们讲解如何作业。

下午一开始,他们便沿着小道走往密林深处。印第安人找到了几棵树,他们指着告诉每个混血儿哪些树是应该做上记号割胶的。

"他们知道哪些树出胶哪些树不出。"奥斯卡说道。"因此他指给我们看的都是出胶很少的树。我在指给我的树上砍了一斧,等了一阵,一滴胶也没流出来。我看了看我身旁的那个印第安人,发现他的斧头一砍下去,又白又稠的胶汁马上滴答滴答地往下流。我仔细观察比较了半个小时,看出了土著人用的伎俩:出胶的树树皮是深紫色的,我的树皮是白色的。我走到我的同伴埃尔默身边,把这个秘密告诉了他,又叫他一个一个地往下传给其他伙伴。到第二天下午,我们七个人才采了很少的一点胶,全倒在一只咖啡杯中还差点儿不满。而与此同时,一个印第安人回到茅舍的时候,竟是采了五加仑胶。我们看了看他,情绪十分的激动。'我们快点儿学会,肯定要挣大钱的。'我对大伙说,躺下就寝时,我们都感到心中乐滋滋的。但是,第二天我们又去干活时尽管求胜心切,可割到的胶还是不够多。那时我们决定偷偷盯着割回五加仑胶的那个印第安人。那个人一早便起床,带上

埃佛拉因·桑切斯和他的几个工人。打猎的收获：两只貘、一对小虎、一只水獭（上图）；一张虎皮（下图）

斧头出去了。我们悄悄跟在他后边,不让他发觉。我们看到他走到一些大树前,举起斧头砍倒了一棵。树倒在地上之后,印第安人就围着树干将多处树皮砍破。砍完之后,他便用同一棵树的叶子折成一些小口袋放在树身下边,每个切口处放一个,就这样把胶汁收集起来。后来,我知道他们把这些小口袋叫'蒂耶里纳漏斗'。

"那个印第安人劈了200个树叶,在短短的几分钟里就把它们全部做成了'蒂耶里纳漏斗'。这种漏斗密封得很好,下端没有洞。他做完漏斗接上胶汁后,又去前边砍倒了另一棵树。在让这棵树淌胶汁的当儿,他又回到第一棵树那儿,将流出的胶汁收集到一条特制的口袋里,再把空漏斗放好接胶。他正在这样做的时候,我们从隐身的草木丛中走出来。他看到我们,不禁大吃一惊。我们对他说:'啊,这么说您不想教给我们割胶了。'他一声不吭,只是看着我们不知道如何是好。预备役军人对他说:'我们来试一试,看看我们会不会做这种"蒂耶里纳漏斗"……'我们没有请求,印第安人就自告奋勇地教我们了,而且是高高兴兴、诚心诚意地教我们。我们送给他两支香烟……我们对他没有信任感。跟所有的印第安人一样,他像猫一样机灵,肌肉发达,而且闪闪发光。因此,我们跟他在一起的时候,从来不敢背对着他,哪怕是在想放松一下的短暂时刻。印第安人花了一小时的时间教我们做'蒂耶里纳漏斗',但是我们怎么也学不会。我们做的跟他做的样子类似,但并不完全相同。那时我们说:'暂时就这样吧,否则时间都过去了,我们要损失钱的。'

"我和预备役军人去到别的同伴那儿,并且开始教他们做'蒂耶里纳漏斗'。我们做得很慢,花去好多时间,但漏斗做得还是不好用。因此,在此后住在茅屋的日子里,干完活之后,吃点东西我们就动手做漏斗，一直干到深夜。

"在栖身之处，印第安人从他们的吊床上一边看我们一边笑我们。我们对他们说：'由于这活我们不会干，我们需要付出双倍的努力才能奏效。'他们中间的一个人回答说：'靠干这活，白人连买块木薯的钱都挣不到，他们全是笨蛋。'我们不理睬他们，继续借着一个火炬的光亮干活。

"第二天下午，当我们能把漏斗做好的时候，一个印第安老头也许是出于嫉妒，用他们的语言跟他的其他同伴讲了一些话。他的同伴们又看了看我们便哈哈大笑起来。我顿时感到怒火万丈，但我知道可不能轻举妄动，因为我们是在那片热带雨林中，没有自卫能力。在这种情况下，我们不能树敌。我们商量了一下，预备役军人气得跳了起来。他对着印第安人大喊，骂他们是同性恋。看到他想动砍刀，埃尔默赶快拉住了他，我们一起把他推开，但他在那儿还是高声喊道：'如果明天你这个王八蛋还敢嘲笑我们，我们就用砍刀宰了你，肯定我们要宰了你，不光宰你，把你的同伙也全部宰掉……'

"第二天，我们用我们自己劈的叶子做漏斗，印第安人又一边笑我们一边用他们的语言对话。埃尔默高叫起来：'你们这些婊子养的又在说什么？你们应该跟我们一样讲话。'那时，一个印第安人回答说：

'别这样，没什么了，他们是笑你们干活要费双倍的力气。'

'这跟你们没什么相干。'我回答说。

"我的话刚一落音，就看到印第安人呼啦一下都站了起来。埃尔默往前跨了一步对他们喊道：'哥们，咱们还是不要打架，要是你们动手，我们可不是缺胳膊少腿的人。'

"我对埃尔默说:'是呀,咱们不要打架,那会惹出麻烦的。'埃尔默不吭声了,印第安人用他们自己的语言讲话,我们的同伴也都站了起来,并且大家不约而同地往后看了看,为的是寻找哪儿有棍棒或砍刀。那些个家伙离我们不远,而印第安人却只有一个人腰上挂着砍刀,因为他们刚刚到来。我对埃尔默和预备役军人说:'盯住那个有砍刀的王八蛋。'

"我们的其他人往后退了几步,伸手抓住砍刀和几根挂在茅屋柱子上的大木棒,然后又回到我们身边。他们中间的一个人也递给我一根木棒,并且说:'我们用木棒教训教训这些龟孙儿。'

"我低声对他说:'谁知道呢,说不定他们比我们更厉害呢!他们会杀了我们的。杀了我们他们就跑到山上去,谁也抓不住他们。'

"我们十分心虚,因为我们不知道他们怎样打架,但是,不管怎么说,我们还是准备跟他们干一场。埃尔默手持大棒又往前跨了一步,我们则拉出架式保卫他。可是,印第安人却坐下了,他们退到吊床旁边坐下来。他们用自己的语言交谈了一会,然后便注视着我们不再讲话。我们也回到自己的茅屋,议论着刚才发生的事。形势很危险,我们一致商定每天晚上派人上岗监视印第安人。埃尔默站起来说:

'妈的,我们在家里日子过得好好的,干吗要到这儿来遭罪?我们最大的错误是进了这儿的热带雨林,现在被囚禁到这儿了……'

"看到我们如此上当受骗,大家开始哭起来。以后我们时不时地都会哭。我们都很年轻:我23岁,其他人从16岁到18岁。干活的时候,有时我们坐下来休息,你看看我,我看看你,我们又会哭起来。一个人开始哭的时候,别的人就跟着哭。我常常回忆起那天清晨我出门时妈妈的样子:她哭起来,不让我离开家,并且一遍一遍地对我说:'孩子,这儿到热带雨林去了好多人,都是有去无回。'我回答说:'男子汉大丈夫能做点事,死都不怕。'老人家不愿告别,躲到她的房间哭去了,我就这样离开了家……我也常常回忆起我在兰达茅屋里的生活:我当锯工,伐雪松,吃得很好,也能赚钱。每半年到村子里去一次,买衣服,喝酒,玩台球。钱花完之后又去干活……

"几天之后,桑切斯回来了,我们对他说我们不干了,一天也不干了。由于气候恶劣,缺乏睡眠和营养不良,我们消瘦下来,皮肤变成了黄色。他把印第安人叫来,告诉他们,凡是他们打到的东西都要分给我们一半。这样我们自己人聚在一起的时候,我也讲了同样的话:'我们如果打到两只野兽,就可以分给他们一只。我们是七个人,我们得有点东西吃。'埃佛拉因说这还不行,哪怕只有很少的东西,我们也得同他们共享。后来他偷偷地对我们说:'你们得努力跟印第安人建立友谊,搞好关系,否则对你们不利。'这时候,我想起了正是他自己在我们到达的时候告诉我们印第安人很危险,不要相信他们……一切都是他的过错!

"谈完话之后,我们就上了山。我们打到了两头猪。印第安人没有外出打猎,我们就分给了他们一头。第二天他们早起去钓鱼,给我们带回很多吃的东西。这天晚上,我们同法乌斯蒂诺聚在一起,他是印第安人的领头人,我是白人的领头人。我们商定,从那时起,每两人分成一组干活,一个白人,一个印第安人。自此以后,再没有发生过在密林中印第安人设法甩掉我们的事儿。他们教会我们的第一件事就是伐树,他们告诉我如何选取树倒下的方向,在什么部位下第一斧。一个人在同印第安人建立起友谊之后,便会觉得他们都很善良。他们有什么东西都同您分享,这一点白人却做不到,白人是自私的。打猎和钓鱼印第安人都比我们干得好,渐渐地他们教会我们许多事情。第一件事是他们教我们照明:他们教我们认识一种树(多香果树),这种树出一种食用油。在这种树上劈开一道两米长的口子,将一端点燃,就可以亮整个一晚上。他们教我们用指南针辨别方向,在山上不致迷路。对于药草,他们却教我们很少,他们猜疑心很重。唯一教我们认识的草就是一种治疗毒蛇咬伤的草,这种草跟胆汁一样苦,幸好我们从来没用过……

"爱德华多是我选的印第安人伙伴,因为他是印第安人首领的儿子。他告诉我,我们在某些事上也帮助了他们:晚上,他们听到某些动物的叫声感到恐惧。他们说那是些鬼,听到它们的叫声他们就不敢说话了,而且从头到脚都用大树叶子盖得严严实实,如果有毯子,就用毯子把身子盖严。一天晚上,我们听到了一种'公牛'鸟的叫声,他们都赶快跑到自己的吊床上把自己盖起来,并且要求我们不要说话,因为他们认为那都是些恶鬼,会来杀死我们。我们已经了解这种鸟,所以便笑他们很胆小,并且高声说话,还模仿那种鸟的叫声。真的,我们像母牛一样地叫起来。一个印第安人高声喊起来,不让我们叫,说那恶鬼会来把我们全部杀死。我们回答说,这种鸟的叫声是骗人的,它们是鸟,不是鬼。我们把叫的声音提得更高,结果鸟不但没有来,而且也不叫了。第二天,印第安人便用敬佩的目光看我们了。

"一天下午,我们认识了一种名字叫'琼冬'的莎草植物,把这种植物送给女人,她就会爱上一个男人。我们吃了这种草,一下子便点燃了我们对女人的欲望。从这一天起,我经常梦到女人,除了干活我就是想女人,在那几个月里,我开始感到我太需要女人了,我唯一的心愿就是挣些钱离开雨林找到一个女人做伴侣。爱德华多告诉我,在把'琼冬'草送给女人之前,三天不能吃盐,也不能吸烟,只能定量食木薯粉。过了几天,一个又老又丑的印第安女人送给了预备役军人'琼冬'草。这棵草对预备役军人生了效,他爱上了那个丑老太婆。我们看到这件事的时候,以为是在做戏,但后来我们证实并非如此,于是我们就开始相信这种植物了。当把这种草送给一个人的时候,他便产生一种发自内心的爱。懂得这件事后,我们都很振奋,我们要求印第安人告诉我们更多的关于爱情的植物。但是印第安人不干,他们说白人很坏,我们看到任何女人都会送给她们这种草,那样的话,最后连他们的女人也都被夺去了。我们提出付钱给他们,他们仍旧一口拒绝。

"大约在15天之后,桑切斯回来了。我们告诉他预备役军人接受了一个满脸皱纹的印第安老太婆的'琼冬'草,便爱上了她,结果他的脑袋时刻都疼得像要炸开来一样。他感到头晕,懒得动弹。听了这话,桑切斯出去弄来了一种黑心绿边的小草,他对预备役军人说:'嚼一嚼,把汁水吞下去,如果能把草渣吞下去,那也吞下去。'我们想好好看看那草叶的形状,桑切斯却不想让我们仔细看;如果我们了解了这种草,那是大有益处的。第二天,小伙子感到好了些,头不再那么疼了。桑切斯说,再有24小时就全好了。事情果然如此。小伙子恨透了那个老太婆,再也不去拥抱她,再也不去亲吻她。我们对那小伙子说:'现在你再也不脏了,妈的,又可以跟我们在一起了。'

"在我们劳动中间休息的日子里,我们就在那些密林中寻找印第安人聚居的地方,就是说,有女人的印第安人的房子。开始我们不能征服她们,因为我们跟她们讲话就跟同白人女人讲话一样,结果是一无所获，还受到她们的嘲弄。我们向桑切斯求教，桑切斯告诉我们说，干这种事必须赠送礼物，还要对她说印第安语'哈内－卡晋约纳'。我从来没弄懂'哈内－卡晋约纳'是什么意思，但是我们还是一遍一遍地说，直至重复得牢固地记在脑子里。此后桑切斯来森林的时候，我们都求他带些肥皂、小梳子、牙刷，以及一切我们到印第安人村落去时用得上的东西。我们带上这些东西去找印第安女人，并且痛痛快快地赠送她们礼物和说'哈内－卡晋约纳'，晚上她们就到我们等她们的地方来了。不用再多废话，也不用再浪费时间，每个人便各得其所了……

"我记得一位年轻姑娘，她长得很俊俏，我给她起了个名字叫罗西塔，因为我怎样也记不住她的土语名字。她的大腿既结实又健壮。她的乳房像所有的印第安女人一样是下垂的，但却十分坚硬。她的嘴唇很厚，牙齿对称而漂亮。晚上，在森林中，远离印第安人村落，我脱光衣服，我们躺在地上待在一起，一直待到我冷得受不了时，我便穿上衣服，我们一起回村落去。在村落里我们坐在一小堆印第安人永不让熄灭的篝火前，互相注视着，一直待很长时间。这中间我们并不讲话，只是坐着，看着。罗西塔告诉我她爱我，但她从没吻过我。事情就是这样：她们不吻男人也不让男人吻。她们在爱一个男人时就用嘴咬他，用手掐他。她们不说话。她们在顺从一个男人时其爱情是通过面部表情显示出来的……桑切斯教给我们说，如果您想叫印第安女人更爱您，您就对她们厉害点。这话一点不假，我开始打罗西塔，我不打她的时候，她就说我不爱她。所以，我常常解下皮带狠狠地抽她（说真话，每当这时，我便感到她很可怜，心里十分痛苦）。我打她的时候她一边哭一边抚摸我。我从来不知道印第安男人是否打她们，我觉得他们对她们很好。

"我们约会五六次之后,当我再到印第安人村落去时,罗西塔已不在了,她爸爸把她带到了另外的地方去了。那时,我又看到了另一个非常漂亮的姑娘。我邀她到山上去摘吉贝果。在摘果子的时候,我想把她扑倒在地上,但是,没想到她有那么大的劲儿。她抄起一根大棍子,对我劈头就打,一下把我打晕了。打完之后她便扬长而去,我则坐在雨林的地上愣了半天。后来我便去找年龄更小的女孩子了。"

也是在阿帕波里斯,奥斯卡·里韦拉第一次看到了老虎。那老虎就在他的脚下,被打了五六个窟窿,血淋淋的。它的眼睛呈蓝色,睁得老大,企图盯住他的行动。奥斯卡·里韦拉回忆说,那是8月的一天黄昏。

像往常一样,奥斯卡一个人回到了茅舍,因为他的印第安伙伴爱德华多为了收胶要晚些回来。半个小时以后爱德华多回到茅舍时对奥斯卡说:"奥斯卡,有一只老虎,我一个人干完活回来时它在路上跟着我,一只大老虎!"

"我们打死它。"奥斯卡毫不犹豫地建议道。

"好吧,但是,我们得再叫上一个人。"爱德华多说,奥斯卡叫了埃尔默,让他陪他们去。

三个人一起去了。走进森林之后,爱德华多砍了一段扁桃巴西棕木和一根细丝兰藤条做了一张弓,又做了两只长50厘米的箭,然后又砍掉树枝弄了一根粗硬的大棒,最后用砍刀削出两把长矛柄,顶端安上鱼叉。他把这些武器交给奥斯卡和他的伙伴。

又往前走了一段,他们在泥泞中发现了动物的脚印,可能是一头狮子或一只红毛老虎，因为脚印是没有拇指的。从脚印踩的深度看，这动物体重在140公斤以上——这是他们的估计——，应该是一个很肥壮的家伙。印第安人从他的裤兜里掏出一个小瓶，里边装着几种植物的汁液。他把这汁液涂在箭头上，又看了看他的伙伴。他希望自己能走运，于是三两步赶过去，跨在了两个伙伴的前面，几秒钟之后，他们清清楚楚地看到了那个动物。

那家伙低着脑袋慢慢腾腾地迈着坚定的步子走过来，一边走一边嗅闻着爱德华多的脚印。爱德华多在继续往前走之前，他叫同伴们躲藏在大树背后。"天在刮风，老虎能够闻到你们的气味，白人的气味跟本地人是不一样的。"爱德华多低声说。然后，他一闪身站到了一棵棕榈树后面。但是，老虎早已盯上了他，此时爱德华多已经成了诱饵。

又等了两秒钟，爱德华多便不慌不忙地站到了与老虎面对面的位置。他把左肩转向前方，劈开双腿，两脚在泥泞中牢牢站稳，将弓拉满，又将箭举到齐眉高。白人们看到他屏住了呼吸，唯一听到的就是老虎低沉的嘶叫声。

老虎又往前走了几步。现在它的步伐是小心翼翼了。它站在了距印第安人三米远的地方，朝他露出了那闪光发亮的黄牙齿。当它开始摇动着身躯在地上拖着四肢往前扑去的时候，爱德华多以迅雷不及掩耳之势用尽全身之力射出了他的箭。

箭不歪不斜地整个儿射进了老虎的胸部。老虎开始逃跑，爱德华多呼喊他的同伴追赶。奥斯卡说："那个小伙子与老虎并排着像子弹一般地飞驰，逐渐地把我们落在了后边。我们朝他呼喊，他回答着我们，这样我们知道往哪儿去追赶他。这些土著人在山上奔跑十分地灵巧，不管是藤本植物还是什么别的东西都挡不住他们。我们对雨林已有所了解，但还是不断地摔跟头，影响前进的速度。爱德华多却不然，他跑呀，跑呀，跑呀，不停地奔跑，跑到一个地方之后朝我们喊道：'它在这儿，爬到树上去了，你们快来。'"

老虎站在一个树枝上，他们没有看到它的伤口流血，只是看到伤口边上挂着一种咖啡色的黏稠液体。他们走近去，看到老虎在树枝上摇来晃去，"酷似一个醉汉"。此刻它的嘶叫声已不像中箭之前那么洪亮有力了。

在奔跑中，奥斯卡和埃尔默把长矛柄上的叉头弄掉了，爱德华多只好用砍刀又削出了三支长矛，交给他们二人每人一支。"我来捅它，在它往下跳的时候，肯定跌向你们身边，你们就用长矛像叉子一样地叉住它。"他解释说。

奥斯卡感到害怕，他建议由他来捅老虎，爱德华多叉老虎，于是他们立即调换了位置。当奥斯卡捅到老虎体侧的时候，它扑通一下垂直地跳了下来，爱德华多顺势用长矛对着它的腹部叉了个正着，老虎便左右地拼命挣扎起来。三个人都听到木长矛刺进老虎肚子的声音。"老虎就这样带伤逃跑，它的腹部插着木长矛，矛尖从肋部露出来。它只跑出4米左右，就被一些藤本植物绊住了，因为它拖着的木长矛很长。我们马上赶过去，也把我们的长矛叉进它的身体。当它的威风劲儿失掉的时候，我们就扯着它的尾巴往后拖。"奥斯卡这样说。

老虎皮已扎出了许多洞，烂糊糊的。奥斯卡对印第安人说拖走它已没有什么价值，可印第安人要告诉他们这是他见到的最好看的老虎之一。后来他们把这只老虎卖给了埃佛拉因·桑切斯，只卖了50比索，合两美元。

那次埃佛拉因到来,只拿到了印第安人收获的橡胶,因为白人收获的橡胶跟印第安人的 540 公斤比起来是微不足道的。根据预订的协议,全部橡胶共值 1700 比索,约合 60 美元。

埃佛拉因告诉他们,等那个收获季节结束时,他将在多斯·里奥斯跟他们清账付钱。作为预付款,他给他们带来了衣服。在这种雨林中心地带,一件衬衫值 30 公斤橡胶的价钱,这是一个印第安人四天的艰苦劳动收获。他还给他们带来了一些花里胡哨的贵重东西,像收音机、竖笛等。

"一根 20 厘米长的竖笛卖的价钱等于一个工人三天的工资。因此,一天晚上我们商量面对这种情况该怎么办。'我们要让这些印第安人睁开眼睛明白明白。'奥斯卡说。接着他又说道:'我们要跟他们把事情说清楚,随着时间的推移,他们也答应我们他们现在要逃跑了,再也不为桑切斯干活了。以前我们从来不谈这件事,因为老板千方百计让他们告诉我们,倘若我们对眼见的一切不沉默不语,他们这些印第安人就把我们丢到雨林中,让我们死在那儿;因为那儿既没有船只,也没有别的东西。但是我们确信,我们是割不到橡胶的;我们挣的钱还不够买他的木薯粉。我们按四比索一公斤一次买他 30 公斤木薯粉,可他买进的价钱只有两比索一公斤,其中还包括了在河上 8-10 天的运费。除了这一切,他的一部分木薯粉是不花钱的,那是因为他作为税收要印第安人交来的,印第安人耕种他的土地。我们吃很多木薯粉,所以买一次很快就吃完了。我们每人也要买一包盐,价值等于我们 30 天的工资。由于出工,我们没有时间钓鱼和打猎,我们每半小时就要用木薯粉填饱一次肚子。我们忍受着饥饿。事情真是太可悲了,我们一天割到一公斤胶,以此收入四个比索,可我们一天要吃三公斤木薯粉,也就是要花费12比索……忍饥挨饿、拼命干活和受尽折磨不说,到头来我们每人还要欠桑切斯500比索,也就是20美元的债。'

"形势就这样继续下去。没过多久,桑切斯又来收橡胶了。这一次我们欠了他更多的债。他对我们说,如果我们再不听话好好干活,那就得付他木薯粉钱。我们一致表示抗议,因为他应该付我们浪费的时间钱。他建议我们组织起来去打猎,我们没有理睬他。我们让他走了。一天晚上,我们商定好马上逃走,只把土著人留在那儿,因为他们是没有办法获得自由的。

"不管怎么说,把印第安人单独留在那儿还是不忍心的。我们又等了六天,看看他们做出点怎样的决定。我们对他们说,我们都有姐妹,等我们出了雨林之后,我们帮他们每人找一个,让他们跟她们一起生活。我们讲呀,讲呀,他们感到了像是在我们身上得到了支持。我们对他们说:'埃佛拉因既然打你们,他也会打我们。'坦白地说,他险些让我们互相残杀,或者我们把他杀了。但是,印第安人始终踌躇不决,没有做出任何决定。他们害怕……七个印第安人和七个白人只有一条船,坐不下。预备役军人不会游泳,其他人也不是好水手,跟水打交道我们都是生手。河流很凶险,一个人很容易被淹死。可尽管如此,一天晚上,我还是趁印第安人熟睡叫醒了自己的人,让五个人上了船。我把他们安顿好,将船猛地一推,再见。我跟预备役军人回到了吊床上。

"第二天,一个白人带着两个小伙子来到了茅舍。他们要求睡在那儿。我回答说毫无问题,他们爱待多久就待多久。他们带来了三条小船,我对我的伙伴说:'哥们,我们的交通工具来了。'我跟来的那个老头儿交谈,问他是否看到了一些小伙子乘船沿河而下。他作了肯定的回答,但又说他们要在河上拖很长时间,因为我们所待的地方距他们要去的目的地很远,我们从多斯·里奥斯沿河而上到达我们现在的营地,乘发动机带动的船整整走了12天呢……

"好了,夜晚到了,客人们去就寝了。我对预备役军人说,我们偷他们一条船,再偷他们一点木薯粉。预备役军人有点担心,害怕他们发觉了追上我们。我对他说不会的。我们可以不走大河道,我们走宽点儿的溪流,如果他们追来,我们就藏在草木丛中。如果我们开船早,可以一直在暗夜中航行到凌晨3时,那时月亮会出来把雨林照亮。为了保证安全,我们需要在黑暗中航行。

"预备役军人答应了,我们便立即启程。他很紧张,因为那个白人老头儿操桨划船如一只老虎。我们对他已很了解……我上船之后,感到它很不平稳,左摇右晃,我想我们要翻到河里了。我把它稳定了一下,同时对预备役军人说:'快上来,您躺在船里,别划桨。'他坐在了船中央。我们划出大约300米之后,船开始进水。我对预备役军人说:'等您觉得水进多了,您就往外淘,不然我们就要沉到河底喂鱼了。'他躺在船里,我划呀,划呀,拼命地划……天亮了,我们往后看了看,没有人。于是我们更加卖力地划。为了赶上我们的同伴,我们没有在任何地方休息。我们一连划了三天三夜没休息。要撒尿,站到船上就撒;要大便,就把屁股撅出船外。我们一直担心白人老头会追上我们,但是到了第四天,我们就再也不害怕了。黄昏时分,我们赶上了比我们早走一天一夜的伙伴们。我们给了他们一点木薯粉,因为他们什么也没带,一直饿着肚子。我们带了鱼钩和鱼线,于是我们就上了岸。我们捉了几只小动物,将它们烤了,就着木薯粉吃,然后又做了汤。我们吃得晕晕乎乎,又休息了一会儿,我对大家说:'我们还是赶路吧,我的船可是偷的,他们会赶来把我们打死的。'那天晚上我们也没有睡觉,但是我的信心却增强了,我想:'如果白人老头带着两个小伙子赶来,我们这儿有七个人,看到我们人多,他们也不敢怎么样。我们把狗日的船还给他们,自己扎个筏,可以继续沿河而下。'

"又往前走了一段,我们便开始遇到从岩石冲下来的激流,其势就如小瀑布,一道又一道,十分的凶猛,万分的险恶。我们在这一河段耽搁了很久,因为每当看到混浊的激流时,我们就把船摆到河边上岸,将船抬到肩上在森林行走。最后,我们到了一道非常险恶的大瀑布,而且,河岸又是一排又高又陡的岩石,极度的难以攀登。我们心中明白,只有再在水中冒一次险了。于是我对大船上的人说:'你们走在前边,因为你们的船更稳当些,我们先看看你们怎样过去然后再跟过去,我的小船跟鸡蛋壳差不多。'我们在这儿花费了很多时间,因为在河道拐弯处,汹涌的激流把我们抛起来甩向河岸,或者说甩到拐弯处的斜坡上。我们使出全身解数不让河水将船甩向河岸,拼命地用桨划水给予阻力,这样浪费了很多功夫,我们也越来越紧张。嗯,眼看着前面的船进入了瀑布区,船身先是猛地一跳,接着便打了个360度的转,准备冲向缓流区。他们遇上了漩涡。我对预备役军人喊道:'河水要把他们吸进去了,他们要淹死了。'可是,那撑船的可不是傻瓜,他看到船打转,马上从另一侧迎头把桨插到水中,将船稳住,漩涡本身将船的方向调整好了。那时船上的人便一齐奋力划桨,船脱离了险境。

"此时我对预备役军人说:'睁大眼睛,坐稳当了,您可不会游泳……'我想了一下自言自语道:'这个小伙子要淹死了。'那时,我把船靠了岸,对他说:'您从岩石上爬上去,沿着河边往前走,走过瀑布以后,在下边站在河岸上等着,我再把您接上船。'我送他爬上岩石,便划船冲进瀑布。河水异常的凶险,但由于看到了前一条船的做法,有了经验,我便战胜了漩涡,冲过了瀑布的险关。

"我们划船航行了几天,到达了一个地方。那儿有个人叫托米内霍,乘坐大船的五个人留下来给他干活了,干的活是伐树和打猎。我在那儿永远地跟这些小伙子告别了,以后再也没有看到他们。告别的时候,我从口袋里掏出一些已经弄湿了的绿色的钞票——那是我离家时带出来的,一直放着舍不得花——,买了点东西分给大家吃。第二天我们就跟预备役军人起程了。我们航行了几天,直至回到多斯·里奥斯。"

第九章

在亚利，斯里姆·鲍威尔成了马丁的一伙工人的头头。沃尔什和布埃在河上丧命之后，沃尔夫冈和弗里茨这两位奥地利的人类学家也加入到这一伙人中。

"斯里姆·鲍威尔是个脾气暴躁的人，整天都在大发雷霆，总的来说，他不喜欢跟任何人讲话。"埃德加·加西亚回忆说。

鲍威尔对奥地利人的到来感到不太舒服，因为他们的到来和要去不为人了解的部落的想法就意味着他们要在那个营地待更多的时间，而现在他们已对这个营地感到厌倦了。7月15日傍晚，他在日记中这样写道：

"飞机大约在上午9点到达，带来了两个奥地利人，他们是寻找印第安人的。他们选错了来这儿的时间，但不是他们的过错。飞机飞去的时候带去了托尼、斯坦利、马丁和维森特。飞机在河上空绕了个大圈，好像他们什么也没看到，然后便往西飞去。他们没有发出任何信号。像每次一样，大雨如着魔似地下个不停。我想飞机也许会带着一些官方人士回来，不过事情可能不会安排得太快。如果时间允许的话，也许明天会回来。"

弗里茨·特鲁普

弗里茨和本书作者在奥地利

过了很久，在一个初秋时节，我终于在慕尼黑中心区的一个叫埃尔比波林茨的小饭店里见到了弗里茨。四年前，在翻阅当时的报纸时，我在一份波哥大报纸上发现了他的名字和照片。在那之前，没有任何官方文件谈到他在营地的出现，因此我与维也纳大学进行了联系。接电话的是一个女人，带有十足的军人味，像是为了不跟我细谈，她如宣判似地说道：

"不错，有特鲁普和普塔克这两位博士，但他们现在都不在奥地利……在哪儿？这我不能告诉您……他们的家属？不知道。我们不知道他们住在哪儿。您不要再说啦，这种情况一般我们是不告诉的。"她离开了电话一会儿，接着我又听到她走远了，迈着普鲁士军官那种坚定有力的步伐，然后她又走近电话："特鲁普博士和普塔克博士三年以后回来，那时您再打电话给他们吧！"

45个月之后，我查奥地利的电话簿，在阿特南—普赫黑姆的电话簿上，只找到唯一的一个姓特鲁普的博士，但是登记的电话号码却不对。我通过奥地利驻波哥大大使馆得知那天晚上有一个奥地利电话公司的职员到来。24小时之后，那位职员对我说，阿特南—普赫黑姆的电话号码已经变了，现在应该在开头加个2。

弗里茨同意见面，尽管开头时他吞吞吐吐——这是可以理解的——使我想起了同马丁交谈的那些困难。

虽然如此，10月的一个下午，在慕尼黑，一位和蔼可亲的人还是出现在了我的面前，尽管有时他也像所有非常自尊的社会科学家那样冷淡。

对他来说，亚利那段历史，很早他就想从自己的记忆中清除掉了，因为那都是痛苦的回忆。在去萨尔茨堡时，以及后来去阿特南—

普赫黑姆（他43年前就生在这个安静的小镇上）的旅途中，我发现他每当谈到那些事时，脸上似乎都蒙上一层阴影，显得十分的忧郁。

开头，我认为弗里茨是一个铁盒子，他会把那些感情严严实实地封装起来。但是，后来随着我们交谈的不断深入，又没有面前摆着录音机的压力（第二天我们的会见是在距他家不远的一个天鹅湖旁边走边谈进行的），我看到谈到这些事时他着实激动起来。我可以说他又重新体验了一回那次的绝望和在亚利发生的悲剧的冲击。

现在我认为他是一个情感非常深沉的人，同时也是一个非常谦恭的人。

"当我们到达营地的时候，"他说，"大家的脸都拉得老长。从飞机在水上降落的那一刻起，我便意识到那儿发生了什么事。飞机到来的时候，本来应该大家很高兴的，但我没有从任何人脸上看到喜悦的影子……

"我们原来考察的设想是跟土著人一起住在他们家中，观察他们的日常生活，跟他们同吃一样的饭，所以我们只带了最基本的食品；就是说，我们只带了两三个星期的应急食品：大米、一些肉罐头、一点咖啡和一点糖，但是不够六个人五六个星期用，实际上我们是在马丁的营地待了这么长时间。正如我对您说的，我们的设想是打算跟印第安人共同生活，以便跟他们融合在一起，一块儿在他们的果菜园里干活，一块儿钓鱼，一块儿摘野果……我们也带了一些礼品，以便换他们的饭吃，比如让他们给我们提供木薯面饼、木薯、辣椒等。这些礼品是：砍刀、钓鱼的尼龙绳、鱼钩等。我们到达哥伦比亚的时候，从它的人类协会提供的材料中知道有这个部落存在。后来到了弗洛伦西亚——热带雨林的门户——很多人给我们谈起了这些土著人，最后马丁向我们证实了这件事。为了实现这次考察计划,我们拿到了一份大学九个月的奖学金,但是,正如后来所看到的,我们把所有的钱都花到在亚利的冒险上了,我们又去了热带雨林的另一个地区,计划在那儿再待一年。"

埃德加·加西亚: "那些日子,营地所在地很像是冬季,大雨滂沱,一场连着一场。马丁和维森特留下来的肉按照配给制也只能维持五六天了。我说的肉,是指希腊旅游者来访时留下的罐头。食品储备已经很少:几十公斤大米、很少的一点糖、咖啡、盐,再就是奥地利人带来的罐头和其他一些小吃食。奥地利人开始希望把他们的食品留下来,因为他们是准备到尚未为人所知的印第安人部落去时吃的。

"鉴于营地所面临的情况,说到吃食,奥地利人的到来使事情更加复杂化了。这是奥地利人下飞机后鲍威尔对我说的。马丁通知他,这两位奥地利先生要留在营地……说实在的,这可让老鲍威尔不太满意,他的脾气变坏了,说得更确切点儿,他的脾气变得比平时更坏了。我记得他跟我讲了类似下边的话:'马丁不应该把他们带来,如果他不快点儿回来,现在我真不知该怎么办,因为吃的东西和汽油都快用光了。再说,把奥地利人送到无人知晓的部落去还要花一番气力。'

"奥地利人从一开始就看出去那个地方是不可能的,我感到他们没过几天就把原来的想法置之脑后了,他们告诉我,他们唯一要干的事就是等飞机回来,因为梅德拉诺少校答应他们飞机很快就返回的。我想也就是五天吧。可是时间一天天地过去了,飞机却没有来,梅德拉诺的话是放臭屁,因为他心中清楚,我们六个人被抛弃在那儿了。"

故事讲到这儿,鲍威尔的日记就更来劲儿了,因为它使我们看到他本人也着魔般地盼望空军的老比奇克拉福特飞机回来，另外，随着日历一页一页翻过去，问题越积越多了。人无法打猎，猎狗也不配合，大雨仍是下个没完没了，也找不到好树木造船。那时他写道：

"7月16日，星期五。今天上午，本哈明、埃德加和两位客人去打猎了。他们碰到了一头驼鹿，可惜眼睁睁看着它在河里跑掉了，因为他们没有船。他们打到了一只水獭，但是也沉到水里了。我不认为埃德加会留在这儿，但说真的，这没有关系，我觉得他不是应该在这地方待下来的小伙子，他的感情太脆弱，太容易受伤害了，再说，他很懒惰。今天飞机没来，但是我想是气候太坏，不宜起飞，几乎整天都在下雨。"

弗里茨："到达的第一天，热带雨林的凄凉给我们留下了深刻的印象，到处是一片死一般的沉寂……这在我和沃尔夫冈这两个从欧洲中心地带来的人眼中形成一种强烈的对照。这是我们第一次接触热带雨林。同时，对于热爱大自然的人来说，这儿真是太美了，我们正是这种人。当然，这种强烈的对照对于没有在这儿生活过的拉丁美洲人来讲同样如此。

"7月16日的那个星期五，我在我的日记中写道：亚利地区的最大问题是动物稀少。这是美国猎人来访造成的后果，也是莫宁斯塔和维森特造成的后果，他们把雨林中他们周围所有会动的东西都杀死了。举例说，我知道他们一天曾打死过11头小野猪，他们根本吃不了，实际上大概一头小野猪的肉就够他们填饱肚子了。总之，他们把动物都吓跑了。另外，劳作的声音，收音机的声音，还有营地上人们本身的声音也让动物闻而生畏。在正常情况下，亚利地区是一块狩猎的好地方。说到这儿，还有另一个问题值得一提，这就是我们对热带雨林的恐惧。在有印第安人居住的地方，热带雨林中道路纵横交错，交通颇为方便。但是，我们的营地所在地没有道路，什么也没有。那是一片原始雨林。对于我们来说，几小时几小时地钻进热带雨林非常危险，更不要说回营地时的重重难关了。

"一天，我们险些迷了路。在回营地的时候，我们找不到用砍刀留下的标记了。我们花了两个小时的时间最后才找到了它们。由于这个缘故，我们在后来进入雨林的时候，就不敢走得太远了；就是说，我们只在雨林中待半天，打打猎，因为这是不干不行的事。

"问题是鲍威尔和本哈明都不是了解雨林的行家里手……当时鲍威尔已是一个有点病病歪歪的小老头儿，本哈明是个很能干的农民，不错，他身体健壮，什么都肯干……但是，对雨林他可是个门外汉。并不是说在那些地区出去干几次活，住上一段时间，就成了了解森林的专家。库维略斯在去那儿之前是个锯工，是在一家庄园里干活的。"

鲍威尔的日记写道：

"7月17日，星期六。外出打猎，什么也没有看见，一无所获。一个理由是，在狩猎者出发不到10分钟猎狗就跑回了营地。我还是认为这些狗能找见的就是厨房。我也外出钓鱼了，抓到了一条锯鱼。小伙子们又重新外出打猎，打到了一只火鸡。又一天过去了，飞机还是没来。我想今天大概会有人来。噢，好吧，也许这样更好些，因为时间拖得越长，广告的效应就越差，我们可以放弃这种宣传。埃德加整天都卧床不起，他感到头疼。"

弗里茨："我不像鲍威尔那样认为埃德加是个懒人。问题是一个人像他那样为莫宁斯塔干活挣那么点工资……您看，在那种情况下，我也不会像畜牲似地为他干活。不过，坦白地说，埃德加有时拒绝干活。

"噢，这个星期六我们又外出打猎了，但是毫无收获。又是一天，飞机还是没有来。我们听说有一棵大树倒了，可以用来造船，但它在河对岸。我在日记中把这个地方写得很美：营地在大河旁边，流进亚利河的一条溪流水声淙淙。但是，如果不是由于心理紧张的话，我会用更多的笔墨去描绘大自然的美，对我来说，它实在太动人了。我在那一时刻认为，设若是在另外的条件下，那该是个天堂般的地方。相反，当时我一直想的是：他们什么时间会到？这里将会发生什么事？这不是歇斯底里，也不是什么苦恼。只是对飞机是否会来心里没数，当然，我一直认为他们会来的，问题是：他们什么时候来？对我来说，这个营地唯一不好的就是虫子：长脚蚊子和小蚊子的不断侵袭让人十分讨厌。"

鲍威尔："7月18日，星期日。又是一天飞机没有出现。实际上，我今天不等任何人，因为是周日，而哥伦比亚的周日并不那么美好。本哈明出去打猎近一个小时，结果空手而归。埃德加起床后正在清扫营地。整天没有落雨，但河水继续上涨。这对猎人和渔夫来说，堪称天堂，但是至今我看不出事情会怎么样。但是，每天一个小时的狩猎时间不算长。"

弗里茨："长长的一天没做什么特别的事。我们吃打来的一条小鳄鱼和一只保黑尔鸟肉。其余的时间我们玩牌。"

鲍威尔："7月19日，星期一。如果真的这里有动物，那我百分之百地相信它们是藏起来了。本哈明带着猎狗跑遍整个这一地区没有看到一只猴子或一只鸟。我们抓到了一条鱼，等到明天吃吧。"

弗里茨："我在路上打死了一条蛇，这条路位于小溪流入大河时形成的瀑布和营地之间。蛇有一米半长。我们每天至少在不同的地方都看到一条蛇。在我的热带雨林生活中,包括后来我在阿帕波里斯待的全部时间内,从未见过一个地方像亚利那样蛇那么多。当然,并不是所有的蛇都危险,都有毒,因此我们在进入雨林时并不把它们看成一个问题。在这方面我们并不担心。当时我们把一天的时间分开,有时去打猎,有时去河里钓锯鱼。这差不多成了沃尔夫冈的一种习惯,我则到离开营地远一点儿的瀑布那儿去洗澡。我说的是小溪中的瀑布。可以说,也许洗澡是躲开别人的一种方法,每个人都单独去洗澡。"

鲍威尔:"7月20日,星期二。飞机没有来,收音机里也没有传来飞机失事的消息。我们已经耐着性子等了这么久,天天怀着希望度日,我不明白为什么广播中没有任何飞机的消息。飞机不来,除我之外,这儿的所有人情绪都很低落。猎人们唯一想干的事就是钓鱼,热带雨林他们根本不进去。我不能过多地责备他们,因为猎狗表现不佳,小伙子们也不懂怎样同它们合伙狩猎。船也没有,他们似乎对造一条船的想法也缺乏热情,尽管他们对打猎很怀念。两位客人除了关心同土著人建立联系外,其他一概不闻不问。大家胃口都很好。我背部又一次扭伤,疼痛难忍。"

弗里茨:"我们找到了一棵可以造船的树,它就在营地旁边。我们选中了它,它足够粗。"

伊内斯回忆说,那天本哈明·库维略斯开始跟她发火,而对别人他却掩饰自己的情绪。"他很紧张,出了些汗,他不停地走动,坐上一会儿又站起来走动。由于不能很快离开雨林,他感到坐立不安。他告诉我他需要他的家人,没有他们,他再也活不过两星期。我们其他人倒是还很安心……"

那天上午,她在卡利马丁的小居室找到了马丁,也在波多黎各维森特·金德罗家中的小木屋里找到了维森特·金德罗,那是热带雨林边上的一个小镇。他们刚把幸存者送到纽约回来,顺便在内瓦市停一下,这儿的秘密警察头子纳维亚少校是马丁的朋友。

尽管当局从马丁和维森特口中知道了热带雨林中发生的事情,但他们只是把两个人的讲述记录下来,听完之后就让他们走了。他们没有进行任何调查,就把材料塞入档案。

第十章

在多斯·里奥斯，奥斯卡和预备役军人没有找到桑切斯兄弟。他们是从热带雨林心脏地带逃出来的，一直到了埃佛拉因带他们去在六个土著人陪伴下割胶的地方。他们受不了自己不熟悉的恶劣环境的折磨，偷了一条船，趁夜色逃之夭夭了。

他们的同伴们留到了一个垦殖者家中当雇工，他们再没有见到他们。现在他们来到了那儿，等着桑切斯兄弟，想要点钱，然后一走了之。他们打算回安第斯去，他们是从那儿来的。他们神情憔悴，身体虚弱，桑切斯兄弟家中的印第安人给了他们吃的，又给了他们一个地方让他们暂时安顿下来，他们在那儿整整睡了一天一夜。

奥斯卡："三天之后，豪尔赫·桑切斯来了。他问我有什么事。我给他作了解释，并且对他说，我已做好准备，要么我杀了他们，要么他们杀了我，反正我不能再让他们像奴隶一样对待我了。豪尔赫没有说话。晚上他派了一条船到米拉弗洛雷斯买来了啤酒卖给了我和几个印第安人。印第安人喝了三四瓶就开始醉了，于是便争吵起来。豪尔赫顿时怒火万丈，解下皮带抽他们。印第安人没敢说话，都悄悄地去睡觉了。豪尔赫对他们就像对自己的儿子，所以他敢惩罚他们。看

到这一切,我和预备役军人都感到愤愤不平。我们私下里说:'妈的,应该叫这些人跑掉,让他们逃离这儿,离开桑切斯。'

"打那以后,我们一遍又一遍地劝那些印第安人逃走,让他们回到自己的部落去,说那儿没有人折磨他们。开始,他们感到害怕,说如果他们逃走,恐怕会发生不测。我们对他们说:'你们别冒傻气啦。'过了一个星期,在我们的劝告下,15个印第安人逃走了。逃走的那天晚上,我们对他们说,要往豪尔赫他们找不到的地方跑。他们一些人在河上走水路,一些人上了山。豪尔赫发现后对我说:'我们去把印第安人重新抓回来。'那时我已学会了用发动机驾船,成了豪尔赫的水手,这样,第二天我们就从多斯·里奥斯出发了。但是我尽量不把豪尔赫带到印第安人去的地方去。可尽管如此,我们到了一个叫贝纳多的地方——说真话,我没想到那里会有印第安人——却看到了第一个印第安人。我暗暗地叫苦道:'真糟糕!这些可怜的印第安人又要落到他们手里了。'

"豪尔赫立刻叫住了他,并且夸了他一番,用一些甜言蜜语哄他。正在他们交谈着的时候,我看到了小印第安人,他也是跟大伙一块逃出来的。我问他那儿还有没有人,他说还有两个人要过来。我让他赶快去通知他们,告诉他们豪尔赫正在找他们。小伙子调头穿过几片木薯地跑回去了。但是,那木薯地的女主人告诉豪尔赫有三个印第安人。当豪尔赫吩咐我们去找他们的时候,我找出种种借口阻止他。我说天太晚了,我们应该回多斯·里奥斯去。但是豪尔赫不干。那时我对他说:'您愿意留下来就留下来吧,我就不奉陪了。'我装出要走的样子,他叫住了我,说:'不,奥斯卡,请等一等,我们带上印第安人三个人一块去。'就这样我把他拖走了。

"晚上我走到了小伙子的吊床边,告诉他再偷一条船逃走,去找另外的印第安人。提醒他要防备着点儿豪尔赫他们,不要再叫他们抓住。我回到自己的茅屋,等着时间慢慢地过去。大约到了半夜,我把小伙子叫起来,带他到了河边,我们偷了一条船。第二天清晨他就不见了,我感到十分高兴。

"这件事在印第安人中间传开了,第二天晚上,一个小老头和他的儿子来找我了,他们问我怎样才能逃走。我对他们说,你们弄块布,缝个口袋,把衣服都放在里边,等到天黑就钻进热带雨林中去。他们照我说的做了。可是,一个印第安女人告诉了豪尔赫是我让他们逃走的。豪尔赫来找我了,他警告我说,如果继续这么干,让他的人都跑光,他就把我逮起来。他不再让我跟印第安人一起睡在茅屋里了,而是把我一个人安排在另外的地方。那时我对他说:'您把我逮起来好了。如果您愿意,我们就离开这儿不干了,我知道我没有什么损失。'他没有吭声。

"过了一个星期,豪尔赫把我找了去,说要同我把工资的账清了让我走。我对他说:'好吧,但是您可不要把我当成印第安人。另外,我走的那天还要把印第安人带走一些。'他气得浑身发抖,然后要求我不要把他搞成光杆司令。到这时印第安人大约又有20个左右跑掉了,而且还在继续跑,因为他们都向我请教如何逃跑,而我则对他们说:'尽量多偷些木薯粉,但愿你们把船都偷光(已经所剩无几了)。'他们带上妻子和儿女,在夜间偷偷溜走。豪尔赫最后把一切都看清楚了。一个星期天,在工人们出工之前,他叫住了我:

'哎,小伙子,我把工资给您付清,您离开这儿吧。'他高声说道,显然很不高兴。

'很好。'我对他说,'那么您把钱从口袋里掏出来付我工资吧。'

'我没有。'

'那我们怎么办?'我反驳道,'如果我是老板,要辞退工人,就得有钱付他。'

"他回到他的茅屋,把欠我的钱如数拿来递到我手上说:

'拿去吧,赶快离开我这儿,没有您的事干了。'我十分地恼火,对他毫不相让:

'我是要离开这儿,但不是您叫我什么时候离开我就什么时候离开,而是我想离开的时候离开。这地方不是您的。这儿是热带雨林,您不要欺负我。'我高声对他喊道。

"没有走掉的印第安人都听着我们争吵,我的话讲得越来越厉害,看看他们有没有反应。晚上7点钟,我吩咐他们到飞机跑道头上集合,我到了的时候,他们差不多都到齐了,我对他们说:'现在你们不能跑,但这几天你们可以准备口袋,把东西装好,并且偷吃的东西和做些船桨。你们要偷条大船,大家一块走。由于现在没有船了;你们在造船的同时,还可以准备许多其他有利条件。另外,如果你们一块走,就没有人帮助豪尔赫追赶你们了。'有一个印第安人说:'我可不走。我在这儿待了好多年了,我爱豪尔赫。'我对他说,人各有志,走留随便。这个人就留在那儿了。

"会议最后大家商定一块逃走。我回到茅屋躺下睡觉。正当我想入睡的时候,一个小伙子过来了,他说他害怕,因为他看到豪尔赫腰里别着手枪,背着子弹带,脚上蹬着皮靴在走动,摆出一副孤注一掷要动手干上一场的架势。我对小伙子说:'没事,针锋相对,没什么了不起。您跟我一起走,我不会再叫他把您弄回来。'

"我们坐一条船走了,找了镇子附近一个白人开的客栈住下。这小伙子叫布劳略。

"两天之后,所有的土著人都逃跑了。豪尔赫忧心忡忡,气急败坏地下来找我,声色俱厉地对我说:'我要到当局去告您,您把我的人都弄跑了。您要付出高昂的代价。'

"对他的话我心中有数,我寸步不让地说道:'好吧,那您就去告官看看事情会怎么样吧。'沉默了片刻他说道:'至少您把布劳略留给我。'

'这个小伙子已经跟我了,他还要继续跟我在一起。'我回答说。

"桑切斯兄弟用官方来吓唬我,因为法官跟他们走得很近,对他们俯首帖耳。法官向他们要好处,要钱,他们有求必应,从不拒绝,那儿的法官对桑切斯都是卑躬屈膝,因为后者是地头蛇。一个土著人逃跑的时候,桑切斯兄弟就找个这样或那样的理由到法官面前去控制他,法官就把这土著人逮起来,然后把老板找来,将土著人重新交给他。桑切斯兄弟有权有势,又有钱,当地人无不向他们低头。

"我们对峙了片刻豪尔赫又说话了。他正了正身子,手伸向手枪看了我一眼。那时我的手也握住腰间的砍刀往前跨了两步。我们几乎是脸贴脸了,我对他说:'豪尔赫先生,我们是同胞,您可不要对我谎话连篇或把我像一条狗似地杀掉。'我说这话的时候他想掏手枪,我也抽出了砍刀。

'您只要敢动一动我就削掉您的脑袋,试试看,看看我是不是假女人!'我怒气冲冲地对他说。他把手从手枪上收回去,对我说:'我不喜欢杀人,更不喜欢蓄意杀人。那您就一切请便吧。'我收起砍刀,我们又谈了大约一小时,然后他心烦意乱地去了。

"第二个星期,印第安人仍旧成群地四散逃跑,不是从多斯·里奥斯逃跑,那儿已经没人了,而是从豪尔赫的兄弟埃佛拉因那儿逃跑,从热带雨林逃跑,从我来的那地方逃跑。

"我以为所有的印第安人都已跑光了。一天上午,我去钓鱼,我对布劳略说:'您看,河中央冲下个什么东西呀,有点怪。'我放下鱼钩,我们两个都站起来,一齐往上边跑去,为的是把那东西看个清楚:那是一个圆形的东西,上边还坐着一个人。我们一吵嚷,又来了一些人,最后一个印第安人说:'是爱德华多,他坐在一口钢锅上,就是上边熬橡胶液用的那种锅。'

"我没有说话。大约在20天前,在那儿,在阿帕波里斯的热带雨林中,我的精神几近崩溃,整天伤心落泪。当我决定同预备役军人以及跟我们一起干活的白人逃出火坑的时候,我对爱德华多——他是我干活的伙伴——说:'我们必须逃走,我们是自由的,我们能够逃走。'但是他对我说他害怕桑切斯。

"'桑切斯是跟我一样的白人,打架跟我一样不要命。如果我们要逃走,要么他把我们两个杀了,要么我们两个把他杀了。'我对小伙子这样说。他拖了一天没有反应,后来走到我身边对我说:'就这么说定了!'

"等到晚上,我找到预备役军人,我们决定一块逃走。白人在我们前边已经走了,但是我舍不下爱德华多。我爱他,因为他对我非常忠诚。爱德华多是个长得很瘦的印第安人,但他劲儿很大,大约20岁,是个打猎的好手,水性也好。他很少说话。他尊重我,我也尊重他。我非常喜欢他……总之,由于没有船给他坐,我走到一个小茅舍里,端起一口熬橡胶液的大锅,将它拿到港口上。小伙子来到的时候,我正在试验看看里边是否能坐下一个人,他对我说:'就这么办!'我们把锅放进水里,我扶着爱德华多让他坐进去,对他说:'您坐好别动,不然这个混账大锅会翻的,那您可就没'船'坐了。失掉这个'船',您就到不了下边了。'我轻轻地把锅推到河中央,我也上了自己的'独木舟',一边对他喊道:'我在前边走,如果发现豪尔赫·桑切斯的人,我就点起一堆火,如果您能靠岸,您就藏起来。如果不出事,您就往下漂,我在下边等您。'

"嗯,事情就是这样,现在爱德华多已经到了,他就在我们附近,在河中缓慢地漂下来。我看到锅漂得稳稳当当,有时似是被小漩涡阻止住了,原地打上几个转,而后又继续漂向前方。这时我们已经弄到两条船,划到河中央去把坐着爱德华多的'船'抓住,因为下边有一段小小的激流弄不好他会淹死的。

"当我接近大锅的时候,我碰了一下小伙子,他像一块石头似地倒下了。我跳到河里,把他从水中救出来,他浑身僵硬,手脚已经不能动了。我抓住他的头发把他拖到另一条船上,那时我发现他正在走向死亡,脸色苍白,说话困难。可怜的小伙子身上又是屎又是尿,臭烘烘的。我们把他拖到岸上,几个人扶着他立起身来。我拿来一个吊床,让他在岸上的隐蔽处躺下。那天在港口上抓到一些鱼,我给他做了一碗浓浓的鱼汤。我喂了他三勺,他开始出汗,然后便死一般地睡去……只过了三天,他就又可以走路了。我记得他从吊床上起来,走了几步就摔倒了。他不停地出虚汗。我把他扶起来,又让他休息了两天,他恢复了一些。那时他告诉我,在那儿,在雨林中,已经没有一个人了。其他人也造了船跑掉了。他在河上漂了20个昼夜,坐在锅里一动没动。他说我把他推到河中央以后,他就顺水往下漂,漂到哪儿算哪儿,他不能靠岸睡觉和吃饭,因为锅一进入缓流区就会打转。坦白地说,我真不明白他怎么没有死掉。他变得那般骨瘦如柴,我第一次把他举起来的那一天,他几乎没有什么重量,轻得像一张纸。

"过了一段时间,豪尔赫又来找我了,这次他来是跟我好好商量的。他建议组织一个团队集体打猎,要求我让他把布劳略带走。但是我说不行。我对他说:'我们要让这个小伙子在这儿自由地生活,您把他圈到雨林中两年,让他为您干活,连雨林都不让他出,现在您还是让他寻找自己的生活吧。'

'那么您想让我把谁带走?'他问我,开始不耐烦了。我笑着回答道:'那您就把爱德华多带走吧。他可是个好猎手。'

'可是他现在在阿帕波里斯为埃佛拉因割胶哩。'他说。

'不,先生,我们等等看,看看他会不会很快就来到这儿。'我这么一说,豪尔赫大为惊诧。

"晚上我告诉爱德华多让他出来,他真的出来了:瘦骨嶙峋,面色苍白。他不想说话。豪尔赫想到他是在我鼓动下逃出来的,没有说什么。

"第二天小伙子一早就醒来,他对我说:'我不回我的部落了,我跟您留在一起,跟您在一起很好。'

"我们两个一起起来去找豪尔赫。

"他赊卖给我们一支猎枪、一些子弹和吃食。我们头两次出猎就带回了几张皮子,挣了5000比索。我们付清了跟豪尔赫的全部欠款,包括那支老掉牙的猎枪,猎枪自然就成了我们的了。那时我建议爱德华多我们为自己外出打猎,收获物两人共享,他一口答应。

'我们到雨林深处去,尽量去远点,那儿猎物多。'他向我建议

道,'我们去亚利!'

"我们准备好一条小船,就是说,一只独木舟,因为我们没有更好的船。第二天,我们又在独木舟的右边加了几块木板,船变得像只筏子,我们在上面放了一些东西(吃食、盐和弹药),就开始在一条河中划着逆水而上,那条河叫阿哈明河。

"我们凌晨4点钟出发。落了一夜大雨,拂晓时雨林中大雾弥漫,我们看不清河流,又没有手电——我们没有钱买——,只好摸索着前进。天又黑又闷热,连点风丝儿都没有。大约下午5点钟,天就渐渐黑下来。我们一次也没有停船,一个劲儿地划呀,划呀划,每五小时吃一次东西。我们一定要到雨林中心地带去,只有那儿有老虎。

"到了下午6点钟,已经什么也看不见了,但我想我们还是最后铆点劲儿,再多走一段路程。约摸到了6点半,天已是伸手不见五指,独木舟开始摇荡起来。河里猛然间涨水了,汹涌的波涛以席卷一切之势从上面滚滚扑来,所到之处,岸上的树木和茅舍都连同它们的根基一同倒下葬身河中。在我们企图靠岸的时候,船撞上了河水冲着的一棵大树,这大树把我们撞了个晕头转向,损失惨重。盐丢了,所有的盐都丢了;50公斤木薯粉丢了,六磅左右的大米丢了;咖啡、满满一罐糖,还有两个人的换洗衣服全丢了。我们只穿着身上的衣服,把猎枪、砍刀和火药以及弹药挂到脖子里上了岸。

"那天晚上天气很冷。由于我们没有了吊床,也没有油布挂起来遮雨,于是就找了两棵瘤树。这种树的根部有如电风扇,我们就在这种树上安眠。瘤树的干是一张很好的床,它的枝杈从干上分出去有如风扇叶片,长大之后,在这样的夜晚可遮一点风,挡一点寒。一个人躺到这种树干上,就像周围被墙圈起来,十分的舒服。

"我们早早起来,等待着黎明的到来,看看有没有什么丢失的东西碰巧会挂在岸边的草木上。但是,河水流得太急,把一切都冲走了,因此我对爱德华多说:我们唯一能干的事就是继续往雨林中走,睁大眼睛找吃的。我们不能再回去了,我不想再跟桑切斯之间出现麻烦事。我们吃了些棕榈嫩芽和野果,沿着河岸往前不停地走了八个小时。天渐渐地黑下来,我们在几棵瘤树下停留,一直待到凌晨4时,然后又去找人。我们沿河而上走了一个小时,看到了一些枝繁叶茂的高大的星苹果树,上边挂满了一串串的大果子。这种树的树皮和叶子渗出一种乳白的汁水,黏糊糊的,酷似牛奶。水果有黄的、红的,还有紫的。我们看到的水果是红色的。爱德华多爬上一棵树,摘了一些果子,果肉是白色透明的,味道很鲜美。最妙的是它的味道很甜,也许是来自粘在我们嘴唇上的果汁。我吃了很多,并且把衬衣和裤子的口袋全都装满,以便饿了时再拿出来吃,因为我不想再把时间浪费在找吃食上。

"大约在下午4点钟,我们远远看到前方岸边有炊烟升起。5点钟,我们到了一个印第安人的家,他正在熏鱼。那些鱼很大。他表示我们俩可以留下来在他家睡觉。我们喝了奇洽酒,然后我们便上山帮他砍柴生火用,他熏鱼需要很多木柴。一般来说,不能找那种很快就燃尽的木柴,要找细木柴,火燃起来很旺。熏鱼应该用文火,拖的时间要很长。那天下午6点钟我们把火生好,第二天清晨5点钟,印第安人告诉我们鱼可以吃了。我们把肚子吃了个滚瓜溜圆,我们对印第安人说我们打算再住一天来准备打猎的圈套,他答应了。

"热带雨林中动物很多,但是要逮住它们必须用一种叫库马雷的棕榈纤维做圈套。那是一种很细的绳子,印第安人有很多,他送给了我们相当的数量。我们马上用这种纤维在腿上搓绳做出圈套，然后将它们放好。晚上人们到处放上这些圈套就去睡觉，肯定会捉到足够的动物供第二天食用。这本事我们要向印第安人学习。

"整整一天我们都在做圈套，同时利用篝火的热量把火药和爱德华多带的指南针烤干。

"第二天黎明，我们离开河边向雨林中心地带走去。那四天一直在下雨，但我们可以打到一些猴子。我们把一只留下来晒干自己用，其余的我们就把它们开膛破肚，拴住它们的脖子吊起来摆出猎物货摊，把它们割肉零售。摊子周围便有猎人来选购，他们买去作诱饵，吸引猎物到来。老虎闻到这种味道时就会赶来吃……在它吃得正香的时候，猎人就可以瞄准它的脖子或脑袋开枪了。

"我们干得很辛苦，但是效果不佳。整整一个星期我们不出声儿说话，等啊，等啊，可是一只老虎也没来。那时我们想到我们还得再往雨林里边走。

"我们沿阿哈胡河走了一天，看到了一条叫拉亚亚的小河。那可能是一条溪流，两岸之间的宽度大约25米，相当于阿哈胡河的一半，但它们的流水却是类似：混沌的牛奶咖啡色，几乎跟那些热带雨林中的所有河流一样。

"我们差不多在拉亚亚河边放了五天诱饵，干猴肉和我们打到的其他动物肉全用光了。带着猎老虎的圈套快步行走很不方便，我们也早早地放完了，所以现在难题开始摆在我们面前了。那家的印第安人给了我们一点木薯粉，我们一直放着。现在我们只好拿出来吃了，另外再吃些棕榈树嫩芽。由于担心把老虎吓跑，我们没有开枪再去打新的动物做诱饵。是的，如果有老虎来，我们的枪声会把它吓跑的，但是狗日的老虎没有来,所以我们还要沿着小溪往上走,继续往雨林腹地深入。

"大概是在拉亚亚河的第七天下午3点钟,当我们听到从溪流下方有船开上来的发动机声时,我们就迎了上去。来人是劳尔·利马,为豪尔赫·桑切斯干活的混血儿。跟他一起来的还有他的妻子格洛丽娅和四个印第安人。我们向他们打手势,他们的船靠岸了。他们说他们要在这儿停一下,他们已经累了。他们是被豪尔赫派出来找巴拉塔、胡安索科和人心果几种树木的,这是几种不同的橡胶树。我问他们要到哪儿去,他们说他们一直在找亚利。劳尔建议我们跟他们一起干,我想到我们既没有了食物,也没有了精力,寻找老虎无头绪更把我们折腾烦得好苦,我就答应了他。从这时起,我们就加入了他们的一伙。

"我们坐上劳尔的船,沿溪流又往上航行了三天,到了一个水很浅的河段,我们再也无法前进了。为了解决这个问题,我们需要在雨林中开辟一条狭窄的小道,找到另一条更宽的河流,我们得把乘坐的船扔掉,到小道的另一端再造一条新船。劳尔和其他人并不是跟豪尔赫合伙做生意,而是受雇于豪尔赫,按照当地人的说法,是豪尔赫的'打工仔'。因此,豪尔赫给了他们工具,这样,造一条船是没有什么困难的。

"我估计我们开那条路花费了差不多九个小时的时间。我们发现了一条新河,当夜,就睡在这条河边,第二天,回拉亚亚河取留在那儿的东西。第三天我们又继续前进,并且开始寻找适于造船的树木。我们看到了几棵雪松和另外几棵叫阿乔波的树,心中一阵高兴,因为这种木材很轻,正是我们寻找的理想树木。但是我们试着砍了十棵,头几斧就发现了树心是空的,不能用。大概是这边雨林中的某种自然灾害把它们毁坏了。这样找来找去,到最后我们感到有些厌倦了,就选了一棵很好的马卡帕树。这种树虽然有点重,但本质良好,而且宽度足够我们造一条大船。由于我们是八个人,我们选了一棵三抱粗的大树,就是说,三个人同时把胳膊伸开,手拉手刚刚把大树合围起来。干这件事我们费了大约几个小时的时间,因为这带地方雨林的地面高低不平,大多数树木是不宜砍伐的。砍伐树木的时候,树干很容易折断或撕裂,那力气就等于白费了。但是,我们终于找到了我们喜欢的树,并且把它放倒了。

"这棵树木质坚硬,劳尔的妻子跟我们一起干,我们先把树身表面刮平,然后用锛子把树干中心的一个长条掏空,深度抵树干的一半。与此同时,别的人用各种刨子加工出船头和船尾,并把它们刨光。这活我们干了两天,然后将它翻过来,把船底加工得平平正正,光光滑滑,因为如果有凹凸不平之处,船开起来就不平稳,稍一摇晃就可能翻沉,那就没有用了。下午我们点起了一堆篝火,把火炭放在船中,将它的空洞迅速地烧得更大,一直到深夜我们才把这活干完。那是一条很好的船,又直又光滑。当然,由于我们砍的树本身就沉,这条船也很沉,但是没有别的办法。

"造船开始的第二天,我让别人用锛子凿树干,自己便独自上了山。我碰到了一群猴子,开枪把走在最后的一只打死,开了膛,将它拖到了80米开外的一棵柔韧的细树旁边。我要把猴子放在那儿作诱饵。找这种细树拴猴子,很容易将它直着身子吊起来,这样,当老虎来吃它的时候,树就会摇晃,猎人也就知道了。

"我准备停当之后,心中暗想:'但愿这次老虎会上钩。'随后我便下山来跟别人一起造船。第二天,我回到放诱饵的山上,发现老虎来了,它吃过肉走了。但是,我知道它还会回来,那时它就是我的了。我马上砍了一些粗棍子,爬到对着猴子肉的大树顶上,在那儿搭了一个像平台似的'床',准备在老虎来的晚上躺在上边抱着上了子弹的猎枪等它。'床'搭完之后,我从树上下来又检查了一次诱饵,看到放得很好。老虎没有把拴猴子的套子扯松动,我肯定它无法把剩余的肉一下子叼走。由于它第一次吃的肉很多,很可能要拖一两个晚上才回来,于是我又回去同大伙一起造船。

"那天晚上我做了一个梦,梦见一只绿色的大老虎在树上跳来跳去,追着一只猴子要把它吃掉。我起了个大早赶到山上去,离放诱饵的地方还差约摸80米我就听到了老虎低沉的咆哮声。我轻轻地走过去,爬到一棵树上,从那儿可以把放诱饵的树看得清清楚楚,那棵树就在我们开辟出的小路旁边。那是一只大老虎,一只大花老虎,足有差不多85公斤重。它走到死猴子跟前,在距猴子三米远的地方围着它兜了一圈,一边慢慢地兜圈一边观看它,同时呼哧呼哧地喘着粗气发出一种沉闷的咆哮声,但就是不敢过去吃它。它那低沉的咆哮有如震天动地的鼾声,令我非常激动。这个混蛋玩意儿马上就属于我了,我不会让它跑掉的。为此我必须耐心等待,等待老虎有了信心,走过去开始吃那猴子,并且把肉津津有味地大口大口吞下去。我等了几秒钟,看到老虎又围看猴子转了两三圈,然后它就停下来环顾四周,并且仔细地嗅闻了一阵。这一切做完之后,它就纵身一跃,猛地向吊在树上的猴子扑过去(那猴子吊得有点高)。它用后腿撑地竖起身来,前爪便开始去拼命地扒肉企图将它从树上扯下来,但没有达到目的,因为我用藤条把猴子的前肢和脑袋都牢牢地捆在了树上。树开始不停地左摇右晃,我看到老虎已张嘴用牙咬住了猴肉,并且使劲地向两边甩着脑袋,力图把第一口肉撕下来。它终于得逞了,它把肉叼到地上,有滋有味地大嚼起来。我从树上下来,朝老虎待的地方走去,这会儿它更放心了,已在得意地把肉往下吞。我在小路上走到离它20米远的地方。可是,当它听到我的脚步声时,便马上调过头来看我,并且露出了那两排坚固闪光的牙齿。它的嘴和前爪上都沾满了血,前爪上的血一直染到第三个关节。它一时手足无措,不知道该向我扑过来,还是继续吃它的美味佳肴。那时我找了一棵比较粗的树,大概有一抱粗吧,慢慢地,慢慢地,慢慢地,一步一步地躲到旁边的这棵树后边。这是向老虎射击的最佳方位。但是,我还没有来得及扣动猎枪的扳机,这当儿老虎已站到了我的面前。它用眼睛死死地盯着我,一刻也不离开。它把嘴半张开来,低声地咆哮着,似是准备进攻。我向它大声叫,想叫它站在那儿不动,但是它不怕我吓唬,反而变得更加凶恶。我感到身上一阵发冷,汗水把上衣湿透,紧紧地贴在我的身上。我觉得全身的肌肉发紧发烫,不停地摇晃着脑袋把流到眼上的汗滴甩掉,不让它们辣我的眼睛,模糊我的视线。这时,我张大嘴巴开始做深呼吸,也跟老虎一样呼哧呼哧地喘粗气。我想既然它喘粗气引起我的注意,我喘粗气同样会吸引它的注意力。我开始低声跟它讲话,安抚它,告诉它不要干蠢事,它应该倒回去一点,因为我需要这样。它的皮应该能卖大价钱,它甭想逃跑了。那么,它干吗还要这么捣蛋呢?它四腿登地,稳稳地站在我的对面,这种姿势我是不好开枪的,因为那会把皮弄坏,卖不到一等品。为了不让豪尔赫把这张虎皮贱价收走,我必须尽量冒险。这时,老虎又向我走了两步,我正准备迫不得已地迎面开枪,老虎却又调过头去侧目看那钓饵,这我可就抓住机会对着它的脖子扣动了扳机,但是,它并未应声倒下,而是又朝我慢慢地走来。这时我来得及又装上了子弹,迎头对它开了第二枪。它摇晃了两下脑袋,我以为它会跌倒,因为一时间它好像怔住了。我从树后跑出来。可是,老虎继续站在那儿,张开血盆大口一跃向我扑来。我记得当它腾空向我扑来的时候,我看到了它那挥舞的利爪。那虎爪很长,是黄色的,尖溜溜的。当时我一跳又躲到了身后的树后边。当它从我身旁窜过的时候,我只好用猎枪向它打去,因为子弹带拧了劲儿,我无法第三次装子弹了……我抓住猎枪管,每当它从树的一旁探出头来时,我就毫不留情地朝它猛打……我用尽全身的力气打它,以致枪托都打断了。老虎三番五次地要扑到我身上来咬我,我知道,为了少消耗体力避免疲劳,我必须尽量少动。每挥枪打它一次我就跟它讲一句话。老虎是通人性的生灵,它们也懂得在人发了火之后应该好好地权衡一下,因为它们能分清谁是好汉谁是胆小鬼。如果一个人害怕,它们一眼就看得出来,那就跟您没完了。所以我跟老虎讲话,如果它用凶眼看我,我也用凶眼看它,直至它产生了一阵犹豫,我抓住机会摘下了挂在腰上的砍刀,紧紧地握住它死命地往老虎一阵猛击。我不能用刀去砍它,因为那样皮子就毁掉了。但我对老虎的打击有如一个人在用棍棒击树,咚、咚、咚……老虎的身子很硬,对我的打击好像没有丝毫感觉。我打呀,打呀,使上全身的力气打,有一阵那个狗娘养的开始软了下来想走开,但是我把它叫住了,我要它不要一走了之,而是对着干,因为我要把它制得服服帖帖。正在这当儿,我在这次出来时带的两条狗跑来了。它们看到当时的场面,立刻扑向老虎吠起来,并且企图去咬它。两条狗很勇敢,非常非常的勇敢。由于老虎已经受伤,看到两条狗扑来它又愣住了,但马上便开始扑过去咬它们。它不知道该先向谁进攻。两条狗一齐咬它,它只好左右忙乎。但两条狗都是机灵地咬一口就一跃而退,咬一口就一跃而退,弄得老虎晕头转向,每一次转身去追赶狗时都跌倒在地,从它脖子里流出的鲜血把地上的泥土都染红了。老虎发疯了,它已无法应付两条狗的轮番进攻。我趁着那场混战和两条狗的勇敢进攻用一根藤条把断开的猎枪托绑好,又收拾了一下,然后,装上了一排子弹。我跑过去转了个圈把老虎截住了,因为两条狗的攻击又折腾得它软了下来。我截住它之后,它无法逃走,就调转身子以侧面对着我,又去咬一只狗。这时候我恰好有机会又对准它的头部开了一枪。它的身子摇晃了一下,我看到几股鲜血黏糊糊地从皮毛上流下来,但是我还是没能把它杀死。

"它扬起脑袋——大概是由于疼痛吧——怪声地咆哮着站在那儿。那时我抬起手来擦了擦额头上的汗珠,它们溪水般地流进我的眼里,我的眼里在冒着金星。我喘了一口气,扔掉猎枪,用砍刀去砍了一根差不多十厘米粗的大棍子,紧紧地握在两手之中。当我举起棍子往老虎打去的时候,不想棍子被树枝和藤条挡住了,我没有打到老虎,老虎欲撒丫子逃走。那时我岂敢怠慢,伸手抓住了老虎的尾巴就往后扯,使得它难以逃脱。老虎的尾巴瘦骨嶙峋,硬邦邦的,热乎乎的。我往后一扯,手就打滑,原来老虎也在出汗。它一觉得我抓住它的尾巴不放,就转过身来想扑住我。那时我便用尖棍捅它的嘴,捅它的眼,一阵刮捅,捅到哪儿算哪儿。老虎转了几个圈,那条叫吉列米娜的大狗逐渐地向老虎逼近,到了一定的距离,没想到老虎突然向它发动袭击,一下子咬住了它的脖子,霎时把它撕碎了。看到我的狗不幸悲惨地死去,我一时怒火万丈,对着老虎的脖子打了最后一棍。这一棍打得不歪不斜恰到好处,老虎哆嗦了一下,四腿一弯趴在了地上。那时我又是一阵猛打,它就躺在那儿老实地待着,一动不动了。"

第十一章

从弗里茨和沃尔夫冈到来,在亚利已经七天过去了。根据维森特所说,第八天是军事飞行员定下的返回最后期限了。从一大早他们就巴望听到比奇克拉福特飞机发动机的轰鸣声,但是一直到了晚上飞机也没有来,所以他们无奈只好做出继续待在那儿的打算。

食品短缺,企图以打猎来缓解点儿厨房形势的想法一次次地落空。他们确信,没有船只要继续轻而易举地转移是不可能的。

"天晓得还要被迫在那地方待多久"的想法使奥地利人重新产生了去尚不为人所知的部落的幻想。那个计划在他们到达那儿的当天就被埋葬了,可现在又重新复活了。没错,归根结底他们需要一条船。

在又一次检查了库存之后,他们发现,尽管他们已消耗了几十排子弹想打到某种猎物,但仓库里还存有大量的来复枪和猎枪弹药。据负责管理仓库里武器、弹药、燃料、食品、机器、威士忌和杜松子酒的斯里姆说,他们的汽油不多了。眼下唯一的问题是船上的发动机,他们有一个"约翰逊"牌18马力的发动机,但是已经不能用了。得克萨斯老头自告奋勇想试试看能不能修好。在工人们的茅舍里,马丁丢下了第三台发动机,但是它太小了,只有3.5马力,像个玩具似的。

时间一天天过去，没有马丁的回音，又远离家乡，这一切加剧了库维略斯的紧张心情，而年轻的工人埃德加则拒绝干活。斯里姆看来没有能力造船，另外他也感到自己生病了。以后，库维略斯也将遭受同样的命运。

厨娘伊内斯一生从未操起过工具干这种活，奥地利人更是既缺乏实践又缺乏知识。

这样，开头的时候，这些人认为造船几乎是件不可能的事。尽管如此，他们也还是努力去找适合造船的树木了。

弗里茨："我们去找用来造船的树，外出走了相当远的路，选呀，选呀，却是一棵也没选中。那时我们对在营地周围找到一棵适合造船的树有点失望了。问题是树必须是在河边。在那种热带雨林中，能造船的树相当多，但它们都在山里，要想靠四个人把这种树从山上拖到河边那真是比登天还难。"

鲍威尔："7月21日，星期三。我的背还是疼，但比昨天好了些。坦白地说，我认为猎手们不配拿马丁付给他们的工资。我看埃德加有点恋床，好像已经无法离开它。本哈明和两个奥地利人外出寻找造船的树了，但是一棵也没找到。本哈明对造船根本没兴趣，他告诉我马丁已经叫他什么也不要干了。就我来说，这样也好，从今天开始，我对所有的猎人都不再提任何要求和劝告了。"

弗里茨："我们伐倒了一棵选中的树，但倒霉的是歪倒时下部劈了，因为那儿糟了。留下的完好无损的部分不够造一条具有某种载重量的大船之用。砍倒这棵树我们费了三个小时，除了留在营地的鲍威尔外，大家都动手一起干。干得最卖劲的是本哈明，他比我们都健壮。这棵树在亚利河边上,沿河而上,它距营地有一刻钟的路程。"

鲍威尔:"7月22日,星期四。那些打猎和钓鱼的先生们似乎什么都不愿干,只想吃饭和睡觉。我想让他们造条船,他们不愿干,或者说他们找不到适合造船的树,找的树不是木质太软就是木质太硬。今天他们也无意去打猎。除了奥地利人偶尔打开个香肠罐头外,我们已经三天没有肉吃了;对于奥地利人的罐头,我是不凑边儿的。"

弗里茨:"一切食品都实行配给制。我们每天吃很少一点大米。如果钓到点鱼,我们就吃鱼、菜豆和咖啡。定量是很少的。幸好我们自己都带了些食品,当营地的食品实际上已经用光时,我们还有一点大米和粉条,就是说,是我们六个人自己的食品。偶尔也外出打打猎,那时我们便有相当数量的肉吃。

"在营地整整待了一个星期了。鲍威尔手里有一箱威士忌,那是马丁留下来让他招待旅游者的,他的职责之一就是管理这箱酒。最初几天,我们一滴酒也没喝,但是那个礼拜四,我们想庆祝一下第一周进入热带雨林,就打开了一瓶。鲍威尔拿出个本子,把我们喝酒的账记下来,我们每喝一杯他就记一杯,到时按数向每个人收钱。我们跟鲍威尔本人,跟埃德加,跟本哈明都喝了几杯。"

鲍威尔:"7月23日,星期五。又过去了一天,情况跟昨天一样,只是比昨天更像前几天的日子。我跟来的客人们的看法相同:他们认为马丁雇用的两个人简直难以忍受,他们甚至连为厨房砍柴的活都不想干。他们外出打猎了,但跟每次一样:空手而归。这也许是狗的过错。谁知道呢!"

"7月24日,星期六。鞋子破了,用了一天的时间捆绑鞋子。本哈明和埃德加最后决定造一条船。他们说保证把这条船造好。我希望看到他们造的船，但是，由于我身体不佳，我不能走远路。我认为他们的想法是：一旦他们把船造好，我就会给他们发动机、汽油、食品和武器，让他们回去打猎。也许我会这样做，但要等到我们的食品全部吃光，没有别的选择的时候。"

弗里茨："我们终于找到了一棵树，我们想造一条船。由于潮湿，我相机里的胶卷都坏了。从我们乘飞机到这儿的那天我在营地拍的所有照片全糟蹋了，我只好把胶卷取出来扔到河里。从这一刻起，潮湿和照片是我最关心的事。"

鲍威尔："7月25日，星期天。今天是星期天，一切都进展十分缓慢。没有鱼吃，没有猎物。本哈明在干活造船，但是埃德加胳膊肿了，没干活。我认为无论如何他也不愿帮忙。我将'约翰逊'18型发动机的活塞拧松，以期在船造好之前它能正常工作。两位奥地利客人仍旧希望找到土著人，但是我认为他们……"（最后一个句子突然断了）

弗里茨："造船有进展，营地上有足够的工具干这件事。我们大家一齐动手干，但本哈明的工具用得最熟练。埃德加被虫子咬了，胳膊肿了起来，好在并不严重。

"每天的基本食品是大米，上一顿是大米下一顿还是大米，有时吃些鱼。最多的是带着大粗刺的锯鱼，鱼个头很大。好在很方便，我们在营地旁边就可以直接钓到鱼，就在飞机降落的那个港口上，那儿的水是平静的。

"那天晚上是难忘的，因为发生了一件奇怪的事。我想在我后来在热带雨林中度过的年代里，再也没有看到类似的事情。那天天黑下来之后，我们围坐在桌子旁点上几支蜡烛照明。突然，一股虫子形成的陆地龙卷风冲进了营地,我不认得那是什么虫子,反正它们从茅舍中央穿过,扑灭蜡烛之后又继续前进了。那就像一部恐怖电影,比如希区柯克的《群鸟》[①]。此外,它们的声音震耳欲聋地充满整个房间,让人不寒而栗。那股虫子陆地龙卷风呈管状,直径约 80 厘米。那是一个富有弹性的管状物,仿佛还以它的奇形怪状把烛光戏弄了一番(我们是用蜡烛照明的,因为配给的汽油和植物油都很少,一般来说,我们每晚只点一个小时)。

"夜间,有时候天很冷,我们需要穿上毛衣或别的什么来御寒,特别是在一阵急雨之后温度直线下降的时候。另外,我们睡在棚屋里,屋顶和其他部分主要是铝板搭成的,下雨的时候咚咚咚地响个不停,耳朵简直受不了,实在难以入睡。地上流的雨水从平台或我们睡觉的床下流到屋里来,把整个营地都淹没了。第二天黎明一看,到处是烂泥巴。"

鲍威尔:"7 月 26 日,星期一。尽管已有好多天没肉吃了,男人们还是不想去打猎。不过说实在的,他们也没有多少机会去打猎,因为本哈明一直在造船,埃德加不是这儿病就是那儿病。我得设法去看看船造成了什么样子,我对能否把它造好怀有疑问。不管怎么说,这个礼拜该完工了。"

弗里茨:"斯里姆企图修好一台'约翰逊'18 型发动机,我们在继续造船。今天我们在一条小河上搭了一个桥,这样过河就容易得多了,这条河在我们的营地和造船的工地之间流过。我们搭桥用的材料是木棍和藤条。真是一种讽刺,下午 3 点钟我们在收音机里听到了一

[①] 希区柯克(1899—1980),英国著名电影导演,他善于以幽默的手法制造悬念,1963 年拍摄的《群鸟》描写了鸟类对人类的可怕袭击。——译者注

家奥地利电台对拉美的广播。事情的确滑稽,一个人钻进热带雨林之中,远离喧闹的世界,却听到了维也纳的广播。在那种处境中,此事似有点荒唐。"

鲍威尔:"7月27日,星期二。今天我修理了'约翰逊'18型发动机,是否修理好了还不敢说,这要等人们把船弄到营地来才知道。大概明天他们才能把船弄来。船造得很粗糙,但如果能漂起来,那也就算不错的船了。船已经摆到了河边上,明天可以下水试验。如果这条可怜的船能够漂浮,也许我们的活动就自由得多,可以弄到些肉了。否则,我不知道我们的食品还能坚持多久,我们有六个人,六条狗,还有一只猴子。"

弗里茨:"船已造好,准备投入使用了。从下午1点到3点,我们用了三个小时的时间把它拖到水上,拖动的距离大约50米。星期三我们来做试验,看看它能否航行使用。我的脚和腿都被蚊子和一种类似产生在动物身上的扁虱的虫子咬得红肿起来;跟扁虱类似的虫子咬人是把嘴紧叮进肉皮里,让人感到发痒难忍,特别是在夜间。"

鲍威尔:"7月28日,星期三。好了,小伙子们把跟船有关的所有事都办完了。明天他们将把它拖到营地来。这条船并没有什么特别之处,但达到了预期的目标:能够漂浮而且进水很少。此外,发动机的工作状况也比料想的要好,尽管它遭到了损坏。船的性能尚可,发动机又能转起来,这也许有足够的时间使我们能猎获到一些动物来减轻点儿食品紧缺形势。发动机运转不是很好,但能用,明天我们看吧。"

弗里茨:"造好的船在从北面围绕营地的河中下水了,但是,我们无法都坐上去,而只能坐两三个人。这就出现了一个问题,即便发动机能够运转,我们大家也不能都上船。再说,船里进水,它太沉了,吃水太多了。印第安人造的船又轻又薄,又光滑又漂亮,我们的船跟他们的船一比,活像个掏空心的大树干。我们试了一下,倒是过了河,到了河的对岸,但是要不断地把进来的水淘出去。

"斯里姆想试试船的性能,但是差点儿把命丢了。他一个人上了船,打算穿过河流到达营地对面的河岸。然而,当他到了河中央的时候,发动机灭了火。那时,河水把船拖走了,朝着两个旅游者丧命的瀑布那个方向拖去。我们大家都站到岸上看斯里姆试船,不仅想看船的性能,而且想看看发动机运转情况。当斯里姆将发动机点火发动,船开起来的时候,我们都感到一阵欣喜。但是,刚过了一会儿 情况就发生了变化,令人焦急起来:发动机熄火了,斯里姆开始被水冲着往下漂去。开头他企图用船上的一把铁锹把船控制住划到岸边,但是没有达到目的,很快船就被冲到了急流附近。然而,就在这千钧一发、眼看一切都要完蛋的时候,他却抓住了一棵倒在河中的大树的枝条,借此慢慢地把船拖到岸边。他把船拴在树枝上,反复试着将发动机开动起来,最后终于打火成功。然后,他便顶着在那个季节汹涌澎湃的河水把船开回到营地。在我们的眼中,鲍威尔在河中与滚滚的波涛搏斗,与发动机搏斗的形象,丝毫不亚于《老人与海》那部小说中的主人翁。那一天,亚利差一点又把一个人的生命交给上帝。"

鲍威尔:"7月29日,星期四。这是非常重要的一天。贝尼和埃德加过河打了一整天猎。他们的运气颇佳,打死了一只懒猴,这可能是大猎物了。他们说别的动物他们连根毛都没看到。我越看这个地方,就越是坚信不应该把狩猎者和钓鱼者都带到这儿来。还是没有马丁的消息。我希望没有发生什么严重的事情,马丁只是等着把飞机修好。

"7月30日，星期五。今天我感到好了些。我带上22型来复枪顺着河汊子往上走了两个小时。我看到两只乌鸦，向一只开了枪，但没有打中。我对这两只乌鸦没有太大的兴趣。本哈明和埃德加（还是两位奥地利客人？）带着两条狗沿河而上外出打猎了，中午的时候带回一只保黑尔鸟。他们说看到了许多野猪的蹄印，但是两条狗什么都不想干。我担心他们打猎过分地依赖狗。我听说有的猎人打猎根本不用狗。我再说一遍：即便被瞎子看到的什么东西，所有的狗都会去追赶。好吧，我认为手中的麻雀胜过空中的凤凰。"

本来人们梦想着有饭吃，梦想着飞机来接他们——可飞机就是不来救他们——，梦想着有一条船——可当前似乎很难得到这条船，心情就不好，现在又加上几乎天天大雨滂沱，鲍威尔时时刻刻跟埃德加发火，结果气氛就更紧张，更令人焦虑——至少对埃德加是这样。最近在营地的16天，日子就是这样度过的。

他回忆说："那些星期对我来说是多么的艰苦，多么的悲惨；我认为对本哈明同样如此。他不时跟我提到他非常想念他的妻子和孩子们。他很是牵挂他们，尽管他怀有某种希望，认为有可能堂马丁和堂维森特商定为了他们的生活，他们给他的女人送去了一点钱。这个钱是他应该得到的，是他用自己劳动的汗水挣来的。我们离家到营地来的时候，本哈明留给了他妻子50比索，那是当时他口袋里所有的钱。我在亚利跟他说，如果有机会，我们应该走掉，不要再等任何人，因为我心中明白，他们不会很快就来接我们的。本哈明劝我说不要冒险，因为美国佬会借口我们自动放弃干活而拒付工资，这种危险是存在的。

"我对鲍威尔已完全失望了,他对待工人像对待奴隶一般。他是个大坏蛋。我们有证据。我们大家都知道他在美国犯了法,逃出来躲在这个地方,所以他永远不会离开这儿的热带雨林……看看,就这么回事:鲍威尔是个不清白的人。"

不管是在乡下干活的时候,还是在写这个故事的时候,鲍威尔的人格都是跟他的过去一样模糊不清,因为没有人——包括莫宁斯塔在内——对他有什么了解。人们都不愿对他讲得太多。在阿特南—普赫黑姆的整个会见过程中,情况同样如此:弗里茨说话支支吾吾,每句话都考虑半天,只要不是谈到他本人,他对自己要表达的意思必定字斟句酌。

"鲍威尔这个人怎么样?马丁把他描绘成个神经衰弱患者,说他不喜欢人声喧闹,不善交际,而喜欢离群索居,也不爱讲话。"我向弗里茨说。

"我也这么看。"他回答说。"他不喜欢城市的生活。他是一个乡下人,因此喜欢哥伦比亚的生活。"

"他跟您说过他不能返回美国吗?"

"是的,说过一次,那是在喝了点酒以后告诉我们的。他在国内出了问题,但是我不知道……所以我不能告诉您他是什么问题……您知道,鲍威尔从不细说他自己的事情。可是,在我看来,他本质上还是个好人。他长得高高的个子……人们都叫他'Slim',英文 Slim 的意思为细长的,苗条的,纤细的意思。他鼻子很大,戴着一副小眼镜,性格冷漠,干巴巴的像英国人一样。"

据弗里茨说,在那些日子里,营地的气氛是一片沉默,因为一般来说,六个人都宁可闭着嘴不说话,很少提及如果马丁的飞机不来救他们结果会是如何。从没有打架斗殴之事,"只有一两次埃德加跟其他人发生了摩擦,因为他不想劈柴,也不想陪我们去打猎、钓鱼或干造船的活"。

但是,那个星期即将结束的时候,沉闷的气氛却有所改变。现在他们一心想的是船上的约翰逊18型发电机,想到的是大河、涨水和急流。想到的是上边的一个地方,那地方几乎变成了灾难的象征,这就是拉拉亚河河口。其实拉拉亚河只能说是一条水量丰富的溪流,它的水流进亚利河。

7月31日,一个星期六,奥地利人第一次沿河而上试图去寻找印第安人,因为那个计划一直萦绕在他们心头。他们由埃德加和本哈明陪同上午9时30分出发。他们觉得船不太安全,为了保障平稳行驶,他们在船的两边拴上了一对空洋铁桶和空汽油桶。这样,他们的船速度便慢了下来,可是他们感到比较安全。船刚刚开动,本哈明就告诉弗里茨和沃尔夫冈要找到土著人是不容易的,因为他们只在旱季为了钓鱼才到亚利河边来。而当时,滂沱大雨正在整个亚利地区下个不停,河水不断地猛涨。

大约10点钟,一阵暴雨从天而降,本哈明让他们明白,不管是抓鱼还是抓印第安人此刻都不是好时候。奥地利人带了两块油布,用它们遮挡暴雨,但船上的水和潮湿终于还是使他们从头到脚都湿透了。在此后九个月的热带冬季里,他们便习惯了在这样的情况下生活。

中午12点半的时候,发动机似乎运转良好,他们打到了一只肥鸭子,但是,他们刚远远看到拉拉亚河河口发动机就开始打喷嚏,继而便熄了火。埃德加和本哈明几次试图把发动机重新打火发动起来,可发动机只是断断续续地咳嗽着,船走出几米远,就又哑巴了。船开始滑动着顺水后退,即便靠了发动机推动力行进上20米,发动机一停,马上又会返回50米。所以,工人们努力奋斗着,尽量不让发动机熄火。

当他们看到继续旅行已经没有可能的时候,便把约翰逊18型发动机拆下来,调转船头,任其漂流,一直漂了几个小时,重新回到了营地。

那一天,鲍威尔写道:

"7月31日,今天一开始就发生了一件令我们惊讶之事。我们听到一架飞机从西北方向飞来,我想这次我们有救了。但是飞机没有降落,而是继续欢快地往南飞去了。我派本哈明和埃德加去打猎,两个奥地利小伙子则沿河而上去寻找印第安人。这两个小伙子念念不忘他们该死的印第安人和实现他们的计划,简直要把我气疯了。我希望他们能找到印第安人,以便让我安静下来,因为说实在话,我真不知该如何对付眼前的局面。我们的汽油不多,食品天天减少。此外,埃德加又反抗了,这天上午我吩咐他沿河而上的时候他拒绝了,似乎他愿意干的事只有吃饭和睡觉。奥地利小伙子们从河上边回来了,打来了一只又肥又漂亮的鸭子,至少明天我们有些肉吃了。"

第二天上午,鲍威尔打开发动机准备把它修一下,但是埃德加又来找麻烦。那时,老头儿在他的日记中这样写道:

"8月1日,星期日。我对奥地利人说让埃德加和本哈明明天(星期一)带他们沿河而上一直走到一个印第安人小镇。我是希望把他们打发开,但是我的朋友埃德加坚决不去,说得更确切些他就是要待在床上光吃饭和睡觉。我想如果一个人要不想干活就不会吃得太多。说实话,如果我有权决定,我就会抽他的屁股。再说,客人还答应额外付他们100比索。本哈明十分地愿意去,但他不能一个人干这事。我实在不愿去,我不能让那个乳臭未干的小伙子无所事事。"

弗里茨:"8月2日,星期一。我们要付给鲍威尔饭钱和床铺钱。我们给了他1500比索,另外每人每天再加20比索的营养费。除此之外,还要再付他第二天外出的300比索汽油费,以及本哈明和埃德加陪我们一天也多收200比索;这是他们的额外收入,我们想他们会在马丁那儿得到一份工资。

"8月3日,星期二。鲍威尔凌晨的时候就起床了。周围那么吵,谁也无法睡觉。我们6点钟外出,沿河上到了200米光景,不得已又回来了,因为发动机出了故障。"

鲍威尔:"大红狗今天又回来了。奥地利人同本哈明和埃德加今天上午一起沿河而上去找印第安人,但是走出不到一公里发动机就出了问题,他们只好返回营地。中午以后,本哈明和埃德加外出打猎,同时也再试试发动机,但是他们运气不佳,两件事均无收效。他们什么也没有看到,回来的时候,发动机的响声如同来自地狱。我花了大半天的时间想把发动机修好,以使他们明天去找印第安人。今天我试了试小型本田发动机,这是一个非常漂亮的微型发动机,但是带不动重物。

"8月4日,星期三。该死的河流水涨得一天比一天高,如果河水继续上涨,我们只好到山上去避难了。人们终于离开营地沿河而上了,他们大约是早晨7时出发的。我希望发动机别捣乱……他们约在晚上7点钟返回。他们运气不太好,发动机运转不良,牵引力不强,而且逆水而上，水急阻力大。他们决定等马丁来了再作道理。我希望马丁很快就来。我们昨天听到飞来一架飞机，但没有降落，直接飞走了。小伙子们打到两只鸭子，捉到了条鱼，这样我想明天我们会吃得相当好。"

弗里茨："我们清晨6点40分出发，只带了少量的设备，就是说，为了减轻重量，只在船上放了一些最重要的东西。我们逆水而上航行了三四个小时，又到了拉拉亚河。本哈明打了两只鸭子，沃尔夫冈的背部肌肉又出了问题，实际上他已经不能动了。我们看到岸边有一些鳄鱼，它们都张着大嘴。船越过这些鳄鱼之后，同样的麻烦又来了，刚过拉拉亚河河口，发动机就坏了。我们想把它修好，但没一会又坏了，而且熄了火。当我们顺流往下漂的时候，天已经黑下来。那是下午6点钟，我们发现亚利河弯弯曲曲，不知道有多少道弯。白天逆水而上的时候，这些弯是看不出来的，因为我们不是随弯就弯地前进，而是走切线，这样船走直线，就争取了许多时间。但是，如今只靠桨相助顺水漂流，就变成了另一番情景：举首望明月，它一会儿出现在前边，一会儿出现在背后，一会儿又出现在右边……我们从启程至到达营地，整整花了12个小时的时间。我们看到一头驼鹿穿过亚利河……跟雨林的其他地区相比，那里的各种动物相当多。"

第十二章

奥斯卡·里韦拉和爱德华多同豪尔赫·桑切斯的人合在了一起。他们一离开阿哈胡河（因为他们沿这条河逆水而上航行了很远，最后由于水浅再也不能前进了）就钻进热带雨林走了三天。他们沿着多条溪流前进，终于找到了一条水量丰富的宽河，这条河他们从来没见过，因为那儿的鱼跟他们以前到过的河大不一样。

这使他们想到，他们踏上的热带雨林这片地方是人迹罕至的。但是，他们并不想调头返回，因为从那儿再往前走，猎物会更多。

劳尔·利马分析了一下情况后认为，就连土著人都没有到过那个地方。"那儿没有大路，也没有小路，连条窄狭的羊肠小道都见不到。雨林完全处于原始状态，没有任何触动。"大家根据奥斯卡的建议，决定再造一条新船，然后乘船顺流而下，这一次船要靠划桨航行了。

利马、他妻子，还有四个工人离开多斯·里奥斯时乘坐的那条大船和发动机被丢在了阿哈胡河岸上。奥斯卡说："它们太重了，在雨林中，我们无法把发动机、船、汽油桶抬走，所以我们把它们连同一些以后路途上用不着的东西一齐扔掉了。"

由于所选树木的种类，新造的船也非常重。六天之后，为了尽快解决问题,加速前进,奥斯卡决定砍一棵棕榈树,将其从中间劈开,掏出树心,空树皮便成了一只独木舟,或者称轻便船。在以后的一些日子里,他就乘这只轻舟跟随木船前进。在这种轻舟上航行是十分危险的,因为船舷距水面只有三四厘米。不过,水面是平静的。

后来的两个星期中,时间过得似乎很慢,猎物不多,每天在河上不停地航行——清晨6点至下午5点——令人精疲力竭。夜幕降临的时候就停船上岸,六个人去砍掉荆棘,以便在树上把吊床挂起来,另有一个人去钓鱼。他们大约在7点钟吃晚饭,然后借着一种灌木条燃烧发出的光亮坦然地呼呼大睡,因为那种灌木条可整整燃烧一夜。

有些晚上,我们聊天聊到很晚,"我们在8点半之后感到困倦,那时雨林中的声音变了,白天闹得最凶的那些动物,也就是白天醒着的动物,此刻开始睡觉了。在这些动物中,叫到最后的是珠鸡,大概8点多钟。从晚8点到第二天凌晨1点,森林中的声音是最轻的,也是最单调的。在这个时候,蜂鸟开始叫起来,这种黑色的小鸟山里很多。从8点到凌晨1点,偶尔也听到尖厉刺耳的声音,那可能是在远处觅食的老虎,也可能是头驼鹿在咸水洼里喝水。在河边上,如果一个人注意,整夜都可以听到蝙蝠用翅膀扑啦扑啦击水的声音。在森林深处,还可以听到老鼠'吱吱吱'的怪叫声,有的地区夜间吵得很厉害,让人实在太厌烦了……夜间,老虎很少到营地来,尽管也有一些老虎敢于冒险,这样的老虎是习惯了吃比较温顺的动物的,比如狗。

"恰恰是在这样的一个夜晚,我跟爱德华多一边聊天一边吸烟——他睡在我的旁边——,小伙子对我说:您干吗动我的床呀?我说我没动呀!那时他抬起了脑袋,我们二人沉默了片刻,小伙子又说:'奥斯卡,我的床在动。'我马上坐了起来,那时我们听到老虎从两个吊床下走开了。老虎在下边拱动爱德华多的吊床,是因为后者睡觉带着一只小母狗,他要照顾它,老虎就是为小母狗而来的。有件事您知道吗?婊子养的老虎甚至会到我们这儿来找母猎狗,它欺负我们没有点火炬。嗯,老虎刚一跑开,爱德华多一下把小母狗扔到地上,马上跳下吊床追了出去。我一看到爱德华多去追老虎,也立即跟了上去,但是后来我对他说,别追了,我们会迷路的。天漆黑漆黑的,要下雨了,在这种情况下迷了路待在那地方,就不得不睡在地上等待黎明到来,那才是傻事呢!所以我对爱德华多说:'我们还是回去吧,明天再追它。'"

天亮了,他们收拾好行装继续前进,但是奥斯卡提醒大家注意点儿,因为昨天晚上那只老虎应该就在周围。

"果然,"奥斯卡说道,"我在船后部当水手,不知其他人是什么样子(这一天爱德华多坐到棕榈树皮轻便船上去了),也许是在行船中他们睡着了吧,但是确确实实的是,当我往前看的时候,在那儿,就在差不多100米远的岸边,我看到了一只老虎(它应该就是昨晚那一只)。它到河边来喝水了,神态悠然自得。我对劳尔说:'您看,一只老虎,快醒醒,开枪打它。'他掏出手枪,一连射出六发子弹,但是没有打中,老虎仍然没事儿似地待在它原来的地方。那时轮到我了,我拿起猎枪,就在船上瞄准目标开了一枪,不歪不斜打在了它的头上。我们离老虎大约有50米,由于距离的原因,子弹没有打进老虎的脑袋太深。这时候,其他人划着桨靠近了我们。老虎一跃跳到一道悬崖上,开始往山上跑去。我毫不犹豫,马上招呼猎狗,它们一齐跳进水里，我也跟着跳下去。我游了几米，上了岸，开始奔跑起来。我想我打着赤脚，在草木丛中一气跑了差不多有两公里。有的地方没法直立身子前进，我就趴下来跟动物一样追在狗后边用四肢爬行。地面崎岖不平，低洼的地方有一片片发绿的死水，散发出刺鼻的臭味。猎狗一边跑一边叫，为我指引着道路。老虎肯定受了重伤，一路流着血，直至一条叫佩塔卡的猎狗在一片茅草地上转了一圈再也看不到它。我一下站住了。汗水和泥浆从我的脸上、背上、腿上，从全身流下来。我感到十分难过，因为那张虎皮应该值很多钱。但是，正当我这样想着的时候，一段树枝掉在了我的头上。我伸手一摸，感到有一种热乎乎的潮湿的东西。我抬头往上一看，嗬，老虎在树上。我这一辈子还没看到过这么大的老虎！它有约一米半高，停在一根干树枝上，四肢如弹簧般地蜷缩着，身体往前趴卧。它一声不吭。腋下的皮毛是白色的，其余部分是花斑的。在雨林中，人们称这种老虎为美老虎：黄斑和黑斑相间。我仔细看了一番这只老虎，它的毛全都竖起来，咽喉两边涌出几股鲜血，洒得老远。我举起猎枪，没有瞄准也没有仔细掂量就扣动了扳机，正好击中它的颌骨。这个狗娘养的老虎块头那么大，哪儿还顾得上去保护它的毛皮不受损害！

"我击中它以后，它还没有来得及把爪子往前伸开就嘴巴朝下'扑通'一声摔在地下，那沉默的声音跟一个大肉蛋掉在地上一般。它歪斜着身子往前走，越来越慢，越来越恍惚，没走多远就倒在了那儿，连它的牙齿都没朝我露一露。由于老虎趴在那儿，我不知它死活，所以还是等了一会儿。我围着它转了一圈，发现它一动不动了。我一步一步地小心地走近它，走到它跟前，把脚放在它的屁股上，蹬了几下，那狗日的扑通歪倒了。估计它重有200公斤，说真话，我一辈子都没见过这么大的老虎。"

当同伴们在枪声的引导下找到老虎的爪印跑来时,奥斯卡正在剥老虎的皮。劳尔的妻子格洛丽娅留在了船上。当大家七手八脚把猎物收拾完毕,准备回到船上去时,他们已经认不出来时的路了。

他们追老虎时急急忙忙,没有一个人带上指南针,穿过头几排树后,也没有一个人注意太阳的方位。天渐渐黑下来,奥斯卡感到筋疲力尽了。

"为了脱离那个泥泞遍地的区域,我走了一段路,然后倚在了一棵枝叶茂密的大树上。追老虎的时候,我的手、脚和脑袋都受了伤……可以说整个身体血肉模糊。我用手摸了一下脸,手上染满了鲜血。我的前额和左腿都被割破了,胳膊上的汗水和顺着腿往下流的汗水杀得我火烧火燎一般疼痛。脚也扎伤了。我坐下来,由于没有光亮,我叫爱德华多摸黑儿把我脚上的刺拔出来,拔这种刺要用从棕榈条上折下来的更大的刺。我的每一只脚上都像扎了六七根针。由于我们没有任何东西照明,我得加倍小心,我对爱德华多说:'在那儿,在那儿有一个,您用大刺拔一下。'爱德华多继续划拉着,直至碰到扎进我脚里的刺的头。每当我感到一个刺拔出来的时候就大叫一声,以减缓自己的疼痛。爱德华多帮我拔出了一些刺,还留下三根没有拔出来,它们扎得太深了。但是,第二天还是把它们拔出来了,因为有它们我不敢走快。

"当我感到好些了的时候,我想辨别一下方向,但是,事情并非那么容易,因此我告诉大家我们就在那儿过夜。第二天上午,我们开始往右面的方向走,因为我们来到当时所在的方位时是往左走的。就是说,我们要往下绕好大的弯儿。当时大概是下午6点半钟,但雨林中已经完全是黑夜了。他们没有人回答我，绕了几个弯儿，可是又回来了。我对他们说应该冷静处之，但劳尔说不行，他必须得走，赶夜路在黎明时到达河上，因为他不想把他妻子一个人留在那儿。我不想在夜间赶路，我怕蛇，因为它们是在夜间活动的。由于我们意见不一致，劳尔跟他的人走了，我和爱德华多留下来。劳尔走的时候跟我发了一通脾气。大约过了半个小时，他们大概感到迷路迷得更厉害了，就开始放枪让我来回答以便知道我所在的地方。但是我对爱德华多说：'不理他，我们不回答，让他倒霉去吧，他没有权利侮辱我，更不应该骂我假女人。'

"晚上8点钟左右，月亮出来了，爱德华多终于说服了我用枪声回答他们。10点钟他们一言不发地回来了，我们开始一起赶路。月光只是从高处树冠和某些空隙里射进来，我往远处看去，那儿有一些光亮，于是我们便直奔那儿而去。我们走得很慢，没有前进多大的距离，约摸12点钟左右，我们就在一棵大树下躺下来。

"天亮了，我环顾四周，发现我们是向雨林中心地带前进，因为在我们迎接黎明到来的地方，植物更加茂密，而且盘根错节地缠绕在一起，撕不开，扯不断。这是一片原始森林。劳尔一直跟我发脾气，此时，他连一声告别的话都没有说，叫上他的人就走了，但是，我认为他走的方向是不对的。所以我叫住了他，他气呼呼地回答道：

'你想干什么？就是你瞎指挥让我们迷了路，真是倒霉，说说看，该往哪儿走？'

'往正前走，往右拐。'我向他解释说，但是，他仍旧一边说一边往前走。

'不，伙计，你说错了，应该往另一边走，我们就是要往另一边

走,哪怕我们要走上一年才到河边我们也要这么干。'

'劳尔,我们还是从这儿往正前走吧,这样肯定能到达河上,我向你保证。'我对他说。但是,他停下来,用愤怒的目光望着我。

'算了吧,在雨林中走路你已经成了个大笨蛋。'

'不,劳尔,昨晚我们转的圈是太多了,头都转晕了……我们谁也没带指南针。但是,我认为河是在右边,因为我们下船的时候,太阳的方位是朝那个方向的。'我想向他做点解释,但是没等我的话讲完,他转身就走了。

"我和爱德华多开始迈着艰难的步伐前进。我把一个包斜挎在身上,虎皮就装在里边。我把打死老虎的猎枪交给了小伙子,我们又继续前进。大约在下午3点钟,我们看到了那条溪流。我们找了一棵粗大的棕榈树,把它的芯儿掏出来,那芯儿就像甘蔗渣一般。当树心被掏光之后,棕榈树便成了一只独木舟,我们将它拖进水中,开始了我们的顺小溪往下的航行。下午6点钟,我们到了大船所在的地方,看到了格洛丽娅正在以泪洗面(说真话,我没有想到会见到她,因为每天天一黑,许多大野兽都到河边来饮水)。她恳求我们寻找劳尔,我们没有答应。从这时起,我们就分开来各奔东西了。我们上了岸,借着模模糊糊的光亮又砍倒一棵更大的棕榈树,造了另一条独木舟。我们把虎皮和放在大船上的东西放到这只独木舟上就摇桨起程了。其他人留在了山上,但我相信他们肯定会走出来,因为劳尔在雨林中是行家。"

这个故事发生四年之后,我第一次访问了哥伦比亚雨林中一个像阿拉拉瓜拉这样著名的地方。不久以前,这地方还是我们哥伦比亚监狱史上最残酷的服刑区。我是跟艺术大师卡洛斯·凯塞多一起来的，他是伟大的摄影家，作为《时代报》的记者，在八年中间，我跟他一起跑遍了整个哥伦比亚，包括计划这次旅行。

当时卡洛斯·凯塞多已是新闻界的老手，他很了解亚马孙地区，知道如果我们到达阿拉拉瓜拉，那就要等上几个星期才能出来。尽管如此，他还是同意了这次旅行计划。

我们这次的旅行目的在于调查两个内容：我们的监狱制度已经腐烂了的根基；在这一地区开发了半个世纪的橡胶财富后还有哪些残存物。

我们真的做了这次旅行，而且后来不得不等了一个月让飞机来接我们回波哥大。但是，在返回的48小时前，我们下到卡克塔河边去观赏河上的夜色：月亮映在水中，我们看到数十只蝙蝠在水上飞着捕食水面上的小虫子。有个来雨林垦殖的人陪伴我们，他跟我们讲起了亚利河的夜色。后来他这样写道："我在那儿迷了路，发现了一具被遗弃在茅舍里的骷髅。"这位垦殖者就是奥斯卡·里韦拉。

那时我们已经搜集到有关这个故事最初的材料，但是，不管是在地方报纸刊登的文章中还是官方调查人员简短的披露中都没有提到他的名字。

发现第一具骷髅的情况直到那时还是一张白纸，甚至直到六年以后——这期间，我一直等待审判材料公布——，我才证实了就连那些法官都不知道奥斯卡的存在。

至于图片材料，亚利地区故事的结局也是很悲惨的。

在大楼搬家的时候，《时代报》的档案把艺术大师凯塞多跟奥斯卡·里韦拉一起弄到的图片都吞吃了。雨林的潮湿把弗里茨在营地拍摄的照片都弄坏了。马丁搜集的图片是不完整的,而我在1976年过沃佩斯河时把拍摄劳尔·利马多种活动的两个胶卷搞丢了。

靠了豪尔赫·桑切斯的帮助,我只弄到了两张奥斯卡的照片。在波哥大逛街时,豪尔赫·桑切斯把从发现库维略斯起到他一直远征到亚利地区的过程中拍摄的150张照片的底片从口袋里掉出去了,底片全部遗失。

消息发布之后,在三个星期内,我和《万花筒》杂志的记者法比奥·塞拉诺以及亨利·奥尔金都在努力设法到达营地拍摄骷髅的照片,但是由于正处雨季,我们没有乘上飞机,所以只好放弃了计划。马丁将现存资料的专用权让给了卡利市的《西方日报》。但据这家报社的副社长劳尔·埃查瓦里亚·巴里恩托斯说,"在印刷制度改变之后,他们把所有照片档案都付之一炬了。"

但是,奥斯卡的模样——他在我们见面两个月后溺水而死——还是在桑切斯相簿里那些残缺不全的形象中活灵活现地出现在我的眼前。

他身材瘦削,可肌肉结实,留着两道连鬓胡,那是从祖国的历史书里学来的。他讲话不多,为人纯朴。那天晚上在阿拉拉瓜拉人们把他介绍给我们的时候,垦殖者们都说他可能就是我们穿越亚马孙热带地区多种河流的"水手",因为他驾船最稳当最安全。

勇敢地面对热带雨林和它的神秘,猎枪的枪法准确以及在激流中游泳的技能,在这些地方可以让您占有较多的"社会地位"。而这些本领奥斯卡全都具备。

然而,尽管如此,当一条电鳗在河中心几次放电袭击了他时,他还是丧了命,顺水而下漂走不见了。遭电鳗袭击后,他曾企图爬上一条孤零零漂在卡克塔河上的小船,船上只有一个孩子,可是没有成功。

他是怎样到达阿拉拉瓜拉的呢?事情是这样的:在完成了他在亚利河上的历险之后,他认识了一个叫罗萨的印第安女人(跟阿帕波里斯河上的那个女人一样),并且爱上了她。那时他把回高山上小村庄的愿望抛在了脑后。他在那个小村庄里做锯工,每三个月下山一次,买买新衣服,玩玩台球,喝喝啤酒,直至把钱花个精光,那时,只有那时,他才再回去干活,一连干两三个月不休息。

奥斯卡是一个普普通通的人,但是他很聪明,一切都像维森特·金德罗那样心中有数。奥斯卡和维森特从未相识,但是出于一种巧合,他们的生命都消耗在这些热带雨林的充满魔幻色彩而又艰难困苦的生活中了。

奥斯卡·里韦拉(左)和豪尔赫·桑切斯猎到一条水蛇

第十三章

尽管开头几次都由于发动机的不争气屡屡失败,沃尔夫冈和弗里茨还是要做一次到达尚不为人所知的部落的新尝试。据估计,从文化的角度讲,这个部落还处于从未被触动的原始状态。除了马丁和维森特见过他们两次之外,没有任何白人同他们接触过。

考虑到要阻止他们实行这一计划根本不可能,鲍威尔答应试试一台本田牌新机器。这台机器虽说小,但此时却成了奥地利人的唯一希望。

这个表面看来似乎可行的解决办法一旦想出,马上便出现了一件往日没有公开暴露出来的事情:本哈明和埃德加感到害怕。归根结底,唯一在此前有胆量到达那个土著人居住区的人就是维森特。但是,维森特不在那儿,说不定他就是希望奥地利人办不成这件事。在他看来,说穿了,那两个奥地利人就是寻宝的人,所以他希望他们远远地离开那儿。他在出发前向马丁说明了这个意思,所以马丁指示鲍威尔阻止奥地利人实行这一计划。鲍威尔一天下午坦白地对弗里茨说:"马丁不让我给你们吃的。"直到今天,在过了那么久的时间之后,马丁还没有明白奥地利人的目的就是要寻找印第安人。他认为他们来这儿就是看上了那座四四方方、平平坦坦、金光闪闪的山,这座山是马丁他们一伙发现的,就在营地的那一边。

弗里茨:"8月5日,星期四。从一开头他们都对我们声称用发动机开船旅行没有足够的汽油。这大概出于两种原因:第一,也是最主要的,他们是想把汽油留下来给今后的旅游者用。第二,大概是害怕开着机动船跟我们一起沿河而上。因此,本哈明和斯里姆一直都在说燃料很少。但是,我们检查了一下汽油桶,发现汽油足够旅行用;就是说,汽油绝对不是问题。

"8月6日,星期五。试验了另一台五马力的发动机,但是也不行,用它我们只把船开到了对岸。星期五埃德加和本哈明去了一趟拉拉亚,发动机似乎运转良好。他们花了三个小时。"

鲍威尔:"就打猎和捕鱼而论,这无疑是我去过的哥伦比亚最糟糕的地方。实际上,得克萨斯西南那儿有些地方比这儿好,这儿几乎什么都没有。本哈明和埃德加用小本田发动机开船沿河而上,他们什么也没发现。他们带了三条狗,这些狗从岸上先他们返回了营地,那是为厨房捕捉食品的最好的猎狗。他们没有带可怜的"魔术师"马戈,因为我想这条老狗的日子已屈指可数了。我们也钓到了一点鱼。我预感到我们的客人明天还会用小本田发动机沿河而上。对此我并没有什么不高兴。让他们折腾吧,很快就会发生点什么事。

"8月7日,星期六。亚利生活的又一个不寻常的日子。宇宙航行员们安全着陆。本哈明和埃德加沿河而上,返来时带来四只鸟。我们不但自己要设法吃饱肚子还要喂狗。本哈明和两个奥地利人再一次企图到达土著人的村落。我愿意埃德加跟他们一起去,可是,看来他不愿离开营地。我认为他是要人求求他,我不知道这儿谁能使他高兴。

"8月8日,星期日。本哈明和奥地利人又一次出发去找土著人了。我不知道见了什么鬼,下午4点钟左右小伙子们摇着船回来了,因为发动机又在差不多最后一次旅行的那同一个地方出了问题,就在拉拉亚的这一边。为什么这个地方就是过不去?为什么?他们沿河上了四个小时。埃德加没有去。"

弗里茨:"我们同本哈明用小发动机开始沿河而上,但是又一次只是到了拉拉亚。在沿河而上的旅途中,这地方真是出了邪,而且这一次发动机是彻底地变成了哑巴。船在开到拉拉亚之前,一点问题都没有;但是一到拉拉亚,再往前开一米都不成。这真像是谁施了妖术。除了吃饭的麻烦外,我们拿发动机一点办法都没有。鲍威尔打算把它修好,检查了一番,千方百计去修,但此次仍是徒劳无功。我们让船自然地漂回了营地,用了不到五个小时。"

从这一刻起,条件更为艰苦了。亚利河水涨到了河沿,几乎要漫溢而出,动物则像彻底绝种了。食物配给更加严厉可悲了,但是,尽管如此,食品还是很快就吃光了。这不仅使到达土著人部落的计划泡汤,而且面对这种情况,除鲍威尔外,所有的人都不得不承认没有人会来救他们了,他们被困在原始雨林的心脏地带了。

弗里茨和沃尔夫冈发表在哥伦比亚一家报纸上的唯一的一篇有关这件事的报道(我也是凭这篇报道去找他们的)是这样写的:

> 发动机不中用,河水猛涨,我们这些人和设备又很重,这使我们不得不放弃旅行计划。此外,我们的鱼钩和子弹损失不少,但却一无所获,因为钓鱼和打猎都徒劳无功。那时我们严肃地开始考虑:我们必须离开那儿,因为谁也不会来救我们了。

消息报道关于奥地利人企图到达印第安人部落的打算并非是第一次。在此以前,从世纪初开始,几十位知晓了印第安部落存在的橡胶商人都在这一地区进行了冒险,因为这个部落有一大批潜在的劳动力。

在我们这些热带雨林中,最主要的问题不是拥有土地,因为这里的荒地一望无际,可以任意占有,而主要问题是要不惜一切代价弄到劳动力,因此,土著民族便成了所有到这儿来寻宝者的主要猎取目标。

在这场最近几十年愈演愈烈的战斗中,一大批各种教门的传教士也参加进来。对他们来说,控制那些不信教的灵魂是非常重要的。他们让印第安人按照他们的命令干活,生产财富,而在劳动间隙中,便教他们唱赞美诗,唱感恩诗。

人类学者是第三拨人,他们没有传教士那么多,然而比传教士正派忠厚得多。尽管像弗里茨这类的科学家认为"那些为数不多的土著人尚未接触到我们所谓的文明,但如今他们的状况还是很好的。面对这种零零散散的小组的考察,我改变了我的立场。我认为还是让土著部落安安静静地过自己的日子好,不管是人类学家还是别的什么人都不要去打扰他们"。

但是,土著部落所居住的地方十分难以进入。印第安人的活动是如此的灵活敏捷,以致直到今天他们都让白人一次次的逼进扑了空。

关于土著部落,除了马丁和维森特提供的信息外,涉及他们的材料很少。马丁和维森特在讲述他们如何发现了土著部落时,似乎特别强调1492年那段历史的某些片断:

马丁："我们掠地飞行，飞得很低。在一次转弯时，我看到了在热带雨林中有一片果园。果园里有很多印第安人叫做卡奇派的水果。我对维森特说：'我们下去看看，看能不能摘到卡奇派，这种水果很好吃。'我们降下来，把飞机拴好，然后走进了果园。我们看到印第安人正在果园里干活。他们一看到我们，一窝蜂似地撒腿就跑。他们身上一丝不挂，女人、男人、孩子，全都裸着身子，没有一个例外……两三岁的孩子一下跳到水里，跳到雨林的小河里，游水跟鱼儿一般。我们走进果园约摸有100米……果园里有无数的海枣树和一种小菠萝，它们的果实像蜜一样的甜。印第安人没有一种白人的工具，一切都是原始的。他们用嵌有燧石刀的木斧狩猎，用弹射泥弹丸的弹弓狩猎。他们有捕获野兽的弓箭和围套。他们有许多石制的物品。有没有刀子，我不敢十分地肯定。"

维森特："在那个果园里有许多瓜库里，这种水果在表面有一层厚厚的油。这是印第安人的黄油。果园里还有成熟的合欢树荚果、香蕉和一种小叶棕榈树，他们采摘那树的嫩芽吃，仿佛它们是棕榈果……印第安人正在播种木薯，木薯的根茎比土豆还大。果园里有一个池塘，印第安人把大量木薯放在池塘里发酵制作成食品和饮料。他们种植了许多古柯，每个果园全都种有多样品种的古柯。印第安人有自己的工具碾制食物。他们有许多老虎头盖骨。再往里走，便见有一座大房子，上面挂了14张虎皮，老虎是他们用陷阱捕捉的最大的野兽。显然他们是用马熊的利爪剥老虎皮的，我在房子里发现了这种熊爪。不消说他们把老虎剥得很糟，因为他们用的不是刀子，而是这种熊爪……他们有用锯鱼的牙床骨做的工具。锯鱼的牙床上没有一个牙齿，而是上下各长着一个小锯。印第安人在这种锯鱼的牙床上做了一个柄,便拿这种锯来锯圆箭杆和磨光吹箭筒子。我看到了一些石斧,有大有小。你看:在果园里他们不是把大树砍倒,因为这种石斧没有刃,很钝,不可能用来砍树。他们是把树皮剥掉,让树过一段时间干死,再用火烧。他们取火的方法简直就像一些野兽似的:用从河水的急流中捞来的石头。他们打火时是从一种棕榈树上取下一些绒毛,将它们放在石头中间磨擦、咯吱、咯吱……慢慢地石头间冒出了火星,绒毛点着了,他们再用嘴一吹,火马上就生起来了。他们也用干木料磨擦取火。大约在30年前,在这地方我跟一个印第安人在一起,我们的火柴出了问题划不着了,那时他把两块木料在顶端拴在了一起,我不知道他要干什么。我对他说:'托尼托,我们怎样才能弄到火呢?'此时他开始磨擦那两块木料,磨呀,磨呀,磨了有五分钟,连个火星儿也没见到。我对他说:'别冒傻气啦,这要猴年马月才能打出火来,天要黑了,您再待在这儿就没法出去了。'他说:'不,能取到火的,保证能取到。'我对他说:'别扯淡啦,取个屁。'说罢我拿过猎枪,对着一棵古树开了一枪,火立刻打着了。不过,用石头取火是很灵的。您在热带雨林中见到印第安人,不管走到哪儿,他们都是用石头取火。他们吃的肉是用火熏烤的。他们搭起一些床,也就是一些小小的平台,在它们的下面生上火,把肉放在平台上面,这样过上整整一夜,待天明时,那些肉即变成了熏制的火腿,他们称它们为'穆基雅达肉'。"

马丁:"维森特到处寻找,田野里一片空荡荡的。但是,当他走近一棵倒下的大树,往大坑里看的时候,却发现了一个印第安人。就在那个大坑里,藏着一个印第安人。维森特将那印第安人拖出来,把他带到飞机旁边。我们想了解他们的情况,我对维森特说:'把他带到营地去。'"

维森特:"印第安人看到我们之后,拔腿就跑掉了。我对马丁说:'您在飞机这儿等着,我进去!'我往里走了几公尺,当然……查看脚印,我知道他们是向一条大河那儿跑了;他们全部跳进了河里,靠大河来保护自己。我带了狗来,那条大傻母狗一闻到印第安人或老虎的味儿就会吓得浑身打哆嗦,尾巴夹到了两腿之间,它总是站到主人的脚边断断续续地吠叫,因为它害怕。现在它又这样表现了,我心中暗想:'这儿有老虎或印第安人。'果然叫我猜中了:我正在这样想着的时候,它对着一棵刨出的树墩吠叫起来,那儿有一个大树坑。我想:'说不定有只小老虎。'但是,就在我走过去的地方,那条母狗吠呀,吠呀,它扑到树坑前,然后又倒回来,跑到我的身边。那时我小心翼翼地走过去,往树坑中一看,啊,一个印第安人。他躲进树坑中,肯定是由于狗叫,因为他们对狗怕得要死。我朝树坑中望着他,他从下边抬起头来望着我。我示意让他上来,并且呼唤着他。我对印第安人说:'跟我走吧!'可是那个婊子养的只是蹲在树坑里看着我,就是不上来。我又叫他,他还是一动不动。那时我想:'对这个王八蛋我只好动手了,我得抓住他的头发把他从树坑中拖出来。'他的头发很长,一直披到肩上。可是我伸手抓他的头发时,他躲来躲去,就是不让我抓,我费了九牛二虎之力才终于抓到他。但他仍是跟我捣蛋,挣扎着在树坑中不出来。我没有办法,只好又抓住了他的一只手才把他拖出来。将他拖出树坑之后,他设法要咬我,到处伸嘴,仿佛是……一头野兽。当他伸嘴咬我的时候,我就使劲抓住他的头发把他的嘴拖开,不让他咬到我,因为如果他要咬到一个人的手指头,那还不跟吃香蕉一样。真的,他会把你的手指咬个稀巴烂……印第安人的

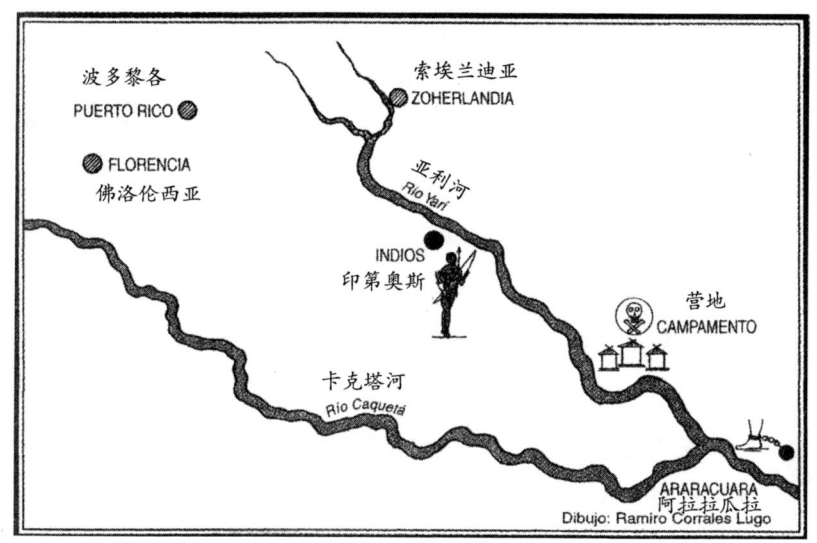

牙齿十分坚硬,他们连椰子都可以咬破呢。我一边抓住他的头发把他的嘴一次次地拖开,一边不停地喊叫着:'马丁,快来帮帮我。'可是马丁不答应来。'我这儿有个印第安人,快来帮帮我,你这家伙!'可是他还是不来。这个狼心狗肺的混帐美国佬。没有办法,我只好一手抓着他的头发,一手抓住他的一只手,推着那个印第安人往飞机那儿去。可是印第安人用另一只手死死地抱住树木,好像指甲都插进了树身中,我想把他带走,可就是不能把他从树上扯开来。直到最后,马丁终于来了,我对他说:'你抓住他一只手,我抓住他一只手,我们不能松开他的头发,否则他会咬我们的。好家伙!'马丁说:'不,我不抓这个狗鸡巴玩意,他会咬我的。'我对马丁说:'你这家伙,他怎么能咬你呢,你没看到我牢牢控制着他吗?'最后,我和马丁每人抓着印第安人的一只手,把他推到飞机那儿去。那条母狗不停地吠着,可恶的印第安人一直防备着狗去咬他,他对狗比对我们还怕。但是,我们终于把他推到了飞机近前。马丁说:'维森特,注意看着点,我开始驾驶飞机的时候,这个婊子养的会咬我的。'我说:'不会的,我们把他放到后边,放到飞机尾巴上,再把狗拴到他和我们之间的长凳上'。上飞机之前,我对印第安人说:'上去吧,上去有饼干吃。'印第安人拒绝上飞机,那时我对马丁说:'那么您先上去,我再把他推给您。'马丁说:'不,别扯淡,维森特,还是您先上去,我把他推上飞机交给您。'我们就这样做了,终于把他推上了飞机。我们把狗拴到了我们和机尾上的印第安人之间。马丁开动飞机的马力,飞机腾空而起。在飞行中,我给了印第安人两包饼干,小飞机摇摇晃晃,印第安人的眼睛睁得有鸡蛋那么大,显然这个蠢猪感到害怕。他一只手接了一包饼干。到了营地,飞机降落到水上,我对他说:'下去吧!'他不想下飞机。我们打开机舱门,强迫他下去,像卸货一样将他推了下去。下了飞机之后,他更怕的是那些狗。我们让他站在那儿,他已不咬人了。他的眼睛一直盯着那几条狗,我走到哪儿他就跟到哪儿。是的,他紧紧跟在我身后,寸步不离。我往他手里看了一眼,他把饼干都攥碎了,简直攥成了粉末。那是由于恐惧所致。我对马丁说:'现在我们拿这个龟孙子儿怎么办?他会死掉的。'马丁说:'不,他不会死,您在这儿看着他,我开飞机到镇上去,给他弄裤子和上衣来。'印第安人赤身裸体,不见个布丝儿。他们平时穿的'裤子'其实就是一根从棕榈树上扯下来的纤维绳。他们把这绳系在腰间,将阴茎翻上去兜住,睾丸都全然暴露在光天化日之下……马丁说罢就驾起飞机到波多黎各为那个印第安人弄衣服去了。"

马丁:"我飞到镇上,买了一些蓝工装裤、衬衫、胶鞋和几把刀子、斧头、镰刀,准备送给那个印第安人。在庄园里,我搜集了一些

马丁和维森特捕获的第一个印第安人

糖果和罐头,那是我平常的储备食品。第二天我便飞回营地。"

维森特:"马丁给印第安人买的裤子有点长。我给他穿上,又扯了一根藤条给他系上,将裤腿给他挽起来系好……穿上裤子他能走路,但样子太难看了。他叉开两腿走路,走得十分艰难。我给他穿上了一件马丁买来的新衬衫,又给他系上扣,将袖口给他卷起来。他看看身上的衣服,好像很得意。我用印第安语对他说:'不错,很好看。'他没有回答我。营地上没有剪刀,但是我的镰刀很快。我对马丁说:'我来给他理发。'说罢便动了手。我给他理发的时候,印第安人一直缩着脖子。他没有折腾,安安静静地让我理完了。我给他理发,是为了减少他的麻烦,因为他一弯腰低头,乱蓬蓬的长发就遮住了他的脸,什么也看不见了。"

马丁:"后来我们又去找那些在果园里看到的印第安人。我是和卡耶塔诺神父一起去的。我们第一次捉来的那个印第安人和其他八个印第安人在一起，他们全都理了发，在那个部落里，理发已成为了时髦。"

维森特："那一天我们带印第安人到河里去洗澡，这段河水很深，形状为一个天然池塘。他下到水里，由于怕狗，再也不上来了。我们给了他肥皂，并帮他在身上擦好。肥皂水流进他的眼里，他的眼睛睁不开了，因为肥皂水杀得他的眼睛受不了。我见他不舒服，便往他脸上洒水，将肥皂水冲掉。很快难受劲儿就过去了，他上了岸，不想再洗澡了。他去穿裤子，只穿了一条腿就把裤子高高地挑了起来。我

印第安人跟马丁在一起

说：'你这个混蛋,不是这样,看着点!'我把他的腿拉下来,将裤子褪下来,再重新给他穿上……我将拉链给他拉上,又为他穿上衬衫,我们便回了营地。下午我对他说我们要去打猎,打一只驼鹿来,于是我们就出发了。我们进山之后,印第安人把裤子脱下来拿到了手里,在脱衬衫的时候,他不会解扣子,一下把扣子全扯掉了。为了能让他穿着褂子走,我把他下方的两片衣襟打了个结,然后又继续往前走。果然名不虚传,这些丑八怪在山中可真是些了不起的英雄好汉。走着走着,他对我说:'这儿有驼鹿。'他开始跟我讲话了。我看了他一眼,对他说:'当然啰,这儿有蹄印……'一头驼鹿从这儿过去了。我对印第安人说:'我们追上去,将它干掉。'我们开始往前追,印第安人查看着驼鹿的蹄印,他酷似一条猎狗。往前走了一段,印第安人忽然站住了,我问他怎么啦,他说:'你看,你看!'噢,驼鹿在那趴着呢。我马上朝驼鹿开了一枪。我开枪的时候,印第安人弯下了腰,他害怕那巨大的响声。枪响之后,驼鹿一跃而起跑掉了。我打中了它,但它还是带伤跑掉了。那时我对印第安人说:'追上它,别让它藏起来。'子弹壳卡在了猎枪中没退出来,我把猎枪往树上一撞,子弹壳蹦出来了。我又装上了子弹,然后继续往前走。走了不一会,印第安人站住了,他指了指驼鹿在的地方,我又开了一枪……我们劈了一些树叶,我很快编出一只筐子,又用衣服腋下的垫布做了背带,将筐子让印第安人背上。我砍下驼鹿的一条腿和两片背脊放到筐子里,印第安人说他背不动,太沉了。我把驼鹿腿拿出来,只让他背两片背脊肉,他高高兴兴地答应了。驼鹿大约重180公斤,我们只拿走一半。到了营地,我把一块肉煮得半生不熟给狗吃,同时对印第安人说:'你也吃吧!'是的,那肉还没有煮熟。我从锅里割出一块,让它凉下来。印第安人差不多有两天没有吃东西了。所以他抓起肉，俯下身去，如饿虎扑食一般大吃大嚼起来。他几乎把整片驼鹿的背脊肉都吞了下去。我心中想：'这个野蛮的年轻人会撑死的。'他吃下大概有六公斤肉，我真的这么想：'他会撑死的。'他是就着马丁给他的辣椒吃肉的，因为辣椒在他们来说就是盐……吃完肉之后，他蜷缩在那儿好长时间没有动，可能是因为太撑了，撑得肚子连一点空儿都没有了，他动不了啦。那天晚上，当我们发觉的时候，印第安人已经起来离开了。我心中想：'这个强盗走了。'我提着灯笼去找。没有，他没有走，肉把他的肚子撑坏了，他正蜷缩在一棵树前吐呢。我问他：'你怎么啦？'没有声音，他没有回答我……他在那儿差不多一直待了三个小时。黎明时分，他回来了，缩成一团躺在吊床上。第二天，我和马丁，还有那个印第安人乘一条小船到一个池塘去，池塘边有一棵歪倒的大树，看上去像一座小桥。我对马丁说：'您看，这里有脚印，昨晚印第安人一定经过这儿来找这个家伙了。'这地方距营地大约有10公里。我们开始查找脚印，这时狗叫了起来，我对马丁说：'我们走吧，说不定会是老虎，它会把我的狗给吞了的。'我们走了，印第安人却留在那儿呆呆地装傻。我把刀子和小砍刀都留给了他，他没有跟我们去。我对马丁说：'他会逃走的。'马丁说：'别管他，让他待在这儿吧。'我们去了猎狗把一些山猪困到山洞里的地方，并且打死了一头山猪。当我们返回来的时候，印第安人不见了，他走了，刀子和小砍刀留到了船头上。"

马丁："印第安人在营地和我们一起待了九天，他过得很快活，不想离去。他非常喜欢我，晚上睡在我的旁边，我有许多他喜欢吃的东西，他十分爱吃糖果。开始他把糖果带着包装纸一起吃下去，后来

印第安人跟维森特在一起

我教会他先剥下包装纸再吃。他非常听我的话，叫他干什么就干什么。他非常机灵，非常聪明，而且，非常非常的忠厚和善良。他走掉的前一天，我们知道他的伙伴们在找他，因为晚上我们听到了一种平常在森林中没有的声音。他的伙伴们在河对岸双手捧在一起，吹出一种酷似狩猎号角的声音呼唤他。后来，维森特又在池塘边的树上发现了那些人的脚印。我又去了印第安人走掉的地方几次，在那儿放了砍刀、铝锅和甜食。"

维森特："我们第二次和最后一次去找印第安人是同卡耶塔诺·马索莱尼神父一块去的，他就住在这些雨林中。神父说他只有三天的旅行时间,我们要按时把他带回来。他问那些印第安人生活在什么地方,我告诉他就在河上方。我们去了我抓到第一个印第安人的地方。我对他说:'您看,神父,他们今天到这儿来过。'我们这天晚上就待在一片河滩上,在印第安人生活的河对岸。天已经很晚的时候,一个小伙子说:'您看,一头驼鹿。'那东西翘着头,我看得很清楚,什么驼鹿呀,那是一条他妈的水蛇,非常大的水蛇。它从水中露出头来,大概是为了寻找猎狗。我对小伙子说:'快把猎枪递给我。'但是,水蛇潜到水里去了。当我准备开枪的时候,它已沿着河边往上游了。那条该死的水蛇很粗,有一米左右粗。我对胡安说:'把斧头递给我,我们用砍刀设法对付它,用猎枪也没用,因为一旦碰到它,它就会潜到河底去。'小伙子拿起斧头就走,我说:'不,你就待在这儿。'他照我的话做了。当水蛇从他身旁游过时,他举起斧头对准它的脑袋砍去。水蛇抖动了一下,脑袋上带着斧头逃跑了。我说:'哎呀,您真笨,斧头被它带跑了,我们就这一把……'在那地方,斧头这工具非常有用。水蛇一直往上游,往上游,河上方有一道防波堤围桩。我一直盯着那条水蛇,看到防波堤围桩在晃动,我便走过去找那条水蛇。我看到斧柄露在水面外,因为水蛇正在往水面上浮。我伸手抓住斧柄,只一抻,就把斧头又拿到手里了。水蛇逃跑了,但往上游了一段,它又扬起头来。我当即对它开了枪,并且打中了。它在水中猛烈地翻动了一阵便消失了,我们再也没看到它。大家都在惶惶不安中过了一夜。第二天,神父说:'我们去找印第安人。'我对他说:'走吧。'我们动身了。整整一天,我们都发现许多林间小道和脚印,而且是新鲜的脚印。有时候,我们似乎听到芦苇丛中有响动,我们便赶过去,但走上好长一段路,却是一无所获,我终于对神父说:'不,神父,这简直像大海捞针，在山里抓到一个这样的印第安人，真是比登天还难呢……'已经是下午了，我们到了一个果园，那儿的海枣树上挂满了一串串的果实，非常的漂亮……我拿起砍刀，砍了一串，放在背囊之中。神父说：'别这么干，小维森特，别偷印第安人的东西，他们会发火的，那我们可就麻烦了。'我对他说：'不行，我肚子饿，这海枣今天晚上我们煮煮大家一起吃。'我们离开果园，大约下午4点钟赶到了河边。我们过了河，走到对面的河滩上，由于害怕，我们不敢留在印第安人的这一岸。过了一会儿，当我们正在休息的时候，我朝对面看了一眼，马上喊道：'神父，他们在那儿。'他们爬到了河边路旁的一些高高的甜棕榈树上，活像一些猴子。我对神父说：'您看看他们。'神父说：'走，我们去抓他们。'我说：'不，不行，我们不能去那儿，这些王八蛋会用箭射穿我们的脊梁骨的。您没看到了他们已经发现了我们吗？现在是白天，不好办，最好是等一等，今天晚上我们去捉他们一个来。'由于在下边印第安人看到我们留在歪倒的树上的脚印，他们便爬到高高的树上去。我心中想：'今晚印第安人肯定会回家睡觉，或者去到他们出猎时在地下挖出的洞里睡觉，天黑之前，我去藏在路旁，待他们经过时，我下手猝不及防地抓他们一个，管他叫不叫呢！不管怎么样，我要抓到一个。'主意拿定，到了恰当的时候我对伙伴们说：'我到那边去，你们坐小船跟我一块走，走到印第安人的地盘你们把我放下就回来，等我开枪发信号时，你们就回去接我。'我带上了黑人胡安·戈列特。我们到了那儿，我躲到了一棵大树后边。约摸在下午4点钟，树上有一只小鸟受惊飞走了。我探身看那小鸟往哪儿飞，忽而听到一阵突突嗒嗒的脚步声，随即便看到一大群印第安人的光脚丫从山上走下来。我自言自语道：'他们来了。'

我保持着镇静。当一个印第安人从我面前经过时,我一下扑了过去,伸手将他抓住了。一见被抓住,他惊恐地喊叫起来,他这一叫,把别的印第安人都吓坏了。他们拿着一串串的海枣,两条小鳄鱼,三条鱼……他们拿着很多吃的东西,还带着水果……听到喊叫声,他们把这些东西全扔掉了。当他们看到我时,这些婊子养的就拔脚四散而逃了。我抓住了那个印第安人。我对胡安·戈列特说:'快来呀!'在他赶过来之前,我抓住印第安人的一只胳膊把他顶到了树上。他挣扎着要翻转身来咬我,我对胡安·戈列特说:'快抓住他的那一只手,别浪费时间。'他抓住了印第安人的另一只手,我从口袋里取出一条绳子,拴住了印第安人的手腕子。我对胡安说:'这个家伙是我们的了。'印第安人还要折腾,我又对胡安·戈列特说:'喂,把他的另一只手也拴住,这个家伙可能要跟我们捣蛋。'胡安拴住了印第安人的另一只手,可那个婊子养的不往前走,赖在那儿耍死狗。我对胡安说:'黑小子,砍根树条儿来,把他捆上,我们扛着他走。'由于河就在附近,我对胡安说:'快点,黑小子,我们像捆懒猴一样把他捆起来。'但是胡安说,最好还是他抓住他的脚,我抓住他的手,我们像拖醉汉一样把他拖走。我说行,我们就这么办了。我们沿着小山而下,一直走到河边上。到达那儿之后,按照和同伴们约好的,我开枪发了信号。真灵!我的枪一响,便听到河中响起'嘟嘟嘟'的马达声。我对胡安说:'他们来了。'但是,在我开枪的时候,印第安人吓得四蹄朝天倒在了地上,那个混蛋王八蛋吓得魂儿都没有了。在伙伴们开船到来之前,我对胡安说:'您可要小心看着他,他这会儿在装傻,说不定想跳进河里,一旦他跳进河里,我们就再也看不到他了。一定要小心,他可像一条沙丁鱼。'胡安在那儿紧紧抓住印第安人不放。船开来了,印第安人看看这个，看看那个，把所有人都看了一遍。看呀，看呀，他越看越害怕。那条船很小，可是由于兴奋，大家都来了，有神父，有刚刚来营地的另一个美国人，马丁也在……我看了看他们，对他们说：'不，不，不，你们这伙人一齐上船怎么能行呢！我们这样办吧：一个人留在这儿看着印第安人，我把其他人送走再回来，因为如果现在我们就把印第安人弄上船，他一闹，船翻了，我们大家都别活了。只要我们一落水，锯鱼可就拿我们当美餐了。'我对神父说：'您留在这儿，开导开导他，他会开始懂事的。'神父赶忙说：'不行，小维森特，不行，不行……'那时我对他们说：'那你们就开船先走吧！'他们先走了，马丁又开船回来接我们。过了河之后，我们不得不把印第安人像抬死猪一般抬下去，因为他动也不动。我对神父说：'好了，我们弄到一个印第安人，如果他们让他跑掉，我可就不再干了，这个印第安人可把我折腾苦了。'神父说：'你们把他放到一顶帐篷里吧。'他们把印第安人放进帐篷，在外边拉上拉链。我躺到吊床上睡觉去了。美国老头埃内斯特喊道：'喂，维森特，来喝一杯！'我回答说：'没那个雅兴，不喝了。'

"我累了。大约在晚上9点钟，他们把我叫醒了。神父对我说：'您来，小维森特。'我问他出了什么事，他说：'印第安人在抓帐篷。'我对他说：'他是想出来，好好看着他。如果他出来跳到河里，我们就对他没辙了，这家伙游泳跟鱼一样。'他们在四角设了岗，可是他们不知道该拿这个印第安人怎么办，于是神父又回来对我说：'小维森特，您帮帮我们看着他。'这位传教士带来了一瓶祝圣酒，我对他说：'如果您把那瓶酒给我，我就留下来帮您看着他。'神父马上答应道：'行，我给您，行，我给您。'我又对他说：'那您就拿来交到我

捉放第二个印第安人之后营地照片：自左至右：本哈明·库维略斯、埃内斯特、斯里姆·鲍威尔和维森特·金德罗等人

手里，我现在就要喝。'他把酒拿来了，我开始喝起来。我喝呀，喝呀，一边喝一边在帐篷外开始与印第安人对话。可是我说了很多话，他根本不搭理我。那时我拉开了帐篷的拉链，看到他蜷缩在地上。他的头发很长，就那么在地上缩成一团。我用印第安话对他说：'起来，我们聊聊天吧！'他还是不理睬我。那时，我钻进帐篷对他说：'喝点酒吧。'他把那酒瓶子看了又看，我心里想：'这个无赖是想喝。'于是，我拔下瓶塞，把酒瓶口放到他嘴上。我倒进他嘴里一点酒，他品呀，品呀，最后把那酒喝下去了。我心里琢磨：'我不能再给他了，给了他我就没酒喝了，滚他的蛋吧！'第二天，大约在凌晨4点钟，我把同伴们叫醒，我们饿着肚子去了河对岸。神父对我说：'小

维森特，这个印第安人会把部落的其他人也交给我们的。'我对他说：'没那事，不会的，您别异想天开啦，这些印第安人不会把部落交给任何人。'我们把印第安人带在身边，但在他腰间系了一根绳子牵着他，因为，到了山中如果让他单独行动，谁能再逮住他？……印第安人在前边走了一会儿便闪开到一边。我走过去跟他讲话，我讲呀，讲呀，他就是不吭声。再往下走，我们发现了他们设的陷阱。我对马丁说：'您看着狗点儿，别让它们踩到陷阱上，进去可就出不来了，命也就没有了。您没看到这种陷阱连老虎、驼鹿都能逮住吗？什么都能逮住。'这种陷阱是用粗大的树干搭成，分上下两层，当野兽穿过踩到下层树干时，上边那层树干就他妈的轰隆一下砸下来把它压住。印第安人一直让树干把野兽压在那儿挣扎着死去。待看到野兽死停当了，他们才把这猎物取出来。如果是一只老虎落入陷阱，为了逃脱它会拼命地挣扎，地上会被它的利爪刨出一些大坑来，但是它终归是无法逃脱。我对马丁说：'您把狗牵上吧，别出事。'我们继续往前走，到了一座大房子前。房子里静悄悄的，空无一人。我对同伴们说：'今天上午他们走了。'看得出，印第安人刚刚在这儿烤过肉，并且饱餐了一顿。在一棵树上，大约挂着20颗巨大的虎牙。那是他们猎来的老虎，虎肉被他们吃了。我把虎牙拿到大伙儿都在的地方，分给每个人四颗。神父对我说：'把您那份也给我吧。'我说：'好吧。'我给了他十颗……大房子全没有弓也没有吹箭筒，大概印第安人是外出打猎了。那儿只有一些箭，且是一些毒箭，这从箭头上可以看得出来。神父说：'我们把这些箭拿走吧。'我说：'您拿走吧，那就等于自己进坟墓找死。没错，这种箭一刺到你，就是定死无疑的了。'神父老实下来不说话了。大房子距河约摸三公里远，我们看到印第安人睡觉的

准备进入未知部落的临时营地

地方有些用植物绒毛做成的窝,那绒毛是一种野棉花。绒毛窝像鸭子的窝,用那种野棉花做成的窝肯定很暖和。印第安人睡觉并不完全舒展开身子躺下,而是大家蜷缩着身子一块儿挤在火旁边。

"大约是晚上9点钟,我对同伴们说:'咱们走吧。'我们便往回走。路途上,我们发现了印第安人的脚印,他们是在那儿砍一种含毒的藤本植物做毒药。我对同伴们说:'印第安人在打猎。'我们走了一会儿,我问神父:'我们怎么办?这个印第安人不会把他的部落交出来,现在已差不多夜里11点了。'神父想把那个印第安人带走。我对他说:'不不不,神父,如果你把他带走,这个印第安人会气死的。他们活像动物,老了的时候被逮住就会气死。'我又对他说:'放了他吧,就在这儿放了他。'神父说:'好吧,明天飞机来接我,我没有时间了。'后来他又说,我们应该回来再多待些日子,他想再回来。神父为印第安人带来了斧头、砍刀和铁铲,我们把那些工具留在了印第安人挖的地穴旁;那些地穴是他们只身一人出来钓鱼、打猎或挖洞时睡觉用的。他们找来一些大块石头摆好,便在下边挖出一个地道形状的坑穴,这地道口很小,里边却很宽敞。天黑的时候他们钻进地道,用带尖的木料把口封上,以免老虎把他们吃掉。我们把神父带来的工具放到一些这样的地穴旁边就上船走了。大约过了11天,我又经过那儿,看到一切都被拿走了。"

一年之后,卡耶塔诺神父在法官阿维拉多·达萨面前的证词(抄自预审笔录):

为了提前对居住在上亚利的一些土著人进行一次社会调查,我去了这些偏僻的地方……我要如实地承认,我们在那儿见到过一次土著人,那是一次友好而和平的见面,我们为更深刻地了解了那些奴隶——上帝之子——的文化而感到兴奋不已。

在最后放弃这一计划之前,为了到达这个部落,奥地利人做了四次努力,乘船航行了27个小时。8月8日,此项计划已撤销,他们产生了一种幻想,认为可能马丁最后会来救他们,尽管那是礼拜天。这一天马丁没有来。礼拜一他们又抱起了同样的希望,但是一直到天黑,天下着雨,那架比奇克拉福特飞机仍然没有出现在树梢上方。到这时候,唯一怀有某种希望的人就是鲍威尔。其余的人都感到无比恐惧,他们心中没有了底。热带雨林中的凄凉之感和食物匮乏使他们的处境变得更为困难,每时每刻都增加着危险。

靠了日记的帮助，弗里茨努力回忆着那些天发生的各种事情，但是，他说，更具体的细节他再也难以从脑子中榨出来了。他的面部又一次出现了忧郁的神情。

"我不记得为什么营地的所有人都以为马丁会在那个礼拜天到来。我记不起来了。"他说，"然而，8月9日礼拜一才是我们约定的日子，因此这一天我们没有离开营地。我记得这个礼拜一我们大家心情都很紧张。"

鲍威尔："8月9日，星期一。从大早起我就开始等马丁，因为，据估计，无论如何到10号他的飞机应该准备好了。不管想什么办法我都要离开这个狗娘养的地方。又他妈的发生了一件想不到的事：今天我们的收音机坏了。今天上午我想把它检查一下，因为，如果不是由于这台收音机，可能我们就都变成疯子了。

"8月10日，星期二。并非是多大的安慰，但收音机修好了，我们又能听到一些巴西和哥伦比亚的电台了。本哈明病了。我想埃德加已经与狗没有什么差别：不愿离开床或厨房。今天上午我们上山了，在离营地不远的地方，我们看到了清清楚楚的美洲豹蹄印。大家都盼着马丁到来。即使他把飞机已准备好，我看他周末之前也来不了。我真心地希望这边营地的事故不要惹出大麻烦。不管怎样，如果下周初马丁的飞机还不来，我必须下决心想办法把这儿的人弄出去，因为食物越来越少了。"

弗里茨："当然，谁也没有来。我真想到波哥大去控告这位不负责任的先生；我也真想到大使馆、领事馆和在报纸上控告他，因为他不能这样对待跟他签订合同的人，也不能这样对待他的劳动者。我在这篇日记里也要批评空军基地的梅德拉诺少校，我要登报就这件事批评他,因为他对情况也是了解的。

"今天斯里姆·鲍威尔比我认识的所有人的嘴巴都脏。他一张嘴,高级脏话就出来了。有时候在我们看起来很滑稽,他的脏话你想都想不出来。他用英语讲脏话,也用西班牙语讲脏话,骂'狗娘养的'就算是最干净的了。

"我觉得库维略斯肚子里有寄生虫。他告诉我们他大便带血,我们给了他驱虫药。另外,他有时发烧,我看他是闹疟疾。我们也给了他治疗这种病的药片。库维略斯告诉我们他以前就发烧过,这并非是第一次。

印第安人狩猎时睡觉的地穴

"8月11日,星期三。从今天起,如果到15号莫宁斯塔还不来,我和沃尔夫冈就要想办法离开这个营地。谁走,怎么走,这会儿没有人说得清楚。我不知道要跟谁一起离开营地,以及怎样离开营地,但必须得想点办法。今天我们已经在这样想了,因为这是关键的一天,我们想做出决定。我们已经在营地待了三周,我们在哥伦比亚的计划已整整失去了一个月的时间,却没有办成任何事。我们所做的事情就是花奖学金和等待。又出去打了一次猎,他们打到了一头大猎物。我们向鲍威尔买了一瓶杜松子酒,以便振作一下精神。这一天,我和沃尔夫冈出现了一些严重的意见分歧,也许是情况困难所致。我们第一次发生了比较激烈的争论。这争论并非是围绕某种特殊事情,或许是出于心理紧张。这是合乎逻辑的。"

鲍威尔:"本哈明和埃德加终于打到了一只大豚鼠。这是三个星期来打到的第一只猎物。除此之外,这是非常烦人的一天。如果还有点什么特殊情况的话,那就是我们都在心中想着:马丁会不会来?什么时候来?不管怎么说,现在我在慢慢地看到带上六个人和七条狗重新走向文明的可能性。这是一件很难的事⋯⋯且不说我们还有一些重要设备。

"8月12日,星期四。本哈明和埃德加今天上午外出打猎了。他们捉到了我一生中看到的最大的犰狳。做出离开营地沿河而上的决定的时刻临近了。如果我清楚马丁在最后一次远征狩猎时是为何出去的,那就没有什么问题了。当时他并不缺乏财力。我简直不能想象我们眼前正在发生什么事。我不能冒我们没有吃食还待在这儿的危险。在这个地区,我们大家要养活自己是绝对不可能的。"

弗里茨:"本哈明带回了一只大犰狳。我们不知道该怎么办。吃食已经很少了:就剩下一点大米。"

鲍威尔:"8月13日,星期五。我们开始准备一条船,以备沿河而上的旅行。本哈明还在胃疼,不能干活。但是下午他感到好了些,就在船上干活了。埃德加脑袋撞在了一根柱子上,现在也还是不能干活。我开始想这是一块不祥之地,到处是灾祸。我希望马丁明天能够出现,把一些人从这儿救出去。设若不是由于奥地利人和这些狗,我会设法转移到上边的庄园里去,把所有的人都带去。好吧,不管怎么说,当本哈明在船上开凿了一个巨大而美丽的孔洞时,我们井然有序地结束了这一天。也许这个13日的周五就应当如此,我们都应该躺在床上度过。

"8月14日,星期六。我用能够做到的一切把船尽量修补好。本哈明仍在患病。埃德加任事不干,只等待伊内斯对他产生恻隐之心,因为他的脑袋昨天撞到了柱子上。如果我们有一所医院就好了。实际上,我的身体状况比他们两人更糟。没有汽水真叫人受不了。我真想让马丁来尝尝这种受骗上当干蠢事的滋味。在这一时刻,唯一有用武之地的人就是那位老太婆,至少她天天都在做事。

"8月15日,星期日,除了把船上的事收拾停当之外,这是无聊至极的一天。我打算明天或后天出发。不知哪位小伙子会跟我一起走,不过,谁走,走不走都无关紧要,因为我没有忘记用发动机驱动的船如何驾驶。而且船的状况相当好。"

弗里茨:"由于吃食问题和我们的心理状态,最后几天过得很不痛快。船已经修好了。我们又把两边的船舷刮了些,在几处进水的地方填塞上了橡胶。但是我们还不能考虑出发的事。也许后天吧。如果一切顺利的话,9月他们是会来接我们出去的。"

那天晚上,大家聚在一起,弗里茨和沃尔夫冈主动提出了建议:他们必须离开那儿,离开的办法有两个:沿河而下,这要遇到一连串的急流和瀑布,随时都可能发生危险;沿河而上,这就要把剩下的汽油用上。最好是沿河而上。几个星期之后，奥地利人在他们的报道中向《时代报》讲述了下面的情形：

> 我们活下来的人召开了一个全体会议，鲍威尔、库维略斯和我们一起商量了一下，我们选择了无论如何要走的方针。我们选出了两位所谓的使者：鲍威尔和库维略斯。选鲍威尔是因为他熟悉发动机和使用武器，选库维略斯是因为他能在雨林最艰苦的条件下活下来。我们其余的人将和老太婆伊内斯留在营地，节约用大米、咖啡和盐，那是我们吃食上剩下的一切，还有一些鱼钩、猎枪弹药和来福枪。两位使者把所有的汽油全带上，还有很多大米、盐和咖啡。没有糖。

尽管表面上看来就从那个地方撤退的问题达成了一致意见，但从16日（星期一）清晨起，整个上午大家都争论得不可开交。

弗里茨："我们大家坐在桌子旁，重新讨论起了谁应该走。整整一个上午争论得相当激烈。本哈明和埃德加愿意跟斯里姆老头一块走，把我们和厨娘留在营地上。但是斯里姆不愿意跟他们俩一块走。也许是考虑到他们三个人分量太重，或许是别的原因。但最后到了11点15分，斯里姆和本哈明启程了。这是大家共同做出的决定，我们接受。斯里姆说我和沃尔夫冈应该留下来，理由是我们没有在这茫茫雨林中走出营地到达某个地方的足够的经验。他们的想法是沿河而上到达亚利平原（索埃兰迪亚），在那儿请求帮助，把我们留在这儿的人救出去。现在我和沃尔夫冈，也许带上埃德加，打算徒步沿河岸上行去寻找平原地带。在本哈明和鲍威尔出发之前，我们稍稍庆祝了一下，作为告别，每个人喝了一杯威士忌。在那个场合鲍威尔告诉了我一件有趣的事：'马丁曾经指示他不要为我们提供吃食，因为那吃食是他留给自己的客户的。'由于我们每天都付了吃饭的钱，我们跟鲍威尔没有发生麻烦。然后我们把吃食分了一下，他们就启程了。"

鲍威尔："在谁走谁留的问题上脸红脖子粗地争论了一番之后，我们终于从营地出发了。我和本哈明是上午11点15分离开营地的，一直航行到下午5点半。发动机运转很慢，但情况良好。在差不多六小时的行程中，我们消耗了将近四加仑半汽油。我唯一关心的就是汽油。"

17日是星期四，上午10点钟，也就是在鲍威尔和库维略斯出发23个小时之后，沃尔夫冈、弗里茨、伊内斯和埃德加一阵疯跑到了河边。沃尔夫冈听到远远地传来了飞机声，两分钟之后，大家看到了空军的比奇克拉福特飞机在水上徐徐降落。当飞机在营地前停下来的时候，发动机依然开动着，水面上涌起一片波浪，大家看到驾驶室里坐着的是一位军人，但不是梅德拉诺少校，另外还有一个人。

来者是曼努埃尔·奥古斯托·苏亚雷斯·阿雷纳斯少尉。此人后来做了下列官方报道：

> 为了执行贡加苏尔426航班的飞行命令，我清晨7点30分从基地起飞。搭乘飞机的旅客是一位美国公民，名叫莱昂纳德·威尔逊。好像他是为去了解和拍摄他的岳父淹死的地方而做这次旅行的。他的岳父是一位叫沃尔什的先生。
>
> 由于当地的气象条件，我上午10点15分在营地水上降落。为了找到这个营地，我在上空盘旋了2小时45分钟。从那儿我

们接走了四个人，还有他们个人的东西。我们把他们送到了基地，彻底抛弃了营地，只把三条狗留在那儿，因为飞机上没有地方了。

威尔逊为得到这次飞行，依靠美国使馆的帮助，花了整整四个星期的时间。在得到批准之后，他在军事基地又等了15天。

根据档案材料，飞行命令是由指挥官在7月30日下午签署的，就是说那是17天以前的事了。

飞行那天，雨林被一条薄薄的云带覆盖着，那云带时断时续，下方可以看到亚利河。起飞后不久，伊内斯和埃德加借着某种光亮远远看到了鲍威尔和库维略斯，他们在靠河左岸航行。船后边留下的尾波很短。由此他们想到那工人在寻找平原的行进中速度缓慢。他们将此事告诉了飞机驾驶员，但飞行员告诉他们他不能再降落了，因为飞机油箱里的汽油已不多，来营地时的距离比原来估计的要远得多。另外，飞机上也没有地方再上人。这样，他们便继续往前飞去，没有理睬河中的人。

鲍威尔："8月17日，星期二。我们昨天连续行船11个小时后，停下来搭了一个临时营地在那儿过了夜。今天清晨大约在6点30分，我们离开营地往河边走去。昨天我们打到了一只保黑尔鸟，美美地吃了一顿晚餐。当时天有点下雨。下午3点钟左右有一架水上飞机从我们的船头旁飞过，5点钟时又飞过一次。好像是马丁的飞机，但没有再飞回来。所以也许是，也许不是。"

弗里茨："我们耗尽最后一滴汽油在三拐角空军基地降落了。这是一次极为艰险的旅行，我们感到很紧张，因为我们不知道燃料是否允许我们飞到目的地。到达基地之后,我们得知梅德拉诺少校已于8月5日被接替。为这次返程,我们每人付了330比索,从救命的角度看,这可是够便宜了。

"我们在基地从星期二待到星期四。我们把河上还有两个人的事从军事当局开始告诉了见到的所有人。我们对他们说,这两个人没有吃食,什么也没有;需要紧急救援。"

尽管奥地利人将情况作了通报,可听到这件事的人没有一个做出积极的回答。后来发现也没有人将此事在档案里或任何文件中登记下来。那两个人对他们离开一天之后在营地发生的情况全然不知,他们将航行计划作了某些修改,继续沿河而上。

鲍威尔:"8月18日,星期三。我们放下大汽油桶,代之以16加仑的油罐,然后于7点45分启程。我们把大油桶放在了一个土著人村镇的小河港上,又往前航行了九个小时一刻钟。为了再航行一个半小时多点的时间,还得耗一罐汽油,但是我们沿河而上的速度几乎加快了一倍。"

然而,第二天却发生了一件令人费解的事情:在航行了三天(总共是28小时,在这28小时中间,他们做出的决定似乎是正确的,为减轻船上的重量,把部分的汽油放在河岸上)之后,他们决定放弃之前的努力,再返回营地去,这就失去了到达某地寻求援助的绝好机会。

看来是本哈明·库维略斯的恐惧占了上风,弄得鲍威尔无可奈何。后来鲍威尔在他的日记中这样写道:

"8月19日,星期四。昨晚11时可真是把我吓了一大跳。本哈明把我叫醒,说船沉了。他没有弄错。幸好我们把油罐拴得很牢,发动机也只浸入水中六英寸。我们把船拉出来，把发动机提出水面，擦了擦，中午12点启程。我们沿河而下航行了好一段路程，没有上行是因为本哈明断定设若继续前进会非常危险。我们打到了一只鸭子，下午6点钟宿营煮鸭子吃。我还是想继续沿河而上，但没有气力跟本哈明争论，沉船的事把他吓破了胆。

"8月20日，星期五。清晨6点钟我们就到了河上开船前进，差不多11点钟我们便到达了营地基地。由于是顺水而下，发动机运转良好。我们沿途打到了三只鸭子，此为这次旅行中让人最高兴的事。真是想不到，本哈明哭着闹着要回来，可我们到达营地时，他们全走了。他非常生气，因为马丁没有在河上寻找我们。我想马丁跟这儿所有人的想法一样：总会得有个人关心大家的。不管怎么说，马丁把营地的人都接走了我还是很高兴的。

"8月21日，星期六。昨夜我休息得很好，醒来感到一身轻松。我把船上的灯光设备和船舷外的发动机进行了检查维修。没事好做，闲得难受。我盼望马丁能够回来。要想出发沿河而上是绝对不可能的，因为本哈明说什么也不会干。马丁可能认为这么个人可以把他在营地的一切事情照管好，但对此我却绝对不敢苟同。见到我们回到营地，留在那儿的狗十分地高兴。

与此同时，沃尔夫冈和弗里茨从空军基地去了雨林外边和第一个重要的城市弗洛伦西亚。在那儿他们拜会了民政当局，告诉他们鲍威尔和库维略斯需要紧急救助，因为他们面临死亡的危险。他们也正式会见了卡耶塔诺神父，将两位遇险者的情况告诉了他。然后他们到街上溜达，遇到了几十位在他们出发冒险前认识的人，同样地把发生的事情告诉了他们。"人们都异口同声地回答说应该去救他们。"弗里茨说。

后来他们就去了波哥大。"在美国领事馆里，我们告诉他们，一个叫埃内斯特·鲍威尔的美国人困在了河上，没有吃食，活下来的可能性很小。他是受雇于另一个叫马丁·莫宁斯塔的美国人的。跟他在一起的还有一个叫本哈明·库维略斯的哥伦比亚人。他们需要救助，否则他们可能会丧命。

"我们也去找了奥地利大使，我们告诉他，我们将尽我们的一切可能帮助救那两个遇难的人。不消说我们也去了卡利市找莫宁斯塔，但是没有找到。后来我们又设法找他，跟他通了电话，可是他的回答很简单：没问题，那儿有足够的吃食。当然，这不是事实。那时我们只好放弃了我们未来的计划，自己来寻找援助救他们。我们必须提前我们的调研工作，而随着调研工作的进展，我们的奖学金也开销得很快。"弗里茨讲述。

从这一时刻起，鲍威尔和库维略斯所剩余的时间也就开始慢慢朝着他们的死亡时刻滑动。他们是被亚利河吞噬的另外两个牺牲品。他们是哪一天死的？这难以确切地查考，因为他们最后写的日记已字迹模糊，辨认不清。不过，毫无疑问，库维略斯清清楚楚那是他最后一个黄昏了，他怀着孤独而痛苦的心情等待着它的到来。这样的黄昏，从他十年前深入到热带雨林的那一刻起，对他就不陌生了。

相反，鲍威尔在他的日记中坚信他自己的能力可以使他摆脱掉那个死亡的黄昏。似乎他并不相信那个黄昏已经临近，因为过去曾经有一次在类似的情况下他逃脱了死神的追捕。

也正是由于这个原因,他了解那被抛弃在雨林中的夜晚,了解遭受潮湿、饥饿和疾病折磨的白日,也许他想到了天无绝人之路这句富有哲理的话,所以他排除了再次会遭到死神追捕的可能性。

根据哥伦比亚秘密警察的档案材料,鲍威尔老头于1913年10月13日出生在史密斯·维莱,妻子的名字叫艾丽斯·格雷瓦·福特。在移民局登记卡片上他填的职业为物理学家,后来他以钻井专家的身份在一家石油公司谋到了职位。

有迹象表明他来自秘鲁的热带雨林,在这儿跟另一个叫诺兰·巴罗的美国人干了几个月,这个美国人在哥伦比亚成立了一个远征狩猎公司,名叫维尔德内斯公司,其经营范围在拉塔瓜镇周围。

根据官方的说法,巴罗将鲍威尔扔在一个废弃的营地上自己溜掉了。那是在莽莽的热带雨林深处。正当鲍威尔濒临死亡之际,马丁在那儿发现了他。

当时的镇长海罗·乌尔塔诺通过一位新闻记者作了如下的记录:

埃内斯特·斯里姆·鲍威尔。他作为狩猎专家和旅游团的翻译来到本地。那些旅游团来自美国,是来猎杀野兽的。他受雇于诺兰·巴罗的远征狩猎公司,后者经济上破产后,好像用谎言骗过警察逃出了哥伦比亚,把他的伙伴鲍威尔先生和工人林登·拜伦抛下全然不管。拜伦后来自己也离开了本地。

巴罗把一大堆债务扔给了同他的公司合作的商人和穷苦人。有几次,美国的一些狩猎队被困在了这儿好几天,因为巴罗没有付清航空公司为这些人提供的返波哥大的机票款,鲍威尔先生则逃避了这种困境。

患了几天病,鲍威尔身体十分的虚弱。病刚刚好了些,他就想到这个镇上来报告情况。但是由于疾病的折磨,又被抛弃在营地上数日,他没有多少力气赶路,很快就成了蚂蚁、苍蝇和蚊子的猎获物。

鲍威尔先生躺在地上几天几夜被那些小动物叮咬不能动弹,美国公司的马丁·莫宁斯塔将他救起带到了这儿。当时他虚弱的身体上爬满了密密麻麻的虫子,马丁耐心地将它们清除掉。鲍威尔坚信他的伙伴们置他的生命于不顾,将他扔在那儿彻底不管了;于是他决定离开拉塔瓜,跟他的同胞莫宁斯塔一块走。

马丁:"我非常同情鲍威尔,他被人抛弃得如此凄惨。我们到达被诺兰抛弃的营地的那天,我发现他实际上几乎已经死了。我把他带到了我波多黎各的庄园里,在那儿为他进行了治疗,并且给他买了新衣服和别的东西,甚至一套假牙,因为在被抛弃的那几天里,他的牙齿全掉了。他之所以来哥伦比亚的热带雨林,是因为遇到了麻烦事。知道吗?就因为这个原因,他再也不想出去。经过一段身体恢复,当他像一个正常人那样生活的时候,便开始跟着我们东西南北地到处跑。他为我干活,我为他付些报酬,并尽量使他生活得好些。但是,鲍威尔是个脾气暴躁的人,他厌恶喧闹,尤其是这种喧闹是来自于人的话。我不知他能否同库维略斯处好,因为后者的性格同他完全相反,是一个喜欢咋咋呼呼、安静不下来的人。

"对诺兰我了解不多。开头他是在马格达莱娜河上从事了多年的旅游业;那是国家的中心,是文明地区。我说他从事旅游业是指他成立了一个公司。他捕捉鳄鱼和其他动物把皮革卖到国外,在那儿赚了一些钱,后来来到哥伦比亚的南方热带雨林中。他自己打猎,剥兽皮出售赚钱,也从美国请一些狩猎队来,但组织得很不好,最后破产了,便从此地销声匿迹。诺兰是个花花公子,鲍威尔成了他工作中的得力助手。"

在维森特看来,"鲍威尔对热带雨林并不太熟悉,库维略斯同样如此。因为,在这些地方待上几年是一回事,而懂得在山中如何活动完全是另一回事。在山中的活动包括狩猎时如何指挥狗,如何根据水流或太阳辨别方向,以及如何区别甜的和苦的藤本植物。您懂我的意思吗?他们俩对这些都不在行,连如何根据蹄印追踪野兽都不懂"。

当他们沿着亚利河上行了两日又返回营地,葬送了离开那儿的大好机会时,鲍威尔便被库维略斯紧紧地捆住了,后者既拒绝重新登船,也不愿做出另外的紧急决定,而此时的情况恰恰需要他们作出某种决定。从根本上讲,是因为库维略斯对在热带雨林的恶劣环境中远程跋涉没有把握,另一方面,他担心马丁回来在工作的地方找不到他。

在那个地方待的两个月中,他们白白地烧掉了很多汽油,剩下的汽油已不够再一次远行了。这件事像锤子一般敲击着鲍威尔老头的脑袋,折磨着他的心,他越来越感觉到,他们沿河上行撤退了两天又返回是个错误。

从8月21日开始,他们开始了饥饿和焦虑痛苦的日子,鲍威尔的日记中是这样写的:

"8月22日,星期天。已经有两个月待在营地无所作为了。我不相信会有什么转机。我真想看到有飞机飞来,我想,两个月的时间里任何飞机都可以飞来。我也有点想吃糖了。

"8月23日，星期一。无事可做，只等马丁的飞机这个星期飞来。我还是认为我们沿河而上时应继续前进而不应返回。不过，如果那样做了，舍下的狗一个星期后就断了吃食可就倒霉了。我想到很多我愿意待的地方，可恰恰不是这个地方。也许因为今天是礼拜一。在所有的狗中，本哈明的狗得到的营养最好。此外，当我们的黄油吃完的时候，本哈明可就遭罪了，他非常喜欢吃黄油……

"8月24日，星期二。我们外出打猎，沿河而上去了近一个小时。像往常一样，除了几只金丝鸟和两只鸬鹚外，什么也没看见。我还是认为我们出发沿河而上时应该继续前进，不应半途而废；若是那样的话，我们现在已到埃尔利瓦诺了。我真希望我的胃安静下来别闹腾了。和惯常一样，天在落雨。我不认为这儿有什么旱季。"

这些日子，马丁驾着一架在陆地跑道上起落的新飞机回他波多黎各的庄园去了。他用这架飞机代替了一架类似的毁坏掉的飞机，后者恰恰是在他的塞斯纳水空两用飞机坠入亚利河中几天前毁掉的。两架飞机几乎是在他开始远征狩猎之前连续出事的。

维森特："他运回飞机顶替轮式飞机的那一天看来一切顺利。知道吗？首先出事的是轮式飞机，而后才是浮筒式飞机。当我们在轮式飞机上摔下来的时候，我们已经离开了马丁的彭哈莫牧场飞向一个叫埃尔洛沃的地方。马丁说：'我们去看看那儿的米罗庄园。'于是我们就钻进小飞机启程了。飞机升空之后，我对马丁说：'糟糕，我们遇上了暴风雨。'他说：'没关系，从一边飞过去。'我对他说：'别扯淡啦，您没看到暴风雨直奔飞机来了吗？而且看来是场大暴风雨。'他说：'没关系，从一边飞过去。'呼！飞机继续朝着云团飞去。当我们钻进乌云的时候，小飞机开始颠簸起来，我对马丁说：'别干蠢事啦，调头回去吧！'因为此时瓢泼似的大雨已落在飞机上，同时，如碎石般的大小冰雹也把机身和机翼砸得噼里啪啦、叮叮咚咚作响。我们转了弯，换了个方向往前飞，但大风从后边赶上了我们。那婊子养的狂风实在是太可怕了，而等飞到这儿的庄园时，跑道的末端又是悬崖峭壁……我说：'如果我们继续往前飞，飞机就会在岩石上撞碎。再转弯吧！'马丁说：'可是，在这儿转弯？风太大了。'我对他说：'就因为风大才转弯。'小飞机已经失控了。马丁左转右转，盘旋了一圈，终于把飞机锁定在跑道上方。当我们着陆的时候，马丁这个王八蛋粗心大意，没有看出任何问题，对什么都满不在乎，可我发现在工厂里修飞机的时候，一个轮子没有拧紧，一下子甩掉了。就是说，我坐的这边没有轮子了。我说：'天哪，真是扯鸡巴淡！'马丁说：'您看看那一边是怎么回事？'我说：'没有轮子了。'他说：'没关系，那我们就设法迫降。'我对他说：'别别别，别这么干！'他回答说：'油还多着哪！'说着他看了一眼指示器。当然，油箱几乎还是满的。他说：'我们怎样把汽油放掉？'我对他说：'嘻，您中邪了吗？那您就看着办吧。我们最好飞到港口上去，那儿大雨已过去了。'（我们想到了发生事故的事。）他说：'我会安全降落的。'呼！飞机被拉了起来，然后逆风飞行。在我们着陆的时候，飞机偏离了跑道，失去平衡，猛烈地颠簸起来，马丁努力想把它稳定住，但是，毬，没门儿。我们只奔铁围栅而去，"嗵"的一声撞在了上边；飞机打了几个转便散了架。懂吗？先是一个翅膀撞掉了，接着是尾巴尖撞掉了，最后是起落架撞断了。

"我们步行回来，把那架飞机扔到了跑道上。马丁向来是飞机哪儿掉下来就把飞机扔到哪儿。他就是这么乱扔，压根儿不把事情放在心上。您看：在那段时间里，一个人可以看到马丁小飞机的翅膀，可以看到浮筒，可以看到飞机的零件，这些东西散落的到处都是，到处都是。

"那么好啦。马丁弄来新飞机顶替坠毁的小飞机的那天，兴致很高，马上就来找我。跟他一起来的还有他的一个兄弟，叫克拉伦斯。他们还带来了两个飞行器，其状如自行车，上边发动机、油箱和螺旋桨一应俱全，跟直升飞机差不多，但是体积不大。马丁想作一次表演，他让我跟他一块飞。那飞行器本来带着两个油箱，他摘掉一个，减轻它本身的重量，以便我们两个能一块飞。我对他说：'您别胡闹啦，这样会掉下来的。'他说：'不，巴森塔，不会掉下来。'我对他说：'不行，不行，不行，坐在这玩意上，不是咱们两个人一块摔死，就是您一个人摔死。'马丁的想法是，人们买了这种飞行器可以在热带雨林自由地活动，也可以在亚利平原上猎鹿。他自己作了表演，然后又让他的兄弟作表演。嚙，转眼工夫，我们还未来得及多想，他兄弟已驾着飞行器腾空而起了。一个星期天，马丁驾着飞行器在空中看到了花花公子古斯塔沃·希拉尔多，后者正走在路上。马丁降低飞行器的高度紧紧跟着他，想对他搞恶作剧。但是，在'绿宝石'吊桥前，飞行器挂到了电线上。80多米高度的电线死死缠住了飞行器，折腾了好一阵，最后摔到地上，从此之后，马丁再也没有玩飞行器的兴趣了；他再也没有驾着飞行器在空中飞翔。

"后来，他开始找到了另一种消遣娱乐的方式：他把坠毁的飞机发动机拆下来，置于飞机的前方，再将螺旋桨叶片的尖端截掉，使其不触及水面,然后就把飞机开起来,我们在那些河上风驰电掣般地飞奔……我们接触不到水面。飞机启动之后,老头儿紧紧握住飞行器,因为那速度太可怕了。

"他马上东摇西晃地要变成醉汉了,然而他又抓住那水上小艇。我对他说:'让我来驾驶吧,您都醉了。'他说:'不,我行。'于是他坐下来,把发动机打着了火。如果稍一疏忽,小艇就会驶到河边的山涧中去,也会驶到河滩的沙丘上去。我们经常在河滩上照直飞奔(在那只小艇上只有我们两个人,别人不会坐上来)。一天,他喝醉了,我照例对他说:'让我来驾驶。'他说:'不用,不用,不用,我也……我也……你也行。'我帮他将发动机打着火,他来了个急转弯,咕隆咚!我们一头栽进了河流深处。我们从水中钻出来游着泳,我对他说:'我去把小艇拉出来。'他说:'不用啦,把这个王八蛋丢在那儿吧,我们再造一个。'我们把小艇扔在了那儿。他什么都不在乎。他的飞机摔在哪儿他就扔在哪儿,他到处扔东西。"

营地的境况没有任何改变。鲍威尔几乎是在他日记的最后这样写道:

"8月25日,星期三。我想马丁和两个奥地利人应该是回去了,但是,看来马丁压根没把我们和狗放在心上。设若他们没有回去的话,那就大概已经饿死了,或者已经相互残杀而死。本哈明希望我们明天就走,但是,我认为不到礼拜天或下周一我们难以离开这儿,除非发生点什么事。

"8月26日,星期四。又是可悲的一天,天晓得在等待什么。没有钓到鱼,没有打猎,吃的东西已所剩无几,几乎已消耗光了。我跟谁待在那儿都行,就是不愿意跟本哈明待在一起。这个可怜的王八蛋仿佛是个骑在老虎背上的东西,他不能老待在那儿,但又害怕下来。他想走,但又怕老板来了找不到他。他恰恰是那种世界上最难相处的人,但是我理解原因何在,这是因为他是家中最小的一个,有一个时期曾干秘密警察,而且大概在那儿扎了根。对我来说,如果只有我一个人,那日子就会简单得多,甚至狗惹的麻烦都会少些。跟所有人一样,本哈明对干活不太操心,但他要让我为他把账算清,看看马丁欠他多少钱。我巴望着出现奇迹。"

在最后的这段文字之后,有一段时间鲍威尔没有动笔。从后来的迹象看,大概可以断定库维略斯又发起高烧了,他已进入精疲力竭的阶段,而且歇斯底里越来越厉害,而鲍威尔面对他同伴的这种表现却忍耐着不敢发火,因为为了设法逃走,他不能跟他计较,他比任何时候都更需要他。

在9月20日星期一的日记中,后来他又这样写道:"从8月26日的日记之后,你们会看到一些空白页。如果不是亲眼看到,你们是不会相信的。我们今天要出发沿河而上。我清楚我们没有足够的汽油,那么我们就走多远算多远吧。如果你们在这个星期三前到这儿来,如果不是太麻烦,就请你们到河上找我们。我很遗憾,但是我们不能不去,因为我不忍看那些狗活生生地饿死,也不忍看我们自己饿死。武器在棚子里。"

重新又去跟滔滔的河水搏斗,其理由无外乎是被死死地困在那座地狱中太痛苦了。到了那个地方,玩什么牌都一样了,因为王牌在那些屡试屡败、发动机屡屡出毛病,汽油大量消耗中消失得无影无踪了。或者就在库维略斯一次又一次的打退堂鼓中消失得无影无踪了。

尽管如此,他们还是花了两个多星期的时间——8月?——进行了一场焦躁而固执的徒劳的争斗,为的是征服把他们和库维略斯的家——文明的最后之点——分开的那段距离。但是,他们一次,两次,三次,一千次地被打垮了。

日记写到这儿没有再继续下去,鲍威尔又返回到8月30日的一页,在那儿他这样写道:"嗯,我们三次试图沿河而上,三次都无功而返。"

从搜集到的过了一段时间之后的证据看,可以断定他们在最后三次的旅行中把营地剩下的汽油全部带上了,而且渐渐地把它们卸在了河的左岸。可能他们是打算一段一段地前进,逐渐调整着船上的重量,以期走出更多的里程。或者说,随着发动机一次次地灭火失灵,在漂流着返程之前,他们数次靠岸,卸下船上的东西,减轻重负,以期重新回到营地。

在最后一次旅行中,本田牌发动机散了架,鲍威尔用一条不合适的绳子把机身和浸在水中推动小船的叶片扯紧,但是他的努力效果不佳,于是只好把发动机也卸下来,放在岸上,用一块油布盖了。

显然,最后一次他们是漂流回到营地的。他们已经精神崩溃,只怀有一线得救的希望。他们商定给阿拉拉瓜拉的监狱长发一封信向他求救。阿拉拉瓜拉位于将营地在这个方向隔绝起来的一连串瀑布的那边,沿河而下有几天的行程。

为了保险起见,他们拿来一只空汽油筒,用刷子蘸着油漆在上面刷了一行字:请来人救命,筒里有一封信。

信是由鲍威尔写的,这足以表明那个老头儿的心情是何等复杂,他意识到事情已经晚了,天无绝人之路这句话也可能不灵了,这一次

他可真的被那茫茫无际的热带雨林判了死判,那片密林曾经那么多年保护着他。信中写道:

紧急求援,紧急求援
致阿拉拉瓜拉的指挥官先生
尊敬的指挥官先生:
　　请通知"三拐角"基地的空军少校到亚利河上游马丁·莫宁斯塔营地来接我们。看来莫宁斯塔先生是抛下我们和整个营地不管了。我们患了疾病,并且吃食所剩无几。请立即帮这个忙,因为没有吃食我们不知道还能活多久。谢谢您的关照。埃内斯特·鲍威尔于亚利河莫宁斯塔营地。特致此函。
　　紧急求救。急!

他把这封信塞进一个小瓶里,再把小瓶放进汽油桶,然后将汽油桶密封,扔进河水,让急流将它冲走。

但是,这封信要拖多久才能到达阿拉拉瓜拉呢?两个人已经没半点儿力气,并且病魔缠身,他们心中清清楚楚,每失去一分钟,他们活下去的机会就少了一分。于是他们决定不再等,鲍威尔决定再玩一张牌:

"8月30日,星期一。今天我们将再次尝试到达阿拉拉瓜拉。我不指望多么走运,但总得尝试一下,因为我身边这个人完全疯了。如果我不得不再忍受他几天,我自己也会跟他一样发疯。他整天在那儿琢磨,晚上便哭哭啼啼,要人们饶恕他的罪过。他四次都想杀死我,但都没有得逞。现在还是跟他再见吧。斯里姆"

斯里姆的遗嘱也表明，在很短的时间内，库维略斯的热病和烦躁愈来愈严重。他确信自己绝对不能再指望他了，他必须单独面对命运之神。那时，他拿了库维略斯的一个笔记本，在它的背面写上同一个日期，接着便写了下边一段文字：

"致能看到这篇日记的人：

"8月30日。除了设法沿河而下到达阿拉拉瓜拉之外，我看不出有任何摆脱目前处境的途径。沿河而上我的汽油不够，另外我认为本田18型发动机推动力也不行。跟这个人我也一天不能再待下去，他成了个百分之百的疯子。他整天都在念叨地狱，又喊又叫。我们所需要的一切就是命运之神来助我们一臂之力。斯里姆·鲍威尔"

在最后签字之后，鲍威尔抛弃了库维略斯，自己冒险沿河而下。是划船走的？是沿河岸徒步行走？第一种可能似乎不符情理。

"第一道激流水面很宽，非常的危险。从飞机上可以看到，那是一道河弯，汹涌的河水撞击到高大的岩石上又折返回去，形成一连串的漩涡和巨浪，时刻都会出现危险……

"在那些急流中，行船几乎是不可能的，只有对这段水情十分熟悉，深谙危险所在的行家才能划船渡过这道险关。

"在我们看来，要想通过那段水面，只有让船贴着河边走，并且不断地把船拴到树上，唯有如此方能保证安全。否则，设若船行在河中心，那就很可能被水流冲到岩石上，因为那儿的水都是撞在岩石上的。然后，船被从岩石上撞击回来，自然陷入漩涡，沉没就在所难免了。"（莫亚诺法官）

第二种方案有可能行得通，但没有太大的把握，而且鲍威尔本人考虑到他的身体状况：患病、饥饿已消耗掉他的全部力气、上了年纪、缺乏对付热带雨林的实际经验,他不敢冒险采取这一行动。这段瀑布重重、地域广大的河岸十分险峻,即使对营地所有人员中最大的强者维森特来说都会是望而止步、难以征服的。

"……那儿的河岸蜿蜒曲折,陡峭惊人,而且是嵌在高大坚固的巨石之间。"(莫亚诺法官)

也许这两种离开营地的路线鲍威尔都考虑到了。在这种情况下,任何熟悉热带雨林的人都会让一位同伴在一个预先商量好的有利地形处等着,待他先沿岸走出几公里到了河的下方之后,这位同伴就把船抛进河中,他看到船漂来时,就下水游泳将它截住。

但是,这第三条路由于库维略斯正在发烧说胡话也是行不通的,也正是由于这个原因,鲍威尔只好抛弃了他。

还有第四条路,也是最后一条路,这就是鲍威尔将船抛进河中,自己跟在它后边行走,待到走过一段路程,到河下方的时候,再把船控制住。

那是一盘关系到这个老头儿生死存亡的棋。毋庸置疑的是,他选择了上述几招的其中一步,毅然离开了营地。他的足迹是几个月后在距阿拉拉瓜拉不远的地方被一伙猎人发现的,猎人们是到那儿打河狸的。

事实上,在鲍威尔出发几小时之后,当库维略斯开始感到彻底的孤立无援时,便又做出了反应:他像是终于下了决心,在他的笔记本上潦草地写了一些这样的话:

"如果有人到营地来,请到河下方五六个小时路程的地方去找我。我去找埃内斯特了。——本哈明"

但是,他没有走,因为这些在笔记本上占了半页纸的话又用同一支铅笔涂掉了。接下去，在说了一大段告诉家人的话之后，他又这样写道：

"埃内斯特大约沿河岸走出了六个小时。"

从那一刻起，库维略斯决心在那个营地上面对死神的到来了。他之所以不想离开那个营地，最主要的是出于担心失掉一份稳定的工作，就像他在跟妻告别的一刻说的那样，那份稳定的工作保证会使他"过上好日子"。

那时他流出了眼泪，哭了：

"那是上午11点钟，我想起了我所有的兄弟姐妹，他们没有一个人来看看我。如果您看到我当时的情形，您也会哭起来的。"

到了他怒不可遏、需要发泄一阵的时候，他抄起一把刀子在树林中走了起来。他不时地在树前停下来，在树干上刻出两个大M字母，然后再对着树干用刀尖噼噼啪啪一阵乱扎。在另外一些树上，他用刀削去树皮，画出一只手枪，又在手枪的枪口上刻出两个大M字母。此后，他便回到棚屋，拿过笔记本，在上边歪歪扭扭地写了一行行的字：那些句子表明了他面对死亡的痛苦。这种死亡他从童年起就了解，就嗅闻到，就摸得着，就是说，他从为来此地而离开咖啡园的那一天之前早已就熟悉了。他开始写他的遗嘱，内容如下：

亲爱的兄弟姐妹们，我的小侄子、侄女、儿子，女人们，今天我怀着对家人的爱立下这份遗嘱，为的是让你们记着我，也为了让我记住你们。我死在了马丁·莫宁斯塔的营地上。我对你们的唯一嘱托就是把家搬到锡斯内罗斯去，并且把家操持好，求你们了。

这儿已没有日期的概念。我跟上帝活在一起，我跟上帝而去。我把《圣经》留给费尔明，此书跟我留在这儿的衣物放在一起。你们不要把《圣经》作另外处理，一定要交给费尔明，它包在一个女孩的被子里。别了，费尔明。一次次地吻你。

我把这些日记留给费利克斯。我向我的儿女和兄弟姐妹叮嘱了许多事，大概我再也见不到你们了。

我在这个倒霉的营地待了三个月。狗和一切都死掉了。仁慈的上帝还是给了我们饭吃。我病了，另外一位先生也病了。

在营地已经完全失去了时间概念，你可以把时间说成任何一天，说成任何月份；但是在几百公里之外的地方，那是11月份。在弗里茨的日记上，写的是14日，一个礼拜天：

"我们从波哥大去了弗洛伦西亚，又去了波多黎各，因为莫宁斯塔正驾驶着他的小飞机在波多黎各的那一地区从事商务活动。他在到处奔波同庄园主打交道。我们在波多黎各等了他几天。那种等待是令人难以忍受的。莫宁斯塔没有时间同我们交谈。我们怀着急切的心情打算租用他的小飞机飞到亚利上空为本哈明和斯里姆空投食物和物品。但是，莫宁斯塔忙得不可开交，不同我们谈。他什么都不放在心上。我们不得不再次回到弗洛伦西亚，谈了组织一次救援的需要。我们找市长谈了这件事，可我们不知道他们做了些什么事。我们从伦理道德上负有义务，这就是要把事情告诉所有人，让他们做点什么。空军基地说比奇克拉福特飞机已经散了架。我们打算再回到波多黎各去用轮式飞机组织一次空中救援。"

维森特："在那个时候，马丁再次拥有了轮式飞机，他的事情也非常多。由于他喜欢飞行,他天天都在飞。有几次我跟他一起飞。我记得有那么一天,是个星期日,我们去'柏林'。马丁跟吉列尔莫·巴伦西亚和堂安赫尔打赌,他说他能把一个啤酒瓶放在一个篱笆墙的柱子上,然后穿过去,用飞机翅膀梢儿将它撞翻,而他会平安无事。我对他说:'您别干蠢事,我们会送命的,因为您喝醉了,会看到瓶子是双影,撞到柱子上。'他说:'不会,我们只把瓶子打破。'我仔细地将他审视了一番,他转过身来又对我说:'您害怕?'我说:'瞎扯淡,您会撞到树上的。可是,不管怎么说……我们走吧!'于是我登上飞机,我们就起飞了。当然,他用机翅膀梢撞碎了瓶子,但是,墙柱的顶端却擦到了机翅的下方,将它划了一道他妈的好大的口子,撞得机身倾斜起来,就像一只鸡挨了一棍子侧起身子一样,接着又刮掉了前方的树枝。这之后,我们才把飞机调整好,继续往前飞去。马丁说:'现在我们不回那些婊子养的待的地方去了,免得让他们说三道四。我们把瓶子打碎了。我们去彭哈莫牧场吧。'于是我们飞往彭哈莫。风吹着机翼上那道大口子,发出尖厉刺耳的响声,这可不是闹着玩的。我们到了彭哈莫,用胶布和铁皮把机翼的口子封好,这才飞回'柏林',说是马丁赌赢了。"

"赌了什么?"

"什么也没赌!"

"后来帅哥古斯塔沃·希拉尔多来了,马丁将他从头到脚仔细地打量了一番,转脸对我说:'我欠这位帅哥7000比索。'我们交谈了一会儿,马丁让帅哥上了飞机,我们请他跟我们一起飞行,帅哥痛快地答应了。他们一边无拘无束地交谈着,马丁一边把飞机升得很高,说是距地面有差不多15000英尺。当飞机在高空飞行时,马丁对古斯塔沃·希拉尔多说:'喂,帅哥,我欠您7000比索,您能少要点吗?'帅哥说:'不,不,不,马丁,您对我分文不欠。'马丁说:'不,婊子养的,您是个讨账鬼。'说罢,马丁把发动机熄了火,呼!飞机翻着跟斗飞快地降下来,接着便着了地。那位帅哥从飞机里走出来时吓了个半死,脸白得没有了血色,话也说不出来了。不消说,他们落地之后,债务也就和平解决了,马丁不再欠古斯塔沃·希拉尔多一个比索……

"还有一天,马丁让帅哥一副狼狈相回到家中……那是我们乘飞机从庄园返来,马丁说:'帅哥在那儿,我们吓一吓这个婊子养的。'于是马丁让飞机急剧下降,擦着骑在马上的帅哥的脑袋过去。飞机让马大吃一惊,它猛地一蹿,把帅哥掀到了地上。帅哥再顾不上骑马,撒丫子一阵疯跑回到家中。我们让飞机重新升高,去了港口,这个玩笑开得大了点儿。马丁说:'维森特,我们现在可不能遇上帅哥,这次这个老东西可真发火了。'那天下午帅哥到我家来了,他对我说:'这个狗娘养的美国佬差点要了我的命,太吓人了,我的上帝。'"

第十四章

没有船,没有发动机,没有人陪伴,库维略斯一个人孤单单待在棚屋里。

在那种情况下,鲍威尔小心翼翼收藏起来的武器对他没有任何用途。库维略斯认为他应该坚持到最后,因此他在棚屋周围架起了几个帐篷遮蔽风雨,因为那正值隆冬时节。

照鲍威尔和库维略斯最后写的日记看,六只狗已经死掉了四只,储藏室里只剩下一点大米、盐、三瓶辣酱油和少许咖啡。不过,看来热病使库维略斯无法砍柴,也无法生火做饭,因此他只是在睡觉的床左边放了一锅水解渴。

对库维略斯来说,生命向来具有一种特殊的意义,因为他是在死神身旁长大的。

我还在活着的时候,
他们就已把我埋葬,
可我永远拥护他们,
从不把他们抛弃。

他的遗嘱很短，也很简单。在写遗嘱的时候，显然他的情绪是极为复杂的，这从字体的不断变化上可以看得清清楚楚：

我不是哭泣着写遗嘱，因为上帝不允许我这样做。他给了我生命，他也剥夺了我的生命。我死在了这座地狱之中。魔鬼天天都来，他要把我带走。

当第一次读罢这些句子的时候，安娜·胡迪特——抚育库维略斯长大成人的姐姐——那双美洲狮般的小眼睛闪出了异样的光芒。她不忍再看下去了。她把目光转向一旁，沉默了良久，手中紧紧攥着遗嘱的复印件。当她又开口讲话的时候，便问我是否可以把那些复印件送给她。我作了肯定的回答。

她跟弗里茨、埃德加和布埃全家人一样，也跟马丁本人一样，不愿意回忆这段历史。

在五天的时间里，我都提前到波哥大机场去等她，但每次都在电话里听到罗韦斯彼雷·罗德里戈斯同样的解释："胡迪特夫人今天还是不想去，我们怎么办？"

为了在弗洛伦西亚找到胡迪特夫人，三年中间我去了这个城市四次，但是连这家人的影儿都没有见到。于是我们在两天中间，通过该城的三家电台几乎是不停地呼叫。当一切迹象都似乎表明这家人已经死绝了的时候，一个年轻女子来到了"雨林之声"电台。那是胡迪特的女儿，她的母亲在另一个城市，但是那天晚上就会赶到。过了两天，三天，四天，胡迪特没有出现，那时，在见到了她家的一些成员之后，我回到了波哥大。

一个星期之后，罗韦斯彼雷同胡迪特夫人联系上了。她开头的反应是拒绝。她不想谈本哈明的事，但最后她还是坐到了我的面前。她是连续坐了 23 个小时的长途汽车赶来的。波哥大的寒冷把她冻僵了，她的双眼是湿润的，目光远远离开本哈明那些语句，但是她却紧紧把文件攥在手中。

"这么长的时间都想忘掉他……但是，太难了。您会理解的，对吗？您会理解的，真是太难了……不过，好吧，喂，我们谈谈本哈明吧。本哈明是我们兄弟姐妹中最小的一个，15 个兄弟姊妹的最后一个。情况是这样的……我来给您讲讲吧：父母的第一个孩子叫费尔明·安东尼奥，费尔明·安东尼奥之后是赫苏斯·玛丽娅，赫苏斯·玛丽娅之后是阿韦拉多，阿韦拉多之后是阿韦利诺，阿韦利诺之后是埃韦利娅，埃韦利娅以后又是一个阿韦利诺，因为第一个阿韦利诺死了。又一个阿韦利诺之后是埃尔南多，埃尔南多之后是索莱达，索莱达之后是路易斯·阿尔贝托，路易斯·阿尔贝托之后是我安娜·胡迪特，我之后是费利克斯·阿图罗，费利克斯·阿图罗之后是欧尼塞，欧尼塞之后是罗萨尔瓦，罗萨尔瓦之后是诺埃尔，诺埃尔之后是本哈明。事情就是这样。本哈明，父母的子女中末了儿一个。

"在本哈明出生许久以前，我父亲是个穷苦人。但是，一天有人告诉他，雷斯特雷波政府要卖一个废弃的庄园，价钱十分的便宜。我们去了那儿，嗬，那儿既没有房子，也没有牧场，只有山和荒草。不过，我父亲说那是国内最好的土地，他在那儿搭了一间棚屋，一位住得很远的（差不多有三个小时的路程）先生送给了我们一些香蕉树，并且借给了我们一匹小马让我们把它们运回来。经过长时间的艰辛劳作，老头儿把那90公顷的土地变成了一个咖啡种植园。那是在安第斯山深处，我们有了马匹，有了自己的畜群，有了猪，有了许多许多的财富。那时，我们每个人都有了自己骑的马。由于我们兄弟姊妹那么多，父亲在他的房子旁边建了一所学校，并且为女教师盖了卧室、厨房和独立的客厅。我们就在那儿读书。由于我非常喜欢读书，我还被送到布加去读中学，我可以说那是一座位于国家文明地带的城市，距亚利地区的热带雨林有数千里之遥。

"那大概是1949年或1950年，我已记不准确了；父亲派人去通知我放假不要回乡下了，因为那儿正在杀死男人，正在强奸妇女，当然，杀死的男人和儿童、强奸的妇女都是属于同一个政治派系的。那是暴力时代的开始，是当时的政府发动的一场针对自由党的内战，自由党是反对党。可是，我不明白那是怎么回事，因为我是在和平的环境中长大的。

"几天之后，有些消息传到了学校，在索拉尼卡、塞兰和贝塔尼亚几个地方，同我一起读书的一些女孩子和家属被杀了。在杀死那些人之前，他们先拧下他们的脑袋或砍下他们的胳膊，还有一些人家的房子被放火烧掉了，所以，家家户户的老百姓都惊恐万状地逃难到城市里来了。大概我对这场暴力的第一个印象是这样的：一天，我们到校外去，看到到处是一家家的人坐在大广场的地上，他们带着箱子，带着一些鸡或猪，带着孩子、女人、老头儿和老太太。他们在那儿完全被遗弃了。'他们已经在露天睡了好几个夜晚了。'一位女老师说。我问她那是为什么，她回答说：'因为我们处在暴力时代。'"

所谓"暴力时代"，就是整整十年的恐怖时间。根据像法尔斯·博尔达、古斯曼·坎波斯和乌马尼亚·卢娜这样的历史学家们所说,这十年中间的死亡人数跟朝鲜战争中死亡的人数差不多。

在哥伦比亚,要么生下来就是保守党人,要么生下来就是自由党人,在一个病态的、营养不良的国家里,在最近一个半世纪中,这种政党派系之争是死亡率高的主要根源。

在"暴力时代",每天都有成百上千的人由于他们的政治色彩而死亡,或者至少是被剥夺财产,挨棍打或被以血腥的方法流放。但是,制造这千千万万桩暴行的领导者们却没有流一滴血。倒霉遭殃,做出牺牲的主要是农民。

在"暴力时代",哥伦比亚历史无可挽回地被劈成了两半,其后果影响之深远,甚至连孩子们的语言和习惯、农村的建筑风格以及农民的夫妻生活方式都改变了,男人要想同自己的妻子亲亲热热、恩恩爱爱地生活在一起都十分困难了。

胡迪特:"尽管我父亲吩咐我在假期结束之前不要离开学校,我还是去了'火山'(这是我家乡的名字)那儿,因为我想家。我发现……我发现,我的上帝,家乡跟我离开它去上学的时候完全不一样了……我父亲跟男人们住在我家房后的一个小屋子里,我母亲跟女孩子们住在另外一个屋子里,仿佛他们是两个陌生人。父亲不能出屋去照看牲畜,也不能去耕种咖啡,整天只能待在家中。夜晚是恐怖的,我们有时睡在过道里,有时睡在花园的灌木丛中,这要根据传来的消息而定。一些人睡觉,一些人还要站岗放哨,他们时刻担心那些人会出来杀我爸爸和小伙子们,因为他们不属于执政党。

"那时本哈明还小。我像是见到了他:一头金黄色的头发,半裸着身子,因为他自己把衣服脱掉,脸很脏,因为他在地上捡到什么就玩什么。他是最小的一个，很喜欢我，于是我就变成了他的保姆。当时的情况是这样的：他刚刚学会走路，他的玩具是小棍、树枝和破旧家具的木块，他把这些东西当做手枪和步枪，这样他就学会了'枪击'、'刀砍'、'我恨你'……就这样，在'火山'那地方暴力的熊熊烈火很快蔓延起来。

库维略斯姐姐安娜·胡迪特

"第一次痛苦焦虑的时刻也至今仍旧活生生印在我的脑海里。那是一个黄昏时分，天渐渐暗下来，像每次我们睡在家中一样，我们早早地关了门，并且牢牢地把门拴好。房子只有一扇门，因为为了保护我们，父亲把另一扇门用砖垒死了。窗户一个也没有了，也都是用砖垒死的。唯一朝外开着的就是这扇门和一道墙缝。那墙缝很长很窄，就在厨房的后墙上，炉灶的烟雾从那儿冒出去。从那时起，我们的家乡就传下了这么个习惯，现在建房子时窗户依旧很少，而且从不在前边留窗户，厨房的山墙中央则留一道笔直的缝排烟。那一天，我的母亲早已在圣神前点起了五六支蜡烛，正当我们想睡觉的时候，我们听到房后边（屋后有一道悬崖，悬崖下边流过一条小河）……听到房后边有一伙人乱哄哄地从桥上走过来。母亲说：'孩子们，他们要来杀我们了。'她站起来，把我们所有的姊妹都搂在怀里。我把本哈明从床上拉起来，也抱在怀中，而且抱得很紧；同时我也抱住了母亲。欧尼塞跑到祭坛前吹灭了蜡烛，然后又回到我们大家所在的地方跟我们抱在一起。我父亲跟小伙子们在后边的房子里。我不知他是否听到了动静，因为我母亲讲话的声音很低，我们都在哭。当外边敲门的时候，我们都在屋子中央，但是我们不敢动。外边又响起了敲门声，而且敲得更响了，那时我母亲稍稍放下我们去开门。我跟她一块走过去，怀里还抱着本哈明，他也在哭，因为他听到我们在哭。外边站着四个男人，一个人叫我拿出蜡烛来，我照他的话做了。当他划着火柴点燃蜡烛的时候，我感到他看了我一眼，并且说道：'这个胡迪特可是真的害怕了，对吗？'那是个熟人，但属于另一个政党，他们是手中拿着砍刀和某些武器的罪犯。他们搜查完我们的床铺，又去了男人们的房间。他们把男人们叫醒，一个一个地将他们仔细看了一遍。我们在等待着他们杀死那些男人，于是哭得更凶了。但是他们什么也没说，只是又搜查了一番，看了看床铺下边，什么也没说就走了。他们是找华金·戈多斯，我父亲的一个朋友，前一天晚上他从家中被赶出来睡在了那儿。华金上了黑名单，他的时辰到了。他犯的罪行就是他跟自己的家人属于同一个政党。他身体健壮，有自己的房子，还在我们的家对面开了一家肉店。那天晚上他睡在了烤面包的炉子中间,大难不死,得救了。第二天一早他便上了山到另外的地方去了。他把一切都扔掉了,完完全全地扔掉了:土地、房子和牲畜。他就穿着身上的衣服走了,以后再也没能回到'火山'。

"这是我第一次痛苦的记忆,因为从这一刻起,再也没有了和平。就在那个星期的周末,他们杀死了霍埃尔·托雷斯,那仅仅是个10岁的孩子,而且是弱智。他们本来是要找他13岁的哥哥莱昂内尔的,由于没有找到,便杀了这个小弟弟作替身。他们说,反正都是一个无神论者的孩子。

"光阴荏苒,本哈明在这种恐怖的气氛中渐渐长大了,他每天都过着提心吊胆的日子。在他六岁左右的时候,一天下午他急急忙忙地跑回家来,脸色煞白,浑身颤抖不止。那天他在外边玩耍,他没有招惹任何人,因为他是个孩子。他说敌人看到他,就向他扑了过来,他想那些人要把他杀死了。当然,那些人手中提着手枪追赶他。可是由于他机敏得像只兔子,飞快地钻进窄叶竹丛中消失了。他跳进一条河,游到对岸跑回家中。他说那些人高声喊叫着他是埃利亚斯·库维略斯的儿子,早晚要丧命的。

"几个星期之后,我们听到那些人又去了埃韦拉多·卡萨利亚斯家。他们叫了几次门里边没有开,他们就把门撞开了。他们把埃韦拉多·卡萨利亚斯五花大绑绑了出来。他们骑在马上,把他带到一道河边的悬崖上,那条河在一个叫'森林'的庄园对面。他们在那儿打他,直到把他打死,然后就从一块巨石上把他扔下去。第二天,那个庄园的总管维克多·阿里亚斯说出了他们是如何把那个死人扔在那儿的,那些人闻讯后又返回来,将死者在下边一点的地方掩埋了。但正巧来了一场暴风雨,河水猛涨,尸体被冲出来,落在了我们庄园的对面,上边盖着一层河滩的沙子,但是一条腿露在外边,在太阳下闪闪发光。本哈明下到河里想看看那闪光来自何处,回来时大惊失色。卡萨利亚斯也是一个好人,像别人一样,他是一个美丽的咖啡园的主人。

"在埃韦拉多之后,就轮到了马里奥·西富恩特斯了。马里奥·西富恩特斯得以逃脱,住到了图鲁阿去,但是,两年之后他决定回家乡,不声不响地回到了他的庄园。那天下午一个小孩来到我们家,说马里奥先生晚上要睡在那儿,希望我们借给他一支猎枪。似乎我们对这类事情已司空见惯,我记得当时我们告诉那男孩说,一个人一旦上了黑名单,世界上的任何武器对他都无用。但不管怎么说,我们还是把猎枪借给了他。第二天一大早,那孩子就把猎枪还回来了。他说:'马里奥先生还没拿到猎枪他们就把他杀死了。当时马里奥在过道里,他们来了。他们让他点上蜡烛供他们点烟用。当马里奥正要掏火柴的时候,他们一阵乱枪把他打死了。'

"就这样,男人们一个接一个地倒下去了,都是些村子里最勤劳的男人;他们有最美丽的咖啡种植园,他们都属于我们那个党。如果不是趁晚间在庄园里杀死他们,就是趁礼拜日在村子里杀死他们。那时候,对我们来说,出门到教堂做弥撒,回来时死在广场上是稀松平常了……我永远忘不了胡安·波拉斯之死,因为那是我们亲眼看到的,当时本哈明跟他在一起,他吓得魂不附体,哭了起来。那时我们从教堂回来,突然看到一个人从我们面前跑过,后边有三个人追他。那是胡安,他已经腹部中弹,受了伤,不知道跑到哪儿躲藏。那时他看到教堂牧师内尔松·格雷罗·加西亚的酒吧间敞着门,便躲了进去。加西亚神父亲自出面处理这件事,不过,他不是保护胡安,而是把他赶了出来。那时胡安仰面朝天叹道:'唉,卡门圣母呀,救救我吧!'追赶他的那些人对他吼道:'救你的人在这儿,你这个无神论者。'他们连踢加踹地把他拉出来拖到广场中央,在那儿用砍刀一阵乱砍结果了他的性命。后来本哈明对我说他一辈子都忘不了那个场面。不,是那些场面,因为那种场面是数不胜数。

"当时我爸爸有两个庄园,他决定将它们卖掉,因为我们都长成了大姑娘,他为我们担心,担心女人们遇到的那种危险。这件事和整日令人惶惶不安的紧张气氛都使他厌倦了,他和我妈妈决心离开

本哈明·库维略斯

那个地方。在那种年月,唯一买地的人是属于另一个党的人,当然,地价很贱,几乎等于白送,因为那是一笔交易。田间已经无事可做,摆在面前的只有两条路:死亡或把地卖给那些人。很快有一个叫埃皮塔西奥·雷斯特雷波的人来买地了,出价10000比索(实际上,那庄园的价值超出这个数10倍),先付了3000比索,说好余下的半月以后结清。

"我父亲告诉我们,他要用8000比索在另一个地方买一幢房子,我们要做点事,但是我们必须尽快离开那儿。过了一些日子,当结账的日期临近的时候,请好好注意,他们派人到我们家来了,通知我们说,在'Z'的家中要举行一个聚会,'Z'是杀人和把人赶走的那些人的小头头之一。我们的第一个反应是不去,但是,不去也是要倒霉的。那天晚上我父亲做了一个梦,梦见在池塘里游泳淹死了。举行聚会的那天早晨,他把梦讲给我听了,我对他说:'亲爱的爸爸,这意味着死亡。'我们正这样说着,有人牵着几匹备好鞍的马来了,那是'Z'家派来接我们的,我们只好硬着头皮去了。到了那儿之后,我妈妈和我们姊妹都不让爸爸喝酒,尽管那儿摆了很多酒,很多菜,还有音乐伴奏。乐师们都是主人的亲戚:塞利奥、堂曼努埃尔和蒙乔……聚会是在一个星期四下午的3点钟开始的,到了星期五清晨4点钟,我爸爸开始喝酒。6点钟的时候,他让我们和妈妈回家,他自己爬到'Z'家的一匹马背上去了村子里。整个星期六他都在跟他们一起喝酒,到了很晚的时候,他才让诺埃尔和本哈明把一星期的肉送回家,他自己继续在那儿喝酒。晚上6点钟,我的教父埃克托尔·坦加里费看到他跟'那些人'在一家酒馆里,就把他拉出来送回家,但是,夜间清晨4点钟,'那些人'又来找他,把他带去继续喝酒。事实是,星期天黎明的时候，一位住在酒馆对面的太太从窗户里听到了我父亲的声音，他说：'求你们了，如果你们要杀死我，就请你们在这儿杀死我，不要把我扔到河里去，我希望我的孩子们再看到我一次，哪怕是死尸。'夫人说没过一会儿就看到他出来了，一只手捂在胸前，另一只手在他背后倚着的石头上，接着她就看到石头被血染红了。她说：'他们把他杀死了。'当堂华金·萨尔塔的孩子们从那儿走过的时候，我的老父亲就在那儿，那些孩子对他说：'来，堂埃利亚斯，我们来帮帮您，因为您醉得太厉害了。'父亲举起一只手伸给他们，他们看到从他的胸膛上忽地涌出一股鲜血，那是刀扎进了他的心脏里。

"来人通知了我们，我们和本哈明赶到了那儿。本哈明彻底地变了，站在我爸爸的尸首前，他似乎变成了另一个孩子。有人跑去告诉了内尔松·格雷罗·加西亚神父，就是这位教区神父，平日三天两头光顾我们庄园，每次来他都把自己写的一张卡片交给我父亲，卡片上写着埃利亚斯·库维略斯是耶稣圣心和至高无上的圣母玛利亚的保护者。在我父亲读卡片的时候，他就让人牵一匹马来，驮上咖啡、菜豆、玉米、干酪、鸡蛋和雏鸡。有时格雷罗神父用两匹马尽量多地驮走我们的东西。但是，父亲死的这一天，他再也不是耶稣圣心和至高无上的圣母玛利亚的保护者了，格雷罗神父对去通知他的人说，埃利亚斯·库维略斯需要圣油，'对这个自由党的无神论者，什么都不要给他。'

"三天之后，政府当局终于允许我们埋葬父亲，我们把他埋在了远离我们家乡的图鲁阿，因为在那儿举行葬礼时家属没有危险，朋友们也可以去墓地。天哪，他们杀了人，即使在下葬的那一天都不让他得到安宁。

"跟我爸爸一起举行葬礼的还有堂安东尼奥·莫雷诺,他是在村子里同一个星期天上午11点钟被杀的。莫雷诺是我们的邻居,住在岳父堂库斯托迪奥·基塞诺的庄园里,基塞诺几个月前也被杀了。

"这一年咖啡的收成特别好,可是没有人下地去收摘。于是'他们'来了。他们背上挎着手枪,强迫我的兄弟们到死者或逃跑了的人的庄园里去收摘。

"首先在堂安东尼奥·莫雷诺庄园里开始收咖啡,接着便去了堂娜罗萨里奥·桑切斯的庄园。桑切斯的丈夫被杀、儿子们被赶走,这个寡妇跟随着儿子也离开了庄园。这个庄园落到了杀死她丈夫、吓跑她儿子们的人手中……然后他们又去了堂胡安·马丁的庄园;马丁也逃跑了,把他吓跑的那些人不仅占有了他的咖啡,而且占有了他的土地。堂胡安再也不能回他的庄园了。在这次收获中,他们把我的兄弟们当牛马使唤,他们干活干得辛苦。活干完了的时候,他们说他们感谢我的兄弟们,他们饶他们不死。他们把咖啡运去卖了,而且卖得很贵,因为那一年咖啡涨价了。这就是他们新的市场'繁荣昌盛',可这种'繁荣昌盛'是以我们更多的鲜血为代价换来的。"

"此话怎讲?"

"'因为随着咖啡价格的上涨,土地的价格也涨了上去,因此他们就更渴望得到土地;而为了得到更多的土地和收获更多的咖啡挣钱,他们就得杀更多的农民。您懂我的意思吗?这就是当时他们所谓的咖啡市场的'繁荣昌盛'。

"我父亲死后,我的兄弟们继续遭受迫害,我们不得不抛弃庄园离开那儿。买下庄园的人占有了那片土地,可任何文书都没有签……您看,在这样交易中唯一签订的文件就是我父亲的死亡证书。

"我们到哪儿去落脚呢?这是我们一家人共同面临的问题。去城里,到图鲁阿埃佛拉因·贝尔纳尔家中去,这位先生也是在一天晚上被赶跑,失去了'火山'家乡的田产的。在那儿,我们一家人挤在一间房子里,生活十分的困难,因为我的兄弟们习惯了在庄园里对工人们发号施令,到了城市里什么都不会干。

"这迫使我们又回到涅韦斯去,那是我们的第二个庄园。但是我们到那儿后没过几天,我的跟另一个党的男子结婚的姐姐欧尼塞就派人来通知我们赶快逃跑,说那天晚上'他们'要来杀我们。听到这一消息,我们每个人都带了点随身穿的衣服跑到咖啡园里躲起来。当时我正等待生我的第一个女儿,我们在咖啡园中一直待到天明。那天晚上,我们听到枪声不断。黎明时分,我嫂子奥利瓦离开咖啡园去找军队,来了一支巡逻队把我们护送到村里。从那儿,我们各奔东西,去了不同的城市。整个家庭四分五裂地拆散了,每个人去投奔一个亲戚,一个朋友,或一个邻居,这些人都住在遥远的地方,从那儿再寻找以后的生路。我把本哈明带在了身边,那时他该是12岁。

"我的母亲失去了丈夫,失去了孩子,失去了一切,物质上两手空空,她病了。医生来为她诊病,什么病都查不出来,他们说,她是精神痛苦,这痛苦逐渐消耗着她,直至夺去了她的生命。

"那段时间,我们靠向姐父维克多·阿利亚斯借债过活,他属于另一个党。大概我们借债把他借烦了,他说唯一的办法是我们把庄园卖给他。我们也只好把庄园卖给了他,价钱比实际价值少得多。这笔交易做成的时候,实际上由于我们欠他的债,庄园已经是他的了。结账时他还欠我们一点钱,他给我们签了一张1800比索的期票。没过几天,我自己的小庄园也卖给了他,他只付了500比索。说实在的,我需要钱。

"这之后,我们四散逃亡的家人就来到这些密林中,也就是今天我们家大多数人住的地方……我不知道……由于他经历的这一切,本哈明自幼就养成了一种反抗的性格。请注意,他从小受了很多苦,由于政治上的原因受了很多伤害。他对所有不公正的东西都怀有一种刻骨的仇恨,对所有欺侮别人的事情都怀有一种刻骨的仇恨,他就是这样成长起来的。我认为他是个善良的人,是个好人。对,我弟弟是个善良的人,是个好人!"

库维略斯一家的经历就是50万哥伦比亚人的经历;他们在野蛮的迫害之下,从50年代起开始进入了这些热带雨林。

> 请莫宁斯塔付给我的寡妇我七个月的工资,
> 共计1050比索。
> 也许我的死是最可怕的。
> 我怀着一切甜蜜的欲望死去。

随着营地的日子一天天过去,库维略斯更加神志不清,更为凄惨了。在遗嘱的最后几页,他翻来覆去地提到撒旦和地狱,这肯定跟奥斯卡在发现他的骷髅时在冰箱里看到的那个形象有关,那个黑色的魔鬼"眼睛和嘴巴都涂成白色,头上打着结,像是长着角"。他遗嘱最后这样说:

> 我宁肯跟它们一样饿死也舍不得杀掉它们;
> 我没有杀了狗吃掉,我可怜它们,下不了手;

我把灵魂交给魔鬼。

上帝和魔鬼。善与恶。发烧似乎把塞兰的教区牧师内尔松神父和"Z"家族连在了一起。库维略斯在成千上万棵血树的森林中东冲西撞地乱跑，就是跑不出来。

我死在了这座地狱中。魔鬼每天下午都来要把我带走。上帝和我在一起，但是我的灵魂将交给魔鬼。魔鬼像头猪似地从河里钻出来看我。今天它像条狗似地来到营地：黑脑袋，还长着角。它要把我的灵魂取走。我在发烧，几乎不能走路，孤零零一个人待在这儿。但愿费尔明代我照顾我的孩子们。

11月15日，一大早沃尔夫冈和弗里茨就从弗洛伦西亚到了哥斯达黎加。马丁在那儿有一座庄园。他们等着马丁，希望同他一起乘轮式飞机飞往营地。奥地利人的计划是，在组织救援的同时，再一次飞越雨林向两个困在营地的人空投食物和药品。但是马丁没有出现。

弗里茨："那时，我们去了莱吉萨莫港找一个向导，让他陪我们去亚利。我们要找的人名叫欧多罗，他能讲几种土语，其中包括卡里霍纳语，因为我们想到那些印第安人有可能是卡里霍纳人。我们找到了欧多罗，雇用了他，但是终于未能成行。我们一心想办成点事，所以重新回到了波多黎各。马丁答应12月13号来，于是我们又等了两个星期。在这两个星期中，我们去了弗洛伦西亚，同人们商谈救援营地里被困者的事。13日我们回到了波多黎各，但是马丁还是没有来。他在忙于他的飞行业务，腾不出时间来做我们要求的事。当时我在日记中这样写道:'我们在波多黎各和佛洛伦西亚浪费了六个星期,几乎把全部奖学金花光,我们不知道该怎样生活下去。我们在波多黎各跟卡耶塔诺神父进行了交谈,他说在亚利这件事上,他的兴趣是在于'拯救一个种族'。我们破产了,几乎变得一无所有了。我们写信给我们奥地利的家人,让他们给我们寄钱来,以便我们能维持生活。在这期间,我们在一个村头上过夜,住在一幢人们称之为饭店的破旧房舍中。'"

维森特:"马丁飞行很多,他用那架小飞机来回穿梭地飞行为人们效劳,十分的辛苦。他尽一切可能帮助别人,对地区的所有事情都是百倍关心。有个人病了吗?他就去把他扶上飞机送到医院。需要把东西送到庄园吗?他会一刻不拖地前去帮忙。一天,我陪他一起飞行。我们回到这儿的时候,天已经黑下来。飞机降落,正在跑道上滑行的时候,他看到前边有一块大石头。那时他踩着飞机刹车对我说:'哎,巴森特,石头会把飞机轮子撞坏的,下去把它搬开。'飞机停了下来,我下去把石头搬到一旁,又回到飞机上。到了跑道尽头,一个陆军中尉出现了。他说我卸下了一箱毒品,把它藏了起来。他逮捕了马丁,把他带走了。那时,所有的人都说话了,大家说这么做不对,事情不是这样,马丁是个忠厚人,是个好人。他是一个很能干的人,唯一爱干的事就是为大家效劳,帮助别人。结果他被释放了。自由以后,一天下午他碰到了陆军中尉。他对他说:'中尉,您喜欢坐飞机吗?'中尉说:'对对对,那还用说,带我飞一圈吧,我想学学驾飞机。'此时天已黑下来,马丁对他说:'明天早晨6点30分您在跑道上等我。'第二天,我们按时到达了那儿,接着中尉带着几个士兵也来了。马丁登上飞机后对我说:'今天我要让这个婊子养的屙在裤子里。'中尉上了飞机。马丁开动马达,飞机腾空而起,接着就直朝一块巨石飞去。当眼看要撞上的时候,他一下把飞机拉了起来,在高空飞了一阵之后,他又朝巨石俯冲而去,然后又重新将飞机拉起来。这样折腾了大约十分钟,飞机降落了。中尉走下飞机,脸色煞白,白得没有一点儿血色。我问他:'您觉得飞得怎么样,中尉?'他说:'哎呀,我一辈子再也不坐这家伙的飞机了。'我对他说:'这是因为您把我们当成了走私犯。'他说:'不,你们不是走私犯,我把这个家伙看错了,真该死!这位先生很了不起。'"

在经受了一阵经费困难之后,年底之前,沃尔夫冈和弗里茨两位人类学家收到了家人寄来的钱,于是他们重新又去努力设法营救鲍威尔和库维略斯。

弗里茨:"我们租了一条'小灯笼'号小船,船主是个几乎不开口讲话的人,非常地自我封闭,人们叫他'哑巴'。我们的计划是让他开船沿卡关河而下,寻找最短的距离到达亚利,从那儿再乘水空两用飞机前进穿越雨林,但是我们的计划全都失败了,于是我们又回到了波多黎各。

"在那儿我们终于见到了马丁,因此我们又计划飞到营地去送救济品。我和沃尔夫冈买了食品,把它们结结实实地打到包里,又用绳子捆好。一切准备就绪之后,马丁对我们说,这次飞行我们得付他钱。为此我们签了协议,向他做出保证。没有别的选择,我们得付他钱。我们起飞之后,天空乌云滚滚,酷似一个云海。没法往前飞了,10分钟后我们又返回了波多黎各。总共飞了20分钟,马丁按照定好的价格收我们钱,我们连口袋中最后一分钱都掏出来了。"

沃尔夫冈和弗里茨完全失望了，他们明白了对救助鲍威尔和库维略斯已无能为力。他们失败了，于是他们决定离开那个地区，去时他们不无令人伤悲的心酸，那种心酸一直留在他们的脑海中，他们力图抹去都抹不掉。

不过，说实在的，即使他们乘坐马丁的飞机完成了后一次飞行，也为时已晚了，那已是12月末，就是说，从他们离开那个地狱般的营地算起，已经过去了135天（四个半月）。在这四个半月中，那两个留在营地的人早已命丧黄泉了。他们病了，又没有了吃食，8月的一个下午，他们在亚利河的左岸死去了。

在库维略斯的小笔记本上，最后的几行铅笔字是用颤颤巍巍的手写出来的，字迹模糊不清，但尚能辨认：

在这个该死的营地三个月了。狗死了，一切都死了。马丁：请您把我带回家去，哪怕是尸体也好，把它交给我的家人，求求您，不要把我扔在这儿。好好待承我的孩子，他们已成孤儿。我不是在河中淹死的，而是走不出森林被饥饿和病痛折磨死的。

营地的七只狗中，一只在狩猎远征中落入虎口，三只在孤独无援的日子中被饿死，三只面对那场悲剧凄凄惨惨地活了下来，它们离开了库维略斯，可能当时库维略斯已不在人世了。

圣诞节那天早晨，一个住在距营地直线300公里的卡关河畔的名叫维克多·查尼的垦殖者出门去找藏在河边沙滩中的乌龟蛋，无意中看到了下边的情景：

"我离开家沿河而上走了半个小时，"他讲述道，"看到一个动物在沙滩上晃动。我走了过去,见是一只瘦长的红毛狗,脖子上戴着粗大的颈圈。我立刻认出了它,因为它的前额上留有一道虎抓的伤痕。它是维森特·金德罗的塔尔桑。那是一条狩猎的好狗,全村出名。我凑近它一看,马上可怜起它来,它瘦成了那副样子,简直连有几条骨头都数得出来。塔尔桑看了我一眼,意思是请求我的帮助。它已经无法站立,它的毛脱去许多,身上留有被刮破的深深的伤痕,那是某种带刺的枝条所为。它浑身是血,同时汗流浃背。我知道它就要被饿死了,我从口袋掏出了一块肉,放到它的嘴边。它已经无力咀嚼。我把肉掰成碎块,一点一点地放进嘴里喂它,又在它旁边放了些肉。它吃了一点儿,然后把头歪在沙滩上歇了一会儿,然后又抬起头来想吃肉。我把它抱到一棵树下的阴凉处,便去找乌龟蛋了,打算着回来时把它带回家去。我又往前去了一个小时,又发现了躺在河滩上的另一条狗。这是一条黄毛黑鼻子狗,它实实在在地已经死了,我想是没能去到河边喝水渴死的。我觉得它应该是那条红毛狗的同伴,因为它浑身沾满泥,脏兮兮的,肚子和腿都被虫子叮咬得烂乎乎的。它同样瘦成了一把骨头,我挖坑把它埋在了那儿。

"我捡到了很多乌龟蛋,待把口袋塞得满满的时,我便回去找塔尔桑。它已经回了家,但也已经气绝身亡。那些狗走出森林,当发现它们熟悉的土地时,便趴下来等死了。"

维森特:"另一条狗叫马戈,是卡洛斯·马丁内斯送给我的。它是个打猎好手,比塔尔桑还机灵,因为它总是站在船头,一闻到老虎的味儿,马上就会跳进水里,人们就知道猎物在附近了。塔尔桑是一条非常活泼的狗,也非常实际,它是我从埃德加·安德拉德手中买来的,这两条狗应该是同那条叫吉卜赛女郎的狗一起走出雨林的,但是吉卜赛女郎死在了路途中,被某种猛兽吃掉了。

"我想它们在明白了被抛弃在营地上之后,便穿过亚利平原,沿着一条直路往外走,打算走出森林到达卡关河。它们的方向辨别得很准,在走了两个月之后,终于如愿以偿地把森林抛在身后。而一旦走出森林,它们便产生了这样的想法:'我们已经完成任务,现在死神该来找我们了。'这就是我的那些狗。当维克多把事情讲给我听了之后,我对他说:'是塔尔桑和马戈。'它们从营地出发,沿直路在森林中穿行了300公里,来到它们的故乡在这儿去见死神了。"

第十五章

在1月的头几天,奥斯卡·里韦拉和他的同伴爱德华多到达了亚利河畔。他们把劳尔·利马,他的妻子和四个跟他们在一起的工人舍在了身后,因为在猎到一只老虎之后,他们在热带雨林中迷失了方向,在过了一个踌躇不安、争论不休之夜以后,他们决定各奔前程。

利马和他的一伙人在丛林深处迷路了,但是,凭着他的经验,奥斯卡知道他们很快就会到达那个孤单的妇女留下来照管船只的地方。

奥斯卡:"原始森林把河流密密丛丛地遮盖起来,但是,在人们沿河而下中,河道渐渐变宽,上面的林木屋顶也便一点点打开。再往下行,河道已变得有大约12米宽,太阳完全照射下来。由于在这个时节太阳正毒,所以一天中长时间的旅行十分的艰苦。

"我们开船行走了一个星期,一天下午,我们看到前方出现了一条水量丰富的河流,尽管是在夏季(旱季)。那条河水流湍急,波浪滚滚。河水的颜色如同加了淡牛奶的咖啡,但是,由于正值黄昏时刻,太阳变得酷似一个红色的火球,由于反射,亚利河水也变成了玫瑰红色。我们已筋疲力尽,这时天空出现一道彩虹,我们便停船一会儿往前观望一番。接着,夜幕慢慢降临,白天的热气开始消散,空气凉爽下来,我们许久没有见到这种夏日的黄昏了,由于我们在相当长的时间全都处于冬季(雨季),又在这条被树枝封闭的河流中过了许久,似乎我们已经忘记了太阳是什么样子。

"好啦,我们终于到了亚利,我们马上感到水流的力量拖着我们的船航行速度加快了。由于夜晚马上就要降临,我告诉爱德华多我们靠岸休息。

"第二天我们醒来时肚子饿得咕咕直叫,很想吃肉和一点盐。知道吗?我们的船上只有一点木薯粉,其他什么都没有。我们就这样往前漂流了一会儿,接着埃德华多告诉我劳尔和其他人已在后边上来,很快就赶上我们了,我们向他们打了手势,他们渐渐靠近来,直到同我们并排而行。由于事先商量好了,我们先向他们打了招呼,他们也向我们打了招呼,我们双方和好,又成了朋友。他们要我到他们的大船上去,我过去了,我们继续一起航行。那天上午,我们坐在船上谁也没有讲话。火辣辣的太阳照到人们的脸上,让人感到针扎般的疼痛。我们终于进入一段笔直的河道,看到在不太远的地方,有一座房子的金属屋顶反射出强烈的光芒。我们的目的地到了,这就是那骷髅所在的地方,记得吗?

"我们在那个营地大约停留了一个小时或一个半小时。我对大家说,我们应该在天黑之前离开,因为待在那儿是很危险的。'天晓得会发生什么事,'我们想,'那些野蛮的印第安人,那些从阿拉瓜拉越狱逃出的囚犯——也许就是这些歹徒杀死了那个人……'这样想着的时候,我们不禁祈祷我主保佑我们,并且继续赶路了。

"前边遇到了一段危险的急流,我们躲开来沿河边航行,将船开到了能开的地方。然后，我们卸下船上的东西，在岸上步行前进，观察前方的水情。但是我们发现，沿这个方向我们难以走出去，水流太凶猛了。我们折返来去找水流缓慢的河段，并且决定一些人乘船前进，其余的人扛着东西在岸上行走。大河在这地方有一道水流平缓的河汊，我们几位上船后，就沿其航行，待我们到达没有波浪的河面时，就把船拴好，从岩石上爬上岸去帮助扛东西的同伴们。河下方有一块巨石，雨季涨水时才会把它淹没，眼下水位较低，可以看到它的一个大洞。我走过去，钻进洞中看看有什么东西，发现在洞的左边放着一个修理船上发动机的工具箱。再往里去，又发现有一个33型的传动装置趴在那儿。只有那传动装置和推进器。显然，是河水将它们冲到那儿，将它们变成了废物。我打开箱子，发现里边有扳手、钳子和其他工具，但是我一样也没拿。在右下方有一个大汽油桶，正右边还有一个小点儿的汽油桶。那都是空桶，没有半点儿汽油。做完这事之后，我们登上船，继续顺流而下，力争尽快离开营地。

"船行出大约30米之后，又遇到一段急流，但这段急流浪涛不多，我们都坐在船上过去了。然后我们到达了河流在一个岛上冲积成的一片广阔的沙滩，劳尔建议我们在那儿停下来睡觉，但我说要再往下开一段，因为我们离营地的死人屋还很近，而且河面上也不会再遇到危险。我对大家说：'我们再走两个小时吧，夜色不会太暗，行船不会遇到什么麻烦。'大家同意了我的建议，我们又继续赶路了。大约在晚上8点钟，我们发现了一片河边的林间空地，于是便将船靠岸。那是一个皓月当空的温暖的夜晚。

"第二天，我们继续赶路，但还是饿着肚子，个个无精打采脑袋疼痛。到这时，我们已经整整四天没吃东西了，浑身乏力，精神也垮了。河水缓缓而流，河面平静。上午 10 点钟左右，我们饿得再也坚持不住了，于是只好将船靠岸，走进密林去寻找棕榈树。找到这种树并不难，我们采了一百多棵嫩芽扔到船上，一边吃着一边继续开船沿河而下。

"我们在营地找到了盐，每个人拿了一点，并且尽量将它包好，因为这是救命之物，懂吗？我把我的盐装进一个油布口袋里，将口袋挂在脖子上，又将袋口扎好，以防进水。这些盐够我们享用几天……我们在吃些野菜心之后，就把少许的盐放到一个叶子上，再加些水调好，尔后喝下去。每天都这样做，我想这样可让我们身上有劲。

"河水又静静地流淌了三天。到了第四天，大约在早上 7 点钟，我看到我的那条母狗吉列米娜开始在船上不安地来回走动。我把它叫过来，给它铺了一条空口袋，它在上边躺下来。我完全不懂它是怎么回事，没有再去理它。约摸过了半个小时，我听到一条小公狗叫了起来，我一看，原来那条母狗生下了四条小狗，刚生下的小狗在口袋上翻滚着。又过了一会儿，那四条小狗就开始吃奶了，但是，我想那条母狗身上没有什么奶水，因为那几个礼拜它也一直在饿肚子，我取了一点盐，用河水化开给它喝。那条狗贪婪地一口就把盐水吞了下去，它跟我们一样，饿极了。

"我们继续沿河而下，大约在上午 10 点钟，我们看到前边出现了一段激流，非常非常凶险的急流。我想我们是在进入那激流之前将它的力量估计错了，所以船刚刚开进去，它就把我们吞没了。船不见了，湍急的河水将我们拖出好远，直到那翻滚的波浪缓慢下来，我们才得以喘息。我任凭水把我冲到什么地方，当我能在水中露出头来的时候，我想寻找河岸。但是，我看到有一条刚生下的小狗在漩涡旁边的水中挣扎着。我游过去抓住了它，救了它的命，其余的东西都被河流吞噬了。我游到岸边，看了看小狗，它活得很好。那是一条小母狗，我认为它会给我带来好运，因为它刚刚生下来短短几个小时就会游泳了。我给它起名叫'燕子'。我把它交给爱德华多让他好好照顾，然后同劳尔去商量我们该怎么办，因为船、皮子，就是说一切，实实在在的一切，全都被河水冲得无影无踪了。

"我们做的第一件事是看看我们还有什么东西留下来。我留下了一直挎在腰间的砍刀，还有那只已经没有用的猎枪。其余的人留下了一只22型自动步枪，但只有枪管，没有了枪托。我们没有一个人脚上还有鞋子。劳尔留下了左轮手枪，爱德华多留下了'燕子'。这就是我们所有的一切。

"接着我们商定无论如何要找到一条船，因为没有船要想从那儿出去是痴心妄想。我们沿河岸往下走了好一段路，看到了一大片由于夏天河水下降露出的乱石滩。在乱石滩的中央，有几洼水。再往下看，我看到一根又粗又长的树干。我心中揣摩，那个季节看到树干真是有点怪，因为河水那势不可挡的力量早把河滩上的一切都冲走了。不管怎么想，我还是走了过去。当我们离那东西还有十米左右的时候，爱德华多突然对我说：'是蟒蛇，奥斯卡，是蟒蛇。'我对他说：'不会的，河滩上哪来的那么大蟒蛇！我看好像是一根树干……可树干怎么跑到这儿来了呢？'爱德华多以嘲弄的目光看了我一眼说：'树干？您算了吧，这东西在这儿叫蟒蛇！'我们一步步地走向那庞然大物，渐渐地，我把它看清楚了。小伙子对我说：'您看好了是不是条蟒蛇呀？喂，它正在舒展身子晒太阳呢！'那蟒蛇还没有看到我们。它的尾巴还在乱石滩高处的一个水洼里，大得可怕。说来人们可能不相信,那家伙至少有20米长,说到粗……天哪,至少像人的身子那么粗,就算是宽度有一米吧。那该是一条老蟒蛇,又老又健壮。小伙子提议我们打死它。我问他:'可是,我们怎样打死它呢?'他说:'我搬块大石头砸它的脑袋,它没看到我们,砸了后我们就跑开,不会有什么事,蟒蛇很懒。'我同意了他的意见,但是我又想了想对他说,'先等一下,我们得把一切估计到,因为出危险的可能并非没有。'他说危险倒是没有,但如果我想做得更有把握些,可以叫劳尔把自动步枪枪管拿来,先给那大家伙一枪。我对他说:'算了吧,就他那点射击本领,即使把我们剩下的子弹都打光了,别说打蟒蛇,他连这条河都打不着。我们还是想想办法用石头把蟒蛇干掉吧。看看能不能剥出点脂肪和弄张蛇皮,炒点东西吃,我们都快饿死了。'动物油是营养丰富的食品,而且有良好的药物作用,懂吗?在那些地区,人们将它抹在红肿的地方消炎,也用它来治风湿病,因为它散发热量。当然,我们很需要拿它作食物。它的味道很美,跟鱼肉差不多。

"我和爱德华多正在说着的时候,劳尔来了,他问那怪物是什么,我告诉他是一根粗树干。他笑眯眯地往前走了几步,当把那怪物看清之后对我说:'瞎扯淡,这么个怪家伙,我从没见过这么大的动物,这家伙要钻进森林,凭它的重量,准会开出一条路来,它会把一切都压扁的,我们用手枪把它打死吧,不吃东西我们会饿死的。'说罢我们搬起了爱德华多弄来的几块大石头,从蛇的后边慢慢靠近。在陆地上那蟒蛇的行动十分笨拙迟缓,我们很容易地就接近了它的脑袋。那天劳尔非常走运,一枪正好打在蟒蛇的颈部,蛇的头部不能动了,浑身颤抖起来。我们马上把它的脑袋砸烂,直至变成一个烂肉团。当它完全静止不动了的时候,我摘下腰间的砍刀开始剥它。它的肉又凉又瓷实,仿佛是汽车轮胎。我们小心地剥下它的皮,并把它舒展开来,然后把它的油搜集到一个口袋里。

"第二天一大早,我们又回到了这个地方。我们开始找船,因为我们必须走水路离开那儿,不管从哪儿走都得走水路。我们往前走了几公尺,突然看到有条船停在河中央的一块巨石上。我一看到就叫了起来:'那肯定是一条船,赶快抓住它。'劳尔问谁去弄那条船,我说我和爱德华多游过去,爱德华多是个游泳好手,除了他我谁也信不过。我这样说着的时候,没有想到劳尔会制造麻烦,照他看,我们应该让布劳略去弄那条船……劳尔有些事情实在讨厌,他固执,向来坚信他是唯一能够把一切事情处理好的人。

"在下水之前,我提醒爱德华多我们必须把那条船弄过来,即使破了也要弄到它,因为破船板在一起也是可以漂浮的,何况我们可以把船在岸上修好。我们俩这样说定之后,就开始往水边走去,一边走我一边又嘱咐爱德华多:'我们必须让大家都得救,如果我们得不到这条船,咱们可能就死在这儿了。我们是不可能徒步走出这地方的。'爱德华多同意了,并且答应得很痛快。河水波涛汹涌,他影影绰绰地看到,在距我们约摸80米以外的地方河水把一些空袋子冲到了沙滩上,那原来是我们装东西用的。当然了,那些袋子是内外涂了胶汁的,这样它们不透水,也就可以有广泛的用途。我们走过去将它们捡起来,吹鼓起来后,将口扎牢,再绑在背上作浮筒,然后跳进水里。

"开头几米我们游得很快,再往前游,就遇上了一个漩涡。幸好我们是在漩涡边上,如果我们进到它的中央,就会被它吞没了。由于我们对游向那块巨石的路线估计正确,走的路直,我们又往前游了几米，就到了那块巨石对面的一块石头上。第一个阶段的任务完成了，现在该是游到河中央船停的那块巨石上的时候了。

"我先跳下水去，穿过几道稍缓一点儿的急流，接近了那块巨石。我爬上去，开始设法搬动那条船，但左搬右搬也搬不动。我招呼小伙子过来，他站在对面的石头上说河水太凶险，他不敢。那时我把一条长绳子系在腰间，将另一端扔给他，让他抓住绳子，我帮他游过来。他跳下水去，我扯着他游了过来。我们两个把船翻过来检查了一下，船底裂开了约一米长的大缝。我们把它推下水去，找了些藤条拴好，然后登上船，用一根棍子作桨划水，到达了岸边。我们在岸边把船拴牢，大家都又重新上船，继续沿河航行，当时河水十分湍急。航行中，我们四个人划桨，四个人淘水，每逢船靠岸的时候，就把它拖到岸上，以防沉没。第二天，我拿上那把破砍刀钻进了山林，在那儿找到了一棵橡胶树，我取去胶汁，搜集起来，带回来将那船缝粘补好，这真是好极了。

"在行船两个小时之后，我看到河水中泛起了片片的泡沫，两岸植物生长得很低，像是驼鹿觅食之地。我对劳尔说：'前边有急流，是个大急流，小心点，会是很危险，它形成于两道巨石之间，然后转一个弯，爆炸开来，十分的凶险。'可劳尔回答我说：'我在这些河上行船比您多，我对它们更熟悉。'我对他说：'可能您对它们更熟悉，但我还是要沿着右岸航行，也就是随着河的弯道走。'他不同意我的做法，他希望把船划到左岸去。

"我说：'不行，我不能照您说的办。如果您愿意，我可以把您放到左岸去，可我要沿右岸航行，因为河中心的急流最危险。'

"他听了我的话不太高兴，但没有再说什么。我继续撑船，心中也很不痛快,他这个人真是瞎扯淡,总认为事事比别人强,其实不然。

"就这样,我们继续小心翼翼地前进,当然啰,当接近弯曲河段的时候,我对劳尔说:'注意,我们要跌进河水涌流处了。'霎时,劳尔叫了起来:'圣母玛利亚!'我们果真落进了河水涌流处,其落差差不多有六米之高。我们在这样剧烈的急流中跌下去,一下子掉到涌流的底部,那时眼前看到的只是一片飞溅的水花。

"第一个浮出水面的是姑娘,然后是爱德华多,接下来是我。我们三个人游到岸边,站到那儿看着其他同伴在何处浮出水面,以便搭救。在下方的大约20米、30米和35米处,一个接一个地露出了头。他们已是筋疲力尽,没有气力游水了,显然有淹死的危险。我们在岸上把绳子甩给他们,将他们一个个地拉上来。

"我们都从河中逃出来,唯一没从河中逃出来的是劳尔,他的头露出水面又沉进去,露出水面又沉进去,终于身子浮出水面,挣扎着想用双臂划水,但最后又被水淹没。那时姑娘对我说道:'我去救我的丈夫。'我对她说:'不,让他淹死好了,干吗他那么笨,他不是说他对这里的河很熟悉吗?他不是比谁都能耐吗?让他自己折腾去吧!我们不去救他,水流太急了。'但是,在我说这些话的当儿,姑娘已经跃身跳下河去,她游近劳尔,用手抓住他的头发(真难得,水流那么急!),用另一只胳膊划着水,将他拖到岸上来。

"当我们坐下来休息喘口气儿的时候,我们往河中看了一下,发现船没有漂起来。它大概破成碎片儿了。我朝劳尔走过去,看到他已经能够说话,我对他说:'没有船我们怎么办?'他说:'我们到下边看看,它该是冲到那儿去了,哪怕变成了碎片片。我们把它们扎起来，坐在上边前进，走到哪儿算哪儿。'我对他说:'我要把话说明白，我可是不同您一起乘船前进了，我害怕我们一起被淹死。'他说我爱怎么干一切听便。我考虑了一会，然后决定说:'我们去找船的碎片儿吧。'

"在一旁听着的爱德华多建议我继续穿越雨林步行前进，我否定了他的意见，因为我们的路途太远了，我主张最好我们还是去找冲坏的船板儿，利用它们沿河前进更合适。由于我们已经到了急流的下方，那儿的河水又变得平缓下来，几个人便跳进水里过了河，我们在河两岸并排前进，刚开始找了一会儿，对岸的一个小伙子便喊了起来，他发现船就在下方的一个缓流处，好像还能用。我们高声喊着让他下水去把船检查一下，看看我们还能不能乘坐。过了一会儿，他回答说可以。他回到岸上，劈了些树枝，然后又下到河中，爬上船，用树枝划着将船开向岸边，船划得很慢很慢。

"在这个时候，我们不能再考虑造一条船，因为我们没有工具了，我们唯一拥有的就是那把破砍刀。

"但是，跟工具一起，船桨也被冲到河下边去了。此时如果我们要做新船桨，那就太浪费时间了。于是我们朝划船的小伙子高喊，让他调头用树枝把船往下划，设法把船桨捞上来。他点了点头，照我们说的做了，船桨真的捞了上来。

"我们往前航行了一会，天很快黑了下来。我们靠岸的时候大概是5点30分。我对劳尔说:'看看我们是否可以出去活动活动，打只野兽来填填肚皮。'可他说他累了，不愿动。那个下午我们只好又饿肚子。有什么办法!睡觉吧。

"第二天，我们起得很早。航行一个小时后，又遇到一道急流。

此时岸边也出现了一片棕榈树林。按照常规,那儿必有驼鹿,这绝对不会有错。我们顺利地穿过了那道急流。刚一进入平缓水面,那条黑狗就跳下水去。驼鹿就在附近!我对大家说:'我来调转一下船头,我们靠岸看看能不能打到驼鹿,如果能打到,即使吃没有盐的烤肉也好哇。'上岸之后,我沿着林边跟在狗后边前进。突然,我听到棕榈树一阵杂乱的响动。我看不到驼鹿,但我对大伙喊道:'在那儿,不要让它跑到山上去。你们把它围起来,看看我们能不能逼它跑进河里抓住它。'同伴们照我的话做了。一条狗发现了它,另一条狗也立即扑过去,两条狗夹击着驼鹿,迫使它向河里跑去。

"此刻小船正在顺水而下,我赶快跑过去将它拖回来。我们登上船,我对一个小伙子说:'你撑好船,我站到船头去,看看能不能打到那只驼鹿。'我们看到驼鹿就漂浮在我们的前边,一会儿沉下去,一会儿露出来,一会儿沉下去,一会儿露出来。它渐渐地与我们拉开了距离,因为船进水,前进的速度慢,我们就要看不到它了。它终于游到河岸边,消失了。但是狗在河里游着,离它很近,对它紧追不舍。驼鹿上了岸,狗也上了岸,我们听到狗在山林中狂吠不止,于是循声沿岸而下,不消说,我们又把它逼进河中。我们一看到它跳进水里,就切断了它的退路,当它再次跳到岸上的时候,我们离它已很近了。我对劳尔说:'不不不,河水那么宽,它不会游累,我们难以打死它,用这么条破船,怎么能赶上它?'但是劳尔异常固执,他主张我们调转船头,沿河而上,继续追赶那只驼鹿。当我们调过船头的时候,我们看到两条狗又把驼鹿从森林中赶出来。这次驼鹿游水已经很慢了,它累了,狗与它并排游着几乎就咬到它的尾巴了。狗汪汪地叫着,希望我们赶快赶到。驼鹿沉进水中的时候,狗也沉进水中。我大概只有三盒威力不大的猎枪子弹，这要打一只像驼鹿一般大的动物是不够的。我问劳尔是否带了威力更大的子弹，他做了肯定的回答，但他说他要用左轮手枪打死那只驼鹿。我等着看他如何行动，因为我知道他的狂妄自大，我用桨把船稳着，因为我们是在河中央。他是用左轮手枪瞄准，然后连开三枪。没有打中。那时我要教训教训他了：'算了，算了，算了，我的老伙计，您根本就不该浪费子弹。'他说：'不，因为它游得太快了。'实际上，驼鹿游得很慢，因为它已疲惫不堪。在河中央，水流并不急，但劳尔总要设法为自己的牛皮辩护。我对劳尔说：'无论如何也要设法击中它，因为驼鹿一旦觉得自己受了伤，它就会潜入水中。'劳尔犹豫了一下对我说：'您来打吧，我把机会留给您（真够客气的）。'那时，我要大伙把船调正，以便让驼鹿从我的一侧穿过。他们这样做了。我将劳尔给我的大威力子弹装进我的猎枪，举枪便射，正巧打在驼鹿的脖子上。驼鹿咳嗽了一下，一股血流喷涌而出。我们把船开过去，在离它不远的地方，我解下一直带在腰间的绳子，打了一个套，向它抛过去。驼鹿用爪子将绳套抵挡住了，我收回绳套，重新又抛出去，这一次可结结实实地套在它脖子上了。我轻轻地将它往船边扯，它看到自己已经完蛋，也便不再挣扎，一切听天由命了。它开始慢慢地死去。

"这一天，我们就熏制驼鹿肉吃。生火六个小时之后，肉还没有熏熟，大家就争先恐后地大吃大嚼起来。我们个个吃得肚子滚圆。可是，我不时地看看大家的脸，他们的脸色都慢慢变得煞白。我感到我的脑袋也眩晕起来，身子不当家儿了，我赶快倚到一棵树上。我感到浑身难受，非常非常的不舒服。其他的同伴开始呻吟起来，最后我们大家都躺在了篝火旁。最后，我连抬起手来的力气都没有了，并且开始出冷汗。我以为我要死了，当时已经失去时间概念，不知在何时入睡的。第二天清晨跟其他人一样，在同一个地点醒来了。上午我又吃熏驼鹿肉，又一次感到浑身不适，出冷汗，尽管比前一天下午轻了些。后来我们找来吊床，大家都躺下了。中午我们再一次吃熏驼鹿肉，再一次感到不好受，但一次比一次轻。我们在那地方一直待了三天三夜，吃了睡，睡了吃，反复循环。

"肉相当多，尽管那只驼鹿不算肥，但也有差不多75公斤，靠了它，我们的体力都得到了恢复。我想，到这个时候，我们大概有半个多月的时间没有正儿八经地吃顿饭了。两个星期中间，我们都在吃棕榈树芽和喝加了点盐的水。不消说，吃这些东西，还要艰难地在雨林中跋涉，在急流中搏斗，游水在河中抢救我们仅有的一点东西，我们的体力早已逐渐耗尽了。

"吃了三天驼鹿肉，最后我们已经不那么疲倦，个个都变成了新人，我们决定继续赶路。第二天早晨，我们收拾起一切，每个人又撕了一块肉，总共大概有六公斤，就准备沿河而下……那种驼鹿肉一旦经过熏制，就可以放上20天左右，我们带上它，为的是在以后的征途中大家分而食之。

"我认为，一天之后，大河流进了岩石之间。那些岩石在河两岸渐渐地变得越来越高，直至到了一个地方，我感到我们被夹到了岩石之间。两岸的岩石并不算太高，但在前方，我却看到耸立着一块特别高的巨石。不过，当河水流到它的脚下时，它却不见了。毫无疑问，又要出现狂奔的急流了。我对劳尔说：'我们又遇上又长又险恶的河段了。'那时，我们将船靠岸。我们爬上一片乱石滩，把它从河中抬

奥斯卡·里韦拉猎获蟒蛇

到岸上，拖着它前进，避开那段急流。正在此时，爱德华多在大约50米外的地方看到了另一条蟒蛇，这一条比前一条小一点。我们异口同声地说：'咱们打死它，另一条蛇的油和皮我都掉到河里了呀。'这条蟒蛇大约有8米长，50厘米粗。我让劳尔帮助我逮住它，劳尔不答应。那时我对爱德华多说我们用石头砸死它。爱德华多找到一块大石头搬过来。由于蟒蛇把脑袋探在另一块石头上，我们把石头对准它的脑袋砸下去，它就慢慢地把蜷曲的身子伸展开了。然后我们又捡来几根河水冲来的棍棒，将那蟒蛇乱棍打死。现在的问题是，我们把蛇油放在何处。不过，爱德华多有办法，他走进雨林，弄来一根空心棍，我们将它的一端用木塞堵好，将蛇油放进去，然后再把另一端用些树叶密封。一切都弄得干净利落。然后我们把蟒蛇皮放在太阳下晒，又在它的旁边点起一堆篝火，为的是取篝火的灰烬均匀在撒在蛇皮上，使其不致损坏。第二天我们继续沿河而下，但走了不多远，河水又变得狂怒起来。过了那一险恶的河段之后，水面便渐趋平缓，并且漂起了泡沫。劳尔一直在撑船，这时他建议我们换个位置，让我来做水手，他作船老大，像马一样地趴倒在船头，监视着水情，随时告诉我们的船应该往哪儿开。但是，就在我们交换位置各就各位的当儿，船往前行进了约70米，河水开始有力地冲击着船体，以更快地速度把我们推向前进。劳尔对我们说：'当你们看到河水波涛汹涌时，你们就设法让船靠岸。如果做不到，接近岸边时你们就跳水，让空船自己往下漂。不过，不到万不得已可千万别这么做，你们要好好爱护船，它可是我们的大救星呀。'

"无论如何我们还是把船靠了岸，让三个带着口袋、蛇油、小狗和我们仅仅剩下的一些东西的工人上了河右岸。劳尔、他的妻子、爱德华多、布劳略和我继续乘那条破船前进。我们航行了一段，前面又遇到另一块高耸的巨石。我们跃过一道凶险的巨浪之后，翻滚的河水几乎把我们的小船抬了起来，将我们左右抛来抛去。我突然感到一阵头晕目眩，胃里十分难受，完全失去了自控力。我们从落差数米的浪峰跌到了浪谷，我看到水的反弹力更为剧烈，于是我对爱德华多喊道：'我们要设法靠岸。'由于浪涛如雷鸣般地轰响，他没有听到我的话。那时，我再次向他高喊：'抓结实点儿，别掉下去，我来调转船的方向，下边可能有可怕的急流。'我做了个动作，船顺利地调转了方向，结果爱德华多抓住了岸边的树枝，我们靠岸了。热带雨林树木参天。我们的正前方是一道石墙。爱德华多使劲地扯着树枝推我们，我们的船钻进了遮盖着河岸的大树下边。我们仔细地观察了一番，得出的结论是没有出路了，我们被包围了起来。朝前看是一堵高墙，而且是如此的光滑，仿佛是一座大楼的正面墙。那时，我们用那把破砍刀砍了一根长棍子，棍子的顶端留下个叉，爱德华多用这根带叉的长棍子小心地抓住树枝和藤条，我们尽量让船保持稳定，就这样慢慢地、慢慢地紧贴着树枝往下划。那段河流如同一条深深的巷子，我们就这样紧贴着河岸往下划，直至后来我们不管是用那根棍子还是用手都抓不住东西了，因为岩石黏糊糊地长满了苔藓，滑溜溜的。对面，在越来越多的斜坡中间有一个小岛，我告诉大家我们应该到那儿去，因为我们无法再沿着来的方向继续前进了，那儿的岩石形成一道墙，河水撞击在上边形成可怕的回头浪，可以轻而易举地将人撞到河中央。我们朝预定的方向前进，当浪涛滚滚而来将我们推向岩石时，我们就伸出胳膊减弱岩石的撞击力，否则会把小船撞碎的。当我们走出那条巷子后，我们又去连续地抓住树的枝杈。但是，由于河水的力量是如此凶猛，以致拿长棍子的爱德华多险些摔倒，他不得不把棍子扔掉了。一看到他扔掉了棍子，我就开始操纵着船只让它朝小岛的方向漂去。当然了，河水将它冲到了那儿，但是我们无法下船，因为凶猛的后浪不时撞击着岩石。由于小船是用藤条捆绑修好的，此时已开始解体，很快就散了架，刹那间河水就把我们吞没了。我们被冲到了河中央，小船不见了，我们都游到了一片河水平缓区。当我们借着河水的力量又去找河岸的时候，不想却又遇上了喷涌的急流。这段急流万分凶猛，一下子又把我们抛回河中央，并且紧紧地将我们卷在河水之中，不让我们有半点儿喘息和自由。

"看到这种情景，留在岸上的人立刻在岩石和雨林间朝我们飞奔过来。他们砍了一根藤条抛向水中，让我们抓住，可水流太急，我们够不到。河水把我完全裹了起来，仿佛它是一台电扇，吹着我旋转不止。我挣扎着、挣扎着，竭力要摆脱水的控制，但水把我吸进去，一直把我拖到河底。在河底河水将我放开,让我慢慢地漂出水面,然后又抓住我……不知道这场搏斗持续了多久,反正是很久,因为在那段急流之后,我被冲到了河水平缓之处,但接着又遇到了'电扇',又把我翻滚着冲到河底去了,我的兄弟。当我再一次露出水面的时候,我看到我已是在岸边,那些人影我看得模模糊糊。有个人抓住了我的头发,当我感到有人死死地抓住我时,我松开了双臂,但是一股水呛进我的鼻子里……我不知道是怎么回事,我不知道。过了一会儿,我在河滩上醒来,他们告诉我,没有一个人淹死。

"我休息了一下。当我坐起来的时候,我发现我们是在河的左岸,即留在岸上的小伙子和东西的对岸。为了同他们会合,我们想找另一条路,但是我们发现,除了过那条波涛汹涌的河流之外没有别的道路。真他妈的该死。怎么办?劳尔终于说话了,他说要砍些木棍扎一个筏子。为了乘这个筏子过河,我们必须在岸上走到急流的顶端,在那儿我们乘上筏子,借助水的推力——当然我们要把握好水的流向——让河流自己把我们送到河的对岸。好吧,也只能这样做了……但是,这事要等明天,现在我们累了,太累了,累得像一摊泥。这会儿我们唯一想干的事就是睡觉。爱德华多上山采来了一些棕榈树嫩芽。我们在石头上铺了些树叶躺下来,因为吊床在对岸。

"清晨,我懵懵懂懂地醒来,仿佛那天晚上全世界的啤酒都被我喝光了。我们沿河岸往上去,一直走到激流的源头。我不知道我们为什么没有被岸上的巨石撞个稀巴烂,这真是奇迹。由于我即使大便时也不放下我的破砍刀,它现在还在我身上。我从腰间摘下来,砍了木棍,并把它们裁齐,又砍了藤条,一切准备就绪,三个小时之后,一个小筏子扎成了。哪些人乘筏过河?姑娘说她不需要乘筏过河,她只要求为她砍一根一米长的棍，靠了这根棍子的帮助，她就可以下河到达彼岸。那时我对她说：'如果你用一根棍子就可以过河，那我什么都不用就可以过去了。'我喜欢这个具有男子汉性格的女人。我们把木筏推进河中，正当我要对她说点什么的时候，她已跃身跳入河中。见此情景，我也毫不犹豫地跳下水去。我们像子弹一般往前游，转眼就追上了木筏上的人，那时我们便贴着木筏前进。我们跟着木筏游了一会儿，但是后来我们发现木筏行进得很慢。姑娘不耐烦了，她放开手脚，很快就游到了对岸。我也想如她那般做，但是未能如愿，因为我累了。我看到姑娘上岸的时候，我离岸边大约只有20米。她站到岸上高喊着问我是不是累了，但是我连回答她的力气都没有了。那时她又高喊着让我仰泳，一边休息一边让水流冲着我前进。但是，活见鬼，我已精疲力竭，我喊叫着告诉她激流要把我吞没了。她又对我喊道：'您用狗爬式游！'我听了她的话，开始用狗爬式游起来，真的像狗游泳。但是，不行，激流就在眼前，我感到害怕（哎呀，干吗要否认呢？我吓得撒了尿）。我鼓起勇气，用尽最后的气力重新挥舞起手臂。我游啊，游啊，渐渐靠岸了，妈的，离岸只有五公尺了。天哪，这时又冲过来一股急流，我抗住它又向岸边游，姑娘伸过来一块木板，我抓住了它。

"当我们回头又去看河中的情况时，发现木筏仍在河中央，而且正巧向激流漂去。河水十分的湍急，木筏开始加速，迫不得已，船上的人都跳水了。他们采用了仰泳，为的是不让河水吞没。这段河流窄了许多，只有30米左右宽，跳水的人在河中央，他们无法往岸边游，因为激流拖住了他们。看到这番情景，姑娘对我说：'他们游不上岸，奥斯卡您做好准备，跑到下边去救他们吧，他们会在那儿出来的。'

当然，我的兄弟，转眼间他们就被急流吞没了。见到这一切，我们拔腿就往下跑，看看在哪儿能找到他们。最后，我们发现他们在漩涡中翻滚。他们在漩涡中折腾，我们只看到他们露出的脑袋，有时脑袋也没入水中。漩涡忽而将他们整个儿吞没，忽而又让他们露出脑袋，如此反反复复，他们则不停地与急流搏斗，搏斗。我们哪儿还敢怠慢，赶快跑去砍了一根细细的丝兰藤条，转身又拼命跑回来，将它抛入河中，而且尽量抛得远些，高喊着让他们去抓住，这是唯一的一根藤条呀！他们设法靠近藤条，正当快要抓住的时候，轰隆隆，一个开花巨浪又把他们抛向漩涡。河水形成的浪涛撞向巨石又折回来，变成飞溅的水花落入水中不见了……落入漩涡的东西被卷入水底，然后在那儿被放开来推出水面，往往是被开花大浪冲向岩石撞个粉碎。幸好筏上跳水的人被水流冲向岩石的另一侧，他们开始一个一个地露出水面，但是唯独不见劳尔。姑娘说道：'我丈夫要淹死了，我丈夫要淹死了，我得下河去救他。'我对她说：'不，最好你再去弄根藤条来，我们把它接到这根藤条上，劳尔还能撑一会儿，不会被河水置于死地的。'但是她不愿离开河岸。那时我只好去找一棵树，看到那儿有一根藤条，我就喊姑娘过来帮我一下。她来了，我们把那根藤条扯下来。旁边的一棵树上也有一根藤条，我们也把它扯了下来。我们把所有的藤条接在一起，又在末了的藤条顶端系了块石头，这样就可以抛到劳尔在的地方了。他已经被河水冲远了。是的，那无情的河水将他冲得距我们很远了。我把石头放在地上，用手捋着藤条，直至手离石头一端仅留下一米长。那时我提起石头，将它像螺旋桨一般转了个圈，砰！把这个东西就甩到了河中央，正巧落在劳尔的身旁。劳尔转了个身抓住了它。我们对他喊道：'一只手抓藤条，一只手划水游泳！'因为是鲜藤，水一湿滑溜溜的，说不定会有接扣松开。劳尔照我们的话做了，他一只手紧紧抓着藤条，一只手划水。我们慢慢地收着藤条，直至把他拉到岸上。不过，说真话，设若我们再拖上三分钟，他就淹死了，因为他浑身已经没有一点力气，这里的亚利河又水急浪高，凶暴得吓人。您看，事情是何等地艰难，我们跳下水时大约是中午12点，待我们把最后一个人救上岸时大约是下午3点钟了。整整折腾了三个小时！

"从最后一次沉船到这个地方我们前进了差不多三公里。可以看到，两岸的岩石依旧是连绵不断。我们已经没有船，不过，即使有船在这个地区也无法航行。所以我们唯一应该做的就是沿着河岸攀登（我不知道该怎样攀登），继续徒步穿越峡道，那些岩石峡道大概还要再绵延五公里，而且非常陡峭。

"我们向劳尔提出了这样的建议，但是他不同意。他和他的妻子，还有他的工人，要扎一个筏子继续沿河而下。我们对他说，那就各行其道，各走各的路吧。我和爱德华多要继续徒步行进。我们把剩下的一点东西收拾进一个口袋，就同他们告别了。他们留下来打算砍些棍棒和藤条扎筏子。下边的河段更是波涛汹涌，令人毛骨悚然。"

第十六章

就在那个1月,库维略斯的妻子和六个儿女还在苦等着他的归来。面对遭遇的饥饿和贫困,妻子几次想离家而去,但是,她清楚,没有人帮助,她要穿越那片将她与其余世界隔开的广阔无垠的平原是不可能的。

尽管如此,偶尔有人冒险到热带雨林那片人迹罕至的地带去时,还会带来口信,不仅通知本哈明的家人他已不在人间,而且要求马丁将他的寡妇带到有人居住的地方。

在开始庭审几个星期之后,本哈明的妻子对法官这样陈述道:

"由于堂马丁在这儿有一个牧场,他经常飞来飞去,在我和六个孩子住的小屋旁边降落。我们很穷,没有饭吃。我几次要求他把我们从那儿搬走,别让我们在那儿遭罪,孩子们也是如此,而马丁也两次捎信让我和孩子准备好,但他始终没有来接我们。"

库维略斯的遗嘱:

我请求我所有的朋友帮助我的妻子和孩子搬出那个地方,我的孩子已成了孤儿……马丁,请您把我的工资付给我的妻子和孩子,以便他们能离开那儿。

就在这些日子里,两个美国人在马丁的营地淹死的消息开始在雨林的其他地方传开了,而本哈明异乎寻常的迟迟不归令他的兄弟们起了疑心。

阿韦利诺·库维略斯去见了马丁和维森特,要求他们帮助他组织一次去营地的救援行动,因为弟弟的命运让他放心不下。

马丁和他的随从忙得不可开交,他们正在做一条新建飞机降落跑道的收尾工作。本哈明哥哥的来访使他们意识到这正是抓住他的好机会,此刻他们的主要问题就是缺乏人手。

"您先帮我们把跑道建完,然后再造两条大船去营地运留在那儿的东西,我们帮您把本哈明接回来。"马丁和维森特回答说,库维略斯同意了。

三个人立即登上小飞机,起程飞往索埃兰迪亚,因为新建飞机降落跑道就在那儿。但是,飞机降落时,马丁没有控制好,又出了事故,他只好在那个地方待了几天。

下面是阿韦利诺向法官提供的证词:

飞机出事之后,堂马丁要我到"三拐角"军事基地去弄一架小飞机救本哈明。我去了,但拿到飞机的是堂马丁。后来我和我的弟弟费里克斯·库维略斯继续在那儿干活修建那条飞机跑道,幻想着马丁这个美国人能把我的弟弟从热带雨林救出来。

美国人有时干事莫名其妙。一天,我正在热辣辣的太阳下干活,他径直向我扑过来,狠狠地在我背上打了一下,打得我气都透不过来,并且说:"您不高兴吗?"我什么也没说,为了把本哈明从营地救出来,我一切都忍了。可是,马丁并不想救本哈明。

我和费里克斯一起把跑道建完了。人们继续告诉我们本哈明被抛弃在密林中快死了。所有的熟人都想去寻找他,但我们没有好发动机和燃料。这一切马丁全有。我们再一次请求他帮助我们,并且告诉他我们唯一能投入的就是人和一条小船。他什么也没回答。第二天,他借口没活了就把我赶走了。我为他卖命干活是为了救我弟弟呀!

下面是费里克斯·库维略斯向法官提供的证词:

我以前见过金德罗,所以我向他打听我的弟弟和那个美国老头的情况。他告诉我他们都发胖了,蓄着大胡子。那一天,金德罗和马丁想把出事的小飞机拖到坎迪莱哈斯的跑道上,因为事故出在索埃兰迪亚,那是一条未经过民航局批准的非法跑道,是一条秘密跑道。

我对金德罗说我弟弟被抛弃在雨林中快要死了,他回答说他要造一条船去救他们和运回留在那儿的东西。但是他讲的是假话,因为当时他们又正在一个叫"巴尔干半岛"的庄园里修建另一条跑道,他们利用我希望他们帮助我救出雨林中弟弟的心理,又把我和我哥哥阿韦利诺拉去为他们干活。

根据同样的文件，与此同时，在雨林的另一个地方，诺埃尔·库维略斯收到了他姐姐安娜·胡迪特的信，姐姐在信中这样对他说：

六个月前本哈明就离开营地去了亚利，论理他应该回来了，但是我们没有他的任何消息。罗萨尔瓦和孩子们的情况十分糟糕。我们非常的担心，应该马上打听本哈明的情况，也许他去了佛洛伦西亚为两个美国人淹死在河里向政府当局作证了。

诺埃尔步行两天到了佛洛伦西亚，但是他什么也没打听到，于是他又去了波多黎各找马丁。他说："我找到了马丁，并且向他问本哈明的情况，可马丁高喊着问我：'你干什么要打听本哈明？'我说：'他是我弟弟，我们需要知道他是死了还是活着。'马丁说：'没这个必要。本哈明在营地情况很好。他不会饿死的。再说，我已经从河道又往营地运了一批食物。'"

"时间一天天过去，1月16日我又回到波多黎各。"诺埃尔向法官陈述道，"我的钱花光了，我要维森特·金德罗借给我点钱，因为正如他所说，第二天他就要去救本哈明了，那时我就可以把钱还给他。可维森特·金德罗对我说：'不，我不能借给您钱，还是等哪一天我方便时寄给您吧。'他的话使我确切地想到，金德罗也在怀疑本哈明是否还活着了。"

马丁："库维略斯的家人没有对法官讲真话，事实恰恰相反，我一直用小飞机为他们送去一批批的食品，在库维略斯的妻子待在雨林期间，我继续送东西给她。

"此外，我派了军事基地的小飞机去接库维略斯他们，可飞机到达的时候，他们已经沿河而上走了。就是说，他们不在了。还有，营地的情况到底怎样？他们有足够的食品供他们生活很长时间。他们有尼龙绳，有鱼钩，有大量的弹药，有状况良好的武器，有新发动机和充足的汽油。那么，那儿到底是怎么回事？

"请注意一件事：在同威尔逊那次飞行之后，我多次去军事基地要求派飞机把鲍威尔和库维略斯从营地接出来，但是我未能如愿。另外还有一个原因，我去了几次，我的朋友梅德拉诺被撤换了，而顶替他的迪亚斯少校我不太熟悉……"

同马丁的交谈十分简短，而且他支吾其词，因为实际上他不愿再次面对这个问题。他说："记者……有些记者造谣生事，诽谤我，折磨我，而他们对我的一切指控我都是清白无罪的。您懂吗？我清白无罪，清白无罪。"

在谈话之前，马丁拿出了他乱糟糟地同一些照片一起保存在一个纸盒子里的当时的剪报。他借给了我几张照片，然后选择了一篇在他看来似乎非常重要的访谈录。在一张旧得发黄的日报上，刊登着这样的文章：

"我只是想发展旅游，我没有把任何人抛弃在热带雨林中。在我眼中，库维略斯是个非常可爱的人，他很忠诚，我十分地信任他。说我抛弃了他这完全是无稽之谈。"马丁开头这样说，然后他谈起了鲍威尔和库维略斯：

"在那儿的营地总共有六个人，我让林孔将军只安排了一次飞机去接他们。但是，飞机抵达时鲍威尔和库维略斯已经不在了。那时其他人也走了。但营地上还有800多公斤食品，10多件武器，而且弹药充足。还有多种药品，盘尼西林、治疗蛇咬的血清、一个冰箱……甚至有治疗头疼的药片。我认为那儿的食品可供他们吃八个月……"

当记者问马丁他对库维略斯的死怎样看时（因为他的遗骨是在营地发现的），马丁回答道："对我来说，这实在太不可思议了。库维略斯不可能是饿死的，这不可能。我也不认为他会病死，而这个地区也没有毒虫。我觉得太神秘了。"

一位记者问马丁："美国人鲍威尔到雨林去带了一大笔钱是真的吗？您认为鲍威尔和库维略斯之间会有什么事吗？"马丁不假思索地回答道："鲍威尔的口袋里大概有几千比索。我们在那儿有三箱杜松子酒和威士忌，他把这些酒卖了。另外，他跟奥地利人做了一笔生意：以25美元租给了他们一条小船和发动机，但是奥地利人没有能够去他们想去的印第安人居住的地方。他们告诉我，库维略斯没有把钱退还给他们……您看，有这么一件事：美国旅游者给了库维略斯和鲍威尔各20美金。当我们跟法官和一个军官去处理尸体事宜时，我们注意到库维略斯没有他的20美金。他什么都没有了。那儿只有一盒子衣服，那是他要还给他的家人的。"

当问到莫宁斯塔两个人留在那儿的雨林营地是否真的是一座"绿色监狱"时，莫宁斯塔也立刻毫不犹豫地回答说："这不是真的。在岸上步行沿河而下，五天左右的时间就可以到达阿拉瓜拉监狱。我要求他们把我一个人放在那儿，就我一个人。我去了阿拉瓜拉。我只需要一支猎枪和两磅食盐……留在那儿的人有武器，营地上还有相当数量的盐。让他们把我一个人留在那儿好了,我能证明我可以走出雨林。"

莫宁斯塔批驳了在警方流传的有关他组织捕猎土著人的说法。相反,他认为自己扮演了保护营地附近部落的角色。他说他为那些部落带去了斧头、锅和其他他认为印第安人需要的东西。

他还说土著人是他的朋友。他举出佛洛伦西亚拉孔索拉塔的神父卡耶塔诺为见证人,他说正是他把这位神父带到那些部落的:"卡耶塔诺神父可以证明有一个印第安人特别特别的喜欢我,当我和神父到达他的部落时,那个印第安人拥抱了我,并且希望我留在他的家中。"

自然,问题又回到了库维略斯之死的事情上。莫宁斯塔不认为库维略斯是由于身陷绝境而死,他举出的主要证据之一就是在骷髅旁边发现的一张报纸。莫宁斯塔说:"是我亲手将这张报纸交给跟我们一起去的法官的。我读了这张报纸。有一件事非常重要:库维略斯在那儿说:'感谢上帝,我们有吃食。'因此,库维略斯不可能是饿死的。另外,他是一个猎手,对雨林十分地熟悉。对于他的死,我实在无法理解。"

在那个小纸盒里,乱糟糟地放着一些剪报。马丁一张一张地把它们拿出来。在几份剪报上印着营地唯一留下来的照片。马丁一边心不在焉地看那些剪报,一边解释道:

"我再给您说一遍,问题就出在我的飞机栽到了河里。如果没有这件事,也许就什么也不会发生了……"

"修飞机拖了多长时间?"我问。

"差不多九个月。修得很艰难,拖了很长时间。但是,您应该明白，军事基地是在雨林中，干这种活所需要的东西那里并不是总有。您看，常常是缺乏某个零件……比如说，一个螺丝钉。那时就得乘飞机到内瓦去买，那地方可是很远的。某一天又缺少一件什么工具，那就得再乘飞机去内瓦或波哥大。就这样折腾了九个月，飞机最后在1月修好了。"

维森特："那么，如果我记得不错的话，飞机是在1月在军事基地交给马丁的。飞机修好之后，我们就去取。那时正巧另一个美国人米尔顿来了，他用自己的小飞机把我们带到军事基地。但是，马丁的飞机这个鬼东西修得不好，滑行几公尺就会熄火。看着试了几次总是这种情况，我对马丁说：'我们不要乘这架飞机回去，我们会丧命的。'可马丁说：'不，维森特，我们一直在河道上空飞，哪会儿熄了火，我们哪会儿就降落在水上。'我对他说：'再一次把它从河底捞上来？'他说：'对，但是我们不会丧生的。'我对他说：'好吧，那就在河上空飞吧，可是您无论如何不能偏离河道。'他答应了，我们坐上了飞机。我们从'三拐角'军事基地出发，沿奥特瓜萨河往上飞。飞出军事基地几米后，河道有一个拐弯。马丁说：'我们直穿过去？'我说：'您别干蠢事，顺弯走。'他说：'不，我们可以滑翔过去，穿过去没问题。'我坚持说：'不，还是顺弯飞。'他顺着河弯飞，刚好飞到拐弯处的一半时，我们看到了发动机的外包皮烧得通红通红的。发动机太热了，我们只好降落在河滩上。我提了一只桶往飞机发动机的散热器上浇水，发动机终于凉了下来。马丁又试着打了一次火。我对他说：'我们最好等一条船来，我们坐船走，把飞机扔在这儿。'他说：'不，这飞机能飞。'我说：'不，从拉腊港往前，我可不坐这架飞机了，我们会在某条公路上摔成烂泥的。'他说：'那好吧，我们就飞到拉腊港……'于是，我们又一段一段地沿河往前飞。奥特瓜萨河！想想看，我们不得不四次降落，用桶提水浇凉发动机。我们把飞机扔在了拉腊港，是米尔顿用他的小飞机把我们接走的。几天之后，几位机械师带着新发动机来到拉腊港，飞机换上新发动机后马丁去了卡利，在那儿把它卖掉了。马丁又没有了浮筒式飞机。"

第十七章

最后一次船只出事之后,奥斯卡决定继续沿亚利河岸步行前进,往河下方走,而劳尔、他的妻子和其他人则还要再次向河中的惊涛骇浪挑战,为此他们开始扎一只新筏子。他们没有工具,奥斯卡将他的破砍刀借出来,让他们砍一些适于漂浮的轻树干。但是,到了离开营地的第15天上午10时左右,他毅然决定不再等下去,而是同爱德华多爬那些将河水夹在中央的巨石高墙。

奥斯卡:"由于亚利河的这个地方没有堤岸,要想从陆地上往下走比登天还难。我们要找的地方应该是水流平缓之处,但是,要想走水路试着达到这一目的是非常危险的,所以我们决定爬石壁。这段河流水流很急,两道石墙中的距离狭窄,河水仿佛是从两座约30米高的建筑物中央穿行而过,所以它的流速比前边高多了,而且那条石墙胡同又长又陡,大概有三公里长吧,水则一直沿着石墙往下方流。

"开始,我们几乎是贴着水面往前爬。但是,我们发现石头上有一些皱褶、许多藤本植物和藤条,于是我们抓住它们,借助它们的帮助往上方爬。爬了一阵,上方石壁上的皱褶更为明显;再往上爬,便见石壁上有一道凿出的石梯。那是一条狭窄的小道,估计有20厘米宽。又过了半个小时,我从上往下看,发现河水再次从石壁间轰轰隆隆、波涛汹涌地钻出来,白色的水花从这边跳到那边,因为峡谷是弯弯曲曲的。那段峡谷颇长,我们看不到它的末端。

"我们爬到了相当的高度,但是还没有到顶,那时我们决定休息一会儿。我问爱德华多我们是否继续往上爬,他说我们应该再往上爬爬试试看,不过他觉得岩石在那地方会有一个突出部分,我们难以从那儿通过。随着我们再往上爬,岩石变得滑溜起来,石面上长满潮湿的苔藓。再往上爬,便见树枝、藤本植物消失得踪影全无,我们越来越没有东西好抓了。我们转了个身,没错,我们看到岩石在上方突出出来,酷似一个石屋顶,我们无法再往上爬了。下边,河水发出更加震耳欲聋的轰鸣,浪涛撞击在岩石上,喷洒出更多的白色水花。爱德华多说:'我们只好回去了。'我对他说:'不,如果我们往下下一点,抓住东西继续往前爬,就可以走出那块突出的岩石,然后爬到石墙的顶端。'说罢我们就这样做了。我们开始贴着石墙,抓着藤本植物,小心翼翼地往前爬,是的,为了不滑下去掉进河中,我们丝毫也不敢疏忽大意。

"当时大概是下午 2 点钟。我们必须在 6 点钟天黑之前走出那儿,因为夜间是无法走路的,那个通道是如此的狭窄,人要想蜷曲起身子睡觉都是不可能的。河中出事时,我们的鞋子都丢掉了,在石头上行走,脚都被扎破了,爬这段石壁脚伤得更厉害了。我们像猴子一样抓住一切可以抓住的东西,慢慢地、慢慢地往下走。我们砍下对我们前进有用的藤条,把它们拴在树上或其他粗大的藤条上,一步一步地往前挪动。

"约摸在下午 5 点钟,我们终于走出了那片岩石屋顶,看到自己已经站在了岩石的边缘上。那儿树木不多,但岩石的皱褶更加宽大,我们可以抓着这些皱褶走快一点儿了。6时半,天已经黑下来,我们到达了石墙的顶部,看到了茂密的森林。我们把一片低矮的灌木砍光,靠在石头边上躺下来痛痛快快地睡个大觉。

"第二天,我们找到了星苹果和椰枣,我们先是填饱肚子,然后又把带的空口袋装得满满的。我们决定往森林里边走,为的是抄近路走到河的下方去。我们一连走了八个小时,到了下午,我对爱德华多说:'怎么办?我们已经走进山里很久了,没想到这儿离河是那么远。'爱德华多说这个晚上我们先睡觉,第二天再决定如何办:是继续前进还是调头到下方去找亚利河。那天下午我们就留在了那儿,我们吃了水果,喝了一点盐水,然后挂起了吊床。那天下午落了雨,到了晚上10点钟左右,大雨变成了暴风雨,我们只好解下吊床,到大树下去躲雨。我们没有带着油布遮身,因为油布都丢在河里了。这个地方,雨林的地面不仅坑洼不平,而且软乎乎的,上面覆盖着一层厚厚的树叶,脚一踩上就陷了进去。

"第二天,我们决定回头去找亚利河,但是,我们要往下方走一点,以便走点近路。但是,由于我们的方向判断不准确,直到下午,才在石壁下方很远的地方找到亚利河。那地方十分的平坦,河水缓缓地流着。危险的河段已被我们抛在身后,但是此刻我的脚都肿了起来,而且被石头刺得烂乎乎的,大腿小腿都痛得厉害。我告诉爱德华多我一步也不能走了,他说上午我们设法砍些木头和藤条扎个筏子,我们坐筏子前进。当时我们是处在河的右岸,我同意了他的意见。我们又吃了些水果,休息了一阵,因为我已累得浑身瘫软,变成了一摊泥。

"上午我们一直躺到大约10点钟,直至热辣辣的太阳把我们从吊床上催起来。我对爱德华多说我们去砍扎筏的木头。对面,梅赛河从左岸流入亚利河。我们正在寻找扎筏需要的树木时,我忽然听到了喊叫声。我对爱德华多说:'可能有人。'我们停下手里的活继续听,喊声消失了,四周一片寂静。可过了一分钟,我们又听到喊声开始靠近了。那喊声十分的奇怪,我顿时害怕起来,我对爱德华多说:'我们赶快过河走吧。'我们已经砍了些木材,他说我们应该把那些木材尽快捆在一起,坐上去过河。但是我已吓得魂不附体,因为喊声越来越近了,那喊声又长又尖厉,但无法辨别是人的喊叫还是野兽的叫声。

"爱德华多告诉我那可能是*山母*,我问他*山母*是怎么回事。

"他说:'*山母*是在雨林中游荡的一个女幽灵。她看到谁砍树,就把谁带走,将他拖到森林中间扔在那儿,让他出不来,最后死在他要砍的那些树中间。'我听了这话更加毛骨悚然,对他说:'我要到对岸去,就这么定啦。'说罢,我把口袋绑在背上跳进了河中。那儿的水流平缓,但河面很宽,两岸间的距离大约有300米。我跳下水大概游了30米的时候,爱德华多朝我喊道:'我也过去。'我回过头去看看他下水的方向,以便等着他一块游到对岸。我看到他被水流推着一直往下方偏,往下方偏,而且游得非常慢,于是我也放松身体让水流拖着走,利用这个机会休息一会儿,因为这时我已经在河中游了半个小时了。我赶上了他,为了不致太累,我们慢慢地游。我们又缓慢地游了一个小时,而且为了找近距离和争取时间,又采取仰泳让水流拖出了几段距离。两个小时过去了,我们又听到在我们离开的右岸响起了喊叫声。我们瞪大眼睛往那儿看,但是什么也没看到。那长而尖厉的喊叫持续了好长一会儿,然后就消失了。由于我们十分劳累,我们决定那天晚上就留在那儿睡在地上，因为吊床已经湿了。

"那天大概是下午3点钟，爱德华多让我躺在河滩上休息，自己进山去看看能找到点什么。刚进山一会，他便朝我喊道：'这儿有很多水果，我们可以带到路上吃。'我拿起口袋，刚进山走了几步，便看到一些树皮被剥光的树。我对爱德华多说：'这儿有人，或者是野蛮的印第安人。'他对我说：'别老是做梦看到幽灵啦，还是好好地吃水果，别害怕了吧。'我们爬上了两棵树，这时又忽然听到从附近传来一声喊叫。爱德华多对我说：'这是些野蛮的印第安人，他们会杀死我们的，我们快走吧。'我们从树上下来，轻手轻脚地往外走。当然啰，我们看到有许多条路，那些路都是多年走出来的，路面如夯过似地坚硬。爱德华多告诉我那地方万分的危险，因为印第安人经常在那儿出没采摘野果和到河里捕鱼。我们正在这样说着的时候，忽然又在我们旁边传来一声喊叫，离我们很近很近。这个婊子养的。没有别的办法，我们就拿好手里的东西快跑吧。管他什么方向不方向，管他什么太阳的方位，什么也顾不上了，撒腿跑就是了。跑啊，跑啊，我们在山中跑了一段路，又从一些棕榈树后边抄近路跑了一阵，终于到了河岸上。我们沿着河岸往下仍旧是一阵拼命的奔跑。但是，跑了一阵以后，岸边的雨林变低了，而且长满了密密麻麻、纵横交错的攀缘植物，酷似一片蜘蛛网。那时我们又钻进森林寻找树木稀疏的山路以便更好地前进。我们一直跑到下午4点钟左右，实在太累了，我对爱德华多说我们应该再去找河岸，以便挂起吊床躺下休息。我们唯一吃的东西就是水果，因为盐已经快没有了，必须省着吃。我们两人只剩下一勺盐。我觉得我实在没有了力气，就对爱德华多说：'我觉得我病了。'他说：'不，我们还得鼓鼓劲走远点。'我说：'不行，我连站都站不住了,还说什么走远点。'他建议我们去找一棵球胸棕榈树,用它的干凿一条独木舟,继续沿河而下。我说要找他就去找吧,我可是累得不行了,连路都走不动了,我的脚都肿得……这时我看了一眼我的脚,天啊,脚掌和腿上的伤口都感染了。路上被荆棘划破的地方,此刻都肿起了大包,疼痛难忍,有些还流着绿色的脓水。不管我怎样说,小伙子坚持要去找那低矮粗大的棕榈树,我答应了他。坦白地说,这时我所想的就是待在那儿休息一会儿。我打开吊床,将它挂起来,立刻躺在上面酣然入梦了。我感到浑身乏力,头疼得厉害。太阳烘烤着大地,当我对着太阳望去的时候,我感到眼睛火辣辣地疼。

"爱德华多找到的球胸棕榈树约有两米高,他将它的树干从上至下剖开,挖空树心,留下的树干就成为一条独木舟了。他把这小舟放进水中,然后帮助我解下吊床。我走到河岸上,他对我说:'您坐到小舟上去,不要乱动,我来划船,让您休息,说实在话,我看您身体不好。'我说是的,说罢就照他的话上了船。爱德华多做了桨,做了一切,因为这两天我无法帮助他。最让他费事的就是做那该死的桨。想想看,没有别的工具,就用那把没刃的破砍刀……我们在午后上了小舟,我已经感到十分的不舒服。我一直躺在舟内,白天热得浑身发烫,晚上冷得浑身发抖。我们把一只叫'燕子'的小母狗也放到了舟上,那么多条狗在船只沉没时我们就救上了这一条,因为它是我们最爱护的一条狗。举例说吧,我们最后一次过河的时候,我把它装在口袋里驮在我的背上。我们也把两个吊床和那把破砍刀靠着小母狗放到舟上。这就是我们剩余的一切。我们的处境真是糟糕透了。另外两条母狗——它们是狩猎好手和游泳好手——在岸上跟随着舟走。如果我们过河,它们也会游泳过河,我们走到哪岸它们就跟到哪岸……我的两条小母狗真是棒极了。有时候,我们远离了河岸,它们就把身子探向河滩汪汪地叫个不停,提醒我们它们还活着,那时我们就转回来,为了不让它们跳水,我们把舟开近河岸……看到我们又靠近了它们,它们就安静下来,一声不响地继续随舟前进。

"那一天我们就这样沿河而下。下午6点钟,我们找到河边的一片空地停下来睡觉。爱德华多问我:'我们给狗吃什么?'我说:'我们什么都没有,能给它们吃什么?我们挨饿,它们也挨饿吧,忍着点吧。就给那只小母狗喝点盐水吧。'他用一片树叶做了个漏斗,用水化了一点盐喂小母狗。小母狗喝了三四口,剩下的盐水爱德华多就喂了其他两只母狗。

"第二天,我们继续沿河而下。大约前行半个小时之后,便见在河左岸有一个桶卡在了几根棍子上。我对爱德华多说:'我们过去看看那桶里有什么东西。'我们将筏靠岸,把桶翻过来,桶外边隐约可见写着这样的文字:'里边有一封信。'我们把桶打开,看到里边有一个宽嘴玻璃瓶,瓶子里边有一片用铅笔写了字的纸。为了不让铅笔字抹掉,纸上涂了一层汽油,但是汽油已经干掉了。我们读了纸上的字,发现那是写给阿拉瓜拉监狱长的信。信中要求监狱长帮忙通知'三拐角'军事基地的少校派飞机来接他们,告诉少校他们病了,没有饭吃……签字的是一个叫鲍威尔的人。我不知这个桶卡在那儿已有多久,它表面粘着一层干泥巴,一半浸在水里,一半卡在河弯的棍棒上。

"我们读完信后,爱德华多建议我们把它带走,我不同意,因为担心这会给我们带来麻烦。可是爱德华多坚持自己的意见,说:'这封信大概是死在上边的人写的,如果我们能出去,就把它交给人家。'

"我们仍旧沿河而下。到了下午，正当我们要靠近河滩在森林中找片空地躺下来睡觉的时候，却看到了在河的另一个拐弯处底朝上漂着一条船。那条船约有七米长，为了不让它打转，在两边绑了两个桶，但是这无济于事，它还是打了转，肯定是因为这地方水流太急了。这条船大概是在营地打造的，因为在一条河水清澈的小溪旁我们发现了木屑和碎片。我们不能断定这条船是用新木料打造的还是用旧木料打造的，因为船一入水就变了颜色……但可以看出它是手工造出的，没半点儿艺术。我们在船周围找了一下，没有发现桨。靠近这条船后我对爱德华多说：'船下边可能有东西。'他说：'别费洋劲了，它太重了，做工太差劲了。'但是，我还是站到了船上打算把它翻过来。它太宽太短了，我未能做到。船底平平的，方方的，没有锋利的分水线劈碎波浪。显然，船是一个新手所造，而且时间相当匆忙。由于我们不能将它翻过来，乘坐它航行，只好就离开了那儿。

"上午，我们听到有人从河下边上来，顿时感到万分的激动。我对爱德华多说：'有人说话，有人上来。'我们又仔细去看那上来的是什么人，噢，是两个小伙子。我们跳上岸向他们高声呼喊。他们靠近了我们，问我们是干什么的，我们说我们是在沿河而下。他们对我们说那条河叫亚利河。然后笑起来又说道：'没有人能沿亚利河而下。'当时我们告诉他们：'我们可就是沿这条河下来了，而且已经走了许多天了。'他们不相信我们的话，但还是靠过来跟我们交谈。他们带着木薯粉，可我们张不开嘴朝他们要……当然了，他们以惊奇的目光看我们，这也难怪：我们浑身脏兮兮的，皮肤上划破许多口子，胡子拉碴。不过我们身上没有臭味，因为我们天天洗澡，虽然没有肥皂，可身体洗得很干净。

"他们问我们在亚利河干什么，我们把我们的遭遇和沿河而下的经过告诉了他们。那天晚上他们就留下来听我们讲我们的故事。他们是去打猎的，带了许多食物。我们求他们卖给我们一点木薯粉和一点大米，他们只答应卖一点木薯粉给我们，理由是他们还要往上走好远，而我们的路程已很近了。'很近了？离什么地方很近了？'我们问。他们说离阿拉拉瓜拉很近了。

'阿拉拉瓜拉有那么远？'

'像你们这样用桨划船，可能要八天左右才到，你们还要拼命地划，争取走快点。'他们说。

"听了这话我们好像泄了气的皮球……天啊，还要八天！

"他们只拿了一公斤木薯粉给我们，这对我们自然是杯水车薪。我看到他们带的木薯粉相当多，就对爱德华多说：'今晚天黑下来时我们再偷他们一点带到路上吃。'可爱德华多对我说：'您别缺德啦！我们怎么能干这种事？人家给了我们吃的，我们怎能又去偷人家？'我对他说：'如果你不干，我干。你不明白这是人命关天的事吗？'

"晚上8点钟左右，我们都入睡了。大约凌晨2时，我醒来了。我记起了木薯粉的事，便蹑手蹑脚地从吊床上下来，跑到了小伙子们的船上去。我打开船舱，拿了差不多两公斤木薯粉，把它放进口袋藏到了山上。

"第二天清晨，小伙子们去检查他们船上的东西，其中一个说道：'啊呀，这些狗真是强盗，昨天晚上它们跑来这里吃木薯粉了。'我对他们说：'这些狗也真可怜，它们已好多天没吃到东西了……可这也怪你们，你们干吗把木薯粉忘到船上不拿走呢！'

"小伙子们走了。在小伙子们开船启程之前，爱德华多说：'我们先走吧。'我说：'不，让他们先走，昨天晚上我偷了他们一点木薯粉。'爱德华多说：'你这个不要脸的东西真的偷了人家的木薯粉？'我说：'我预先告诉了你呀！我不是说你不偷我就偷吗？既然你不偷，那……因为，你没看到我们的处境吗？'

"在同我们告别之前，小伙子们真的相信了我们是从亚利河上游下来的，他们说我们是第一批能沿亚利河而下的人，以前没有人能通过那些激流险滩。他们向我们表示了祝贺，并且说：'不少人都试着沿河而下，但都淹死了，他们的尸体都从河里漂过来。'然后他们又对我们说，有时候会从河里漂过信来，最近几年在阿拉拉瓜拉捡到了几封，但没引起人们的重视，因为真的沿河而上去救，待到达那儿时，也许会发现某个人，但已经死了……而且大多数情况下，去了什么也找不到。我们告诉他们河上边还有我们的伙伴下来，是五个男人和一个女人。

'他们离这儿有多远？'他们问。

'我们不知道，因为他们留下来扎筏子，我们步行出发了。我们现在又航行了几天，不知他们已经走到前边去还是仍旧留在后边。'我们对他们说。

'他们没有过去，因为除了你们，我们没有看到任何人。'他们解释道。然后他们又告诉了我们一件事，使我们非常泄气。他们说他们沿河而上已是第九天。

'已经九天。不不不。看来我们是活不成了。喂，干吗不用你们的船往下送我们一程呢？'我问他们。他们说不行，他们耽搁不起这个时间，说罢便走了。

"当我看到他们的身影消失在河的拐弯处时，我便走到山上取出了木薯粉，把它和他们送给我们的木薯粉倒在了一起。我给爱德华多抓了一把，自己也抓了一把，我们用水和了和便吃起来。那些狗目不转睛地盯着我们馋得流口水，我们又和了些喂它们，它们吃了一点马上高兴起来。我们又登上独木舟继续前进。刚行出几米独木舟就翻了，我们游着水将它翻过来，又坐上去继续前进。在这只小舟上我们已翻进水里九次。第一天乘坐时我们翻船四次，后来我们掌握了平衡，翻的次数就少了。每次我们落水时，我们就抓住口袋和小母狗游到岸边，然后再把小舟推到岸边，舀出里边的水，继续往前航行。

"小舟漂在水上，舟沿距水面只有一指高，因此我们不敢活动。与其说我是坐着还不如说我是躺着，双腿一直是麻木的，屁股也坐麻木了，都坐扁了，知道吗？我的身体从腰部往下都是麻木的，因为小伙子坐在我的双脚上，我无法指挥他。如果我们改变姿势，小舟就会翻。小伙子在舟前部坐在我的双脚上一动不动。

"每次那只他妈的小舟翻沉，我们至少要耽搁一个小时；对，至少一个小时，因为我们跌进水中后，首先要找口袋，然后再游到岸边。拖着那叫'燕子'的小母狗，人只能用单臂游泳。上岸之后，我们把口袋和吊床放下，接着又跳下水去捞小舟。把小舟拖到岸边后，将里边的水倒出来，再把口袋放进去，我们才再坐上去……可以毫不夸张地说，那真是一场混战。由于我们多次翻船，小母狗慢慢地学会了一切，最后，当看到翻船时，它就自己跳进水里游泳。待它游累了时，我们俩就有一个人把它从水中抱出来，以免它淹死。

"那最后一天我们实在命运不济。刚刚翻了一次船，只走了几米远，船又翻了个底朝天。我们游到岸边，真他妈的扯淡，那儿是一片用木桩围起来的地方，木桩的上方全是带刺的树枝。我对爱德华多说：'小母狗没有经验，你把它抓好，别让它钻到树枝里去扎在那儿。'我们转了个弯继续往河下方游。我们把口袋留在后边，顺利地游到了一个河边没有带刺树枝的地方。我们上岸等了大约有半个小时，口袋和小舟都下来了。我们跳下水去，把小舟和口袋拉过来。我们重新上岸之后，爱德华多对我说：'哎，奥斯卡，为了不浪费那么多时间，你抓住小舟，看看能不能撑着它前进，多试几次，否则就这样我们可就完蛋了。'我说好吧。他先坐上小舟，转了几个圈，让我看看小舟怎样漂荡前进。接着他把小舟推到我身边说：'现在看你的了，看看你能不能撑好它。'我爬上小舟，可是马上小舟就翻了，我拿它没办法。相反，爱德华多把小舟撑得很好，左转右转，漂漂荡荡，活动自如，没有发生任何问题。可我始终没有学会驾驭小舟，于是我们又像原来一样继续前进：我半躺着，他坐在我的脚上，压得我双脚麻木。我心中想：'我真是活该倒霉。'

"由于我们木薯粉不多，所以我们得省着吃，不但吃的次数少，而且每次都吃得很少。我们上午吃一点，下午再吃一点。吃那点木薯粉跟没吃差不多，因为在木薯粉充足的时候，一般来说一个人一次要吃一公斤或者更多才能填饱肚子。吃那点木薯粉，一个小时以后就又感到饿了……那一次，每走一程我们每个人只吃一把木薯粉，饿成什么样子就可想而知了……

"我想，实际上，只要两天工夫我们的木薯粉就吃光了。我们到达岸边时天已黄昏。我们仔细地看了包木薯粉的叶子，那里边的木薯粉只够塞牙缝儿的了。那时爱德华多说我们还是做面糊糊吧。我不知道啥叫面糊糊，但我还是说，好吧，就这么办吧。爱德华多进了山，砍来一块大树皮，那种树当地人叫卡盖罗，树身十分粗大。他将树皮折成一个像锅似的圆形物，里边放了水，然后点火烧。当把水烧热时，又把剩的一点木薯粉撒进'锅'中，很快就熬出了稠粥，这也就是他说的面糊糊。我们每个人吃了一点，其余的喂了狗。好了，一切干净利落，木薯粉光了。

'行啦，我们现在怎么办？'我问爱德华多。

'没有别的办法，只能设法往下走，看看能不能活着到达某个地方，找找人，然后回去找我们的同伴，他们的情况大概很不妙。'

'对，这话不假，除此之外我们没有别的路好走。'我回答说。

"我们往下走了一天，到了一个从前有过割胶营地的地方，我们很高兴。我对爱德华多说：'应该是不远了。'从遇到那两个沿河上行打猎的小伙子我们已经走了四天。他们告诉我们八天可到达阿拉拉瓜拉，减去四天，那就差不多了。因此我对爱德华多说：'我们就要到了'。我们躺下来睡觉，我说：'明天我们一早就走，看看能否发现别的营地，或者有人住的房舍，或者别的什么东西。'

"那天晚上我们没有东西可吃，也就没有吃饭。为了争取时间，清晨4点钟我们就开始前进了。我们急急忙忙要赶到一处有人的地方去。爱德华多对我说：

'上帝保佑，现在我们可是要找到人了。'

'我们可能找到人，也可能找不到人。'我说。

'我们在天黑之前靠岸吗？……还是夜间继续航行？'他问我，显然他已急不可耐地要靠岸去。我想了想果断地说：

'晚上我们不能航行，因为乘这样的小舟，尽管我较以前掌握了平衡，但如果看不清楚，随便一棵树都可以把它撞翻。晚上航行会丢

掉吊床和口袋,会把小母狗给淹死。'

'不会的,我们还是晚上继续往前赶吧。'他固执地说道。

'绝对不行,晚上我们不能走。天已经黑了,我们上岸吧,听我的话吧!你没看到连白天我们的小舟都不平安吗?晚上就更糟糕了。我知道我们心里都很急,但首先还是多加小心注意安全为好。'

"我们靠了岸。爱德华多进山弄来了根又细又结实的丝兰藤。他有几个小鱼钩装在裤子口袋里。他取出一个,拴在那根藤条上。鱼饵怎么办?去挖地找蚯蚓吧!挖了半个小时才找到。他把鱼钩甩进附近的水里,等了一会一条锯鱼就上钩了。我对爱德华多说慢点拉,慢点拉,否则藤条会断开,那我们就完蛋了。我想那是一条大锯鱼。爱德华多轻轻地把藤条扯了一下,又扯了一下,啪!锯鱼用嘴把藤条咬断,带着鱼钩跑了。我们又一天晚上饿肚皮。

"我们想睡觉,但是睡不着。我听到爱德华多在吊床上翻来覆去,我也一样。大约折腾到9点钟,他说话了:'奥斯卡,我饿得睡不着。''我也饿得睡不着,咱们怎么办?''我们用那把破砍刀去捕点鱼吧,这河里鱼很多,你看,今天下午我刚一放下鱼钩就钓到了一条……我们去试试运气好吗?''好的,我们去试试运气吧。'

"我们往前走了几步,他上了小舟。我突然听到他尖叫了一声。我在他后边只有几米远,高声喊着问他出了什么事。他没有回答。我走过去看个究竟。当时月光很亮,我看清楚了,他躺在小舟上,一声不吭。他失去了知觉。在动手把他从小舟上拉下来之前,我在河滩上往后退了一步,没有先动那只小舟,因为我想到那可能是一条电鳗或一条大蛇。我仔仔细细地往船边上看了一下,没错,一条约摸15厘米粗的电鳗贴在小舟上。电鳗是黑色的,仿佛由橡胶做成,光滑而闪闪发光。我又高声呼叫爱德华多，他还是没有反应。他彻底昏厥了，这是因为他爬上小舟的时候，电鳗电击了他，立刻将他的全身变得软瘫无力。谢天谢地，他倒在了小舟里，如果他倒在水中，那就彻底完蛋了。电鳗电击一个人后，就等他慢慢苏醒过来，待他漂在水上时，就对他第二次放电，就这样三次、四次、五次地不断电击下去，直至把他的大脑彻底破坏，让他淹死在水里。电鳗就是这样折磨它的猎物，向它泄愤的。那是一种十分残忍的动物，每次电击的力量都很强大。

"我看到爱德华多命在旦夕，又想到电鳗会接连放电，而舟体是湿的，电力很容易穿透，于是我马上想怎样杀死那个混账王八蛋，而且下手要快……可是，我怎样把它杀死或赶跑呢？当然，要用鱼叉，赶快要弄个鱼叉来。我摸索着上了山，用那把破砍刀砍了一根棍子将顶部削尖。我想，就这样吧，拿它当梭镖吧。就拿它当梭镖，但是要快，因为小伙子正在死去呀！

"我走到小舟旁边，心中琢磨：即便我不把它杀死我也得把它赶跑，这样我才能救爱德华多。事情想周到之后，我俯下身去看个仔细，好在天上挂着一轮圆月，我能看清。我把一切都估计好，又一次呼唤爱德华多，他还是没有反应。'他死了，电鳗把小伙子电死了。'我心中想。我看准电鳗之后，用尽全身之力把梭镖向它扎去。我感到扎中了它，这不是吹牛，梭镖准确地扎进了电鳗的身体。我拼命地顶着梭镖不动，直至感到电鳗猛地用力抽缩了一下，我无力抵住它的凶猛，它摆脱开我的梭镖逃走了。我哈下腰看了看，它真的不在了。我已经看不到那个动物光闪闪的阴影，但我想，它是退走了，但有可能还会回来，我得赶快把爱德华多从那儿救走。我把木棍扔进水里，跨

上了小舟。'你怎么啦，兄弟，怎么啦？你讲话呀！随便说点什么都行呀，好证明你还活着呀。'

"爱德华多用微弱的声音对我说：'一条电鳗。'说罢，他又晕过去了。我等了一会，他恢复了神智，我很高兴。我抓住他的手把他从小舟中拉出来，他想站住，但是身子一晃，'扑通'，我们两个都跌进了水中，他的身子已不能掌握平衡了。由于担心电鳗回来同时找我们两个人的麻烦，那时我们就谁也救不了谁，我赶快松开爱德华多，离开了他的身子。我犹豫了一下，又去叫他：'爱德华多，爱德华多。'我听到了他轻轻地划水声。这地方水不深，我问他能不能游泳。

'不行，我感到很难受，奥斯卡。'他用颤抖的声音对我说。

"我很害怕，坦白地说，当时我是个胆小鬼。我对爱德华多喊道：'小舟在这儿，我把它推过来，看看你能不能伸出胳膊抓住它。'我推过小舟，听到爱德华多仍在划水。可他越是划水，也就越往下沉，而且往下沉得很快，因为河水在拖着他走。那时他高声喊了两次：'我要淹死了，我要淹死了。'

"我爬上小舟，想去抓住他把他拉上来。我让小舟漂到我听到他喊叫的地方，可那儿什么也没有。我又呼唤他，他没有回答。他又划了一次水，我听到的是轻轻划水的声音。我让小舟漂到传来划水声的地方，那儿又静下来，什么也没有。后来他又划了一次水，已经是有气无力。我自言自语道：'他要淹死了，真他妈的倒霉，他要淹死了。'我又把小舟往前漂了一点，突然，就在小舟下方，就在我的鼻子尖下，我看到他露出了脑袋。我闪电般地伸出手去抓住了他的头发，而且死死地抓住不放，直到他休息过来，当他能说话的时候，他告诉我他感觉到了我的胳膊。我把他往岸边推呀，推呀，最后把他推到岸上。我让他在岸上平躺下来之后，就去摸他的肚子，天啊，那肚子胀得像个大鼓。那时，我便双腿跪到他的肚子上，小心翼翼地开始挤压。小伙子的身上到处都在出水。他不呻吟，也不说话。他的头脑已经昏了。他嘴里在流水，屁股里在流水，到处都在流水，惨极了。当我对他进行了足够的挤压，看到他身上不再出水的时候，我便问他感觉如何。

'我活过来了，活过来了。'他回答说。

'感到胃难受吗？'

'什么难受呀，是疼。'

'当然了，我用双腿挤压你的胃能不疼？'

'是您在我身上呀？'

'当然是我，如果不是我用双腿把你肚子的水挤出来，你就没命了。你肚子里灌满了河水，带着它还能活？'

'谢谢，奥斯卡，您已经救过我两次命了。'说罢，他开始哭起来。我劝他不要那么想，因为我们是兄弟。我们都沉默下来。

"我们已经离我们挂吊床的地方很远了，因此我对爱德华多说，待他感到好些时就告诉我，我们得回到吊床那儿。15分钟后，他对我说：'好啦。'我们开始在岸上走起来。路程很远，我们一步一步地往前走，小伙子把一只胳膊搭在我肩上，因为他十分的虚弱。我们大约走了一个小时才到。我们已筋疲力尽，躺下便呼呼大睡起来。"

这时候，马丁似乎把营地完全从他的计划中抹掉了；他已沉浸在了那些维森特不断给他讲述的奇异的故事之中。

作为年轻人，维森特像千千万万个哥伦比亚人一样，曾经当民兵积极参加了那个地区的剿匪行动。当时那个地区被埃尔南多·帕尔玛和他的一伙匪徒奴役着,当地人至今还记得那伙匪徒,他们将那些人视为曾经踏上那些土地的最凶残的强盗。

后来老头儿发现了亚利平原。作为橡胶工人,他深入到最偏僻的地方;作为伐木工人,没有人比他走得更远。

40年的经验使维森特了解了每条河发源于何地,结束于何处;知道了土著人在哪儿,以及一年四季太阳都出现在何方。

在维森特讲述的所有故事中,最让马丁入迷的是那产黄金的河流的故事,那些河流在一个非常遥远的地方静静地流淌着,在剿匪的年代里,维森特曾经到过那儿。

尽管马丁对他随从的话坚信不疑,可听到那个故事之后,他还是坚持要他把每段话都重复了几遍,最后,他狂热到就像当年奥雷利亚纳·弗朗西斯科·德奥雷利亚纳[①]一步步征服亚马孙河那样忘记了一切,开始了一次新的冒险。

维森特:"我去那地方已是多年前的事了,所以我早已把它忘到脑后。但是,那天晚上,坐在马丁的房前,我点上一支烟,开始给他讲故事,我记起了金子的故事。他听了之后,简直像疯了一样。第二天他一大早就来找我,我又给他讲金子的故事。一周之后,他便安排了朝那个地方远征,那是一个非常遥远的地方。他不想让任何人知道这件事,我们去的人中,有他的兄弟、一个为我做助手的黑人和一个女人,这个女人后来跟他的兄弟结了婚。

[①] 西班牙探险家,参加了征服秘鲁的战争。1540年,他受命沿科卡河和纳波河勘察安第斯山下东平原,一直航行到亚马孙河流域。由于无法返回出发地点,他便沿河而下,于1542年到达大西洋,写下了第一次白人沿整个亚马孙河航行直至其入海口的远征历史。——译者注

"我们准备了一条船,船上装了食品、吊床、油布、武器、工具和大量汽油,然后我们沿卡克塔河而上,往前行进,直至发现了一个河口,一条名叫拉萨瓦莱塔的小河汇入。我们转入这条小河,上行了七天。我们停下来在岸上寻找,没有找到出金子的痕迹。我努力回忆那个出金子的地方,就是想不清楚。我对马丁说:'我们走吧,我想不是在这儿。'但是马丁完全被那个梦迷住了,他说宁死也要找到金子。我们继续沿河而上,又上行了四天,仍是一无所获。那个地区是一片原始森林,草木异常茂密,而且崎岖不平。我们徒步爬过岩石丛,在河滩上挖金子,还是毛儿都没有见到。我们过到河的对岸,继续在河滩上挖,金子还是没有出现。马丁依旧被金子迷住心窍,那些天他唯一讲的话就是无论如何我们要找到金子,变成富人;我对他说他说得对,我们总有一天会大发横财变成百万富翁的。

"终于,一天下午我们发现了另一个河口,汇入的河叫埃尔卡尼奥·德尔安吉拉,我开始记起了产金地。我们沿这条河上行了两公里,跟我同行的都是技术人才,他们仔细地看了看岩石,惊呼道:'这儿有金子!'没错,金子就在那儿。再过去一点,我们看到了不知从多少年前印第安人码起的一堆堆石头。显然,还在征服前他们就在这儿挖金子了……好啦,我们走过去,马丁说:'我们试试运气吧。'我们试了试,第一批金屑出来了。我们再往前走,发现了更多的金子,越往前走,金子出现得越频繁。我们看到这一切后,马丁说我们在地上刨刨。我们在地上一刨,发现了更多的金子,随便在哪儿挖个一公尺深的坑,就会露出金子。我们把矿土放进几只特制的木盘中,淘了淘,盘子底上就出现了指甲大的金叶和大块的金粒。我们干了几天,找到了相当数量的金子,但是,食品吃完了,我们就返程了。

"一个星期之后,我们再次出征。马丁说我们得修一条小飞机降落的跑道,那是去那儿和运送食品及工具的最好办法;跑道不能建得离金矿太近,我们设计到离矿苗约两公里的地方。

"我们披星戴月拼命地干了差不多五个星期,砍倒森林的大树,拉走树干,平整地面,让它如桌面似的光滑,以便小飞机能够降落。约摸花了一个半月的时间,我们的跑道建成了。我们又返程拿了些食品,然后重新深入矿区。我们用盘子淘了相当数量的金子,实际上我们是用指甲挖金子的。马丁说必须运机器来,因为全世界的金子都储藏在那儿。于是我们离开矿区,他去了卡利城,买了许多东西,用他的小飞机一批一批地运来;他一来,我们就把东西卸到跑道上……

"他来回跑了几次,最后说东西买齐了。当他把一切都卸下来之后,我们就安排搬运了,因为飞机跑道离矿苗有约三公里[①]远,我们必须抬着非常沉重的机器穿过草木密集的雨林。这非常困难,非常非常的困难……想想看,全是些钢部件和十分沉重的东西。我们把机器放到粗大的木料上用丝兰藤捆牢,然后用肩膀抬着走。为了抬很少几个部件穿过三公里的雨林,我们花了五天的时间。我们的肩膀磨破了,清晨开始干活的时候,伤口流出血。太艰难了,然而,我们没有能把任何部件运到采金的地方。

"看到那台大机器运送如此困难,我们就把其他机器从河里运到某个地方,从那儿再抬上岸往前运,但是,那儿的地面坑坑洼洼,高低不平,前进十分困难,结果乱成一团,甚至往后倒退。

"一天下午,我们费尽九牛二虎之力,折腾了好一阵,结果只在

[①] 原文如此,与上面说的两公里相矛盾。——译者注

雨林中前进了 200 米,机器扔得这儿一件,那儿一件。马丁说,不必再费劲了,机器运往金矿是没门儿了。我对他说:'是的,可是我们得把这些机器再抬回去,说不定哪会儿还会用到的。'他说,不用了,就把它们扔到那儿吧。我说,'这些机器很值钱,是些贵重机器呀!'他说,不,就扔到那儿让雨林把它们吞吃掉吧。马丁一旦对东西失掉兴趣,什么都敢扔。

"在扔到那儿的东西中,我记得有一台钻石头的钢钻、几个钢拱腹架、电动泵,另外还有两台特殊的发动机,还有……他让把一切都丢在了雨林中。我再重复一遍:'马丁有这么个缺点,开始做事时他热情满腔,可一旦遇到麻烦,他就把一切都统统放弃。'"

第十八章

在同电鳗,同险些把那个土著人卷走的河流,同渐渐把他们的身体消耗得软弱无力的饥饿搏斗了一番之后,那天早晨,爱德华多和奥斯卡已经难以从吊床上下来了。

奥斯卡:"我觉得浑身没有一点力气,连睁开眼睛的力气都没有了。但是,渐渐地,阳光逼迫我睁开了眼睛,我仔仔细细地往周围看了一番。爱德华多已经醒来,他侧身躺着,安安静静。他一句话也不说。我对他说:'我感到今天我连一步都走不动了。'他说他同样感到筋疲力尽。我们就这样耽搁了差不多半个小时,天开始热起来,一点风丝儿都没有,我们身上冒汗了。我们不约而同地说道:'应该再努把力。'

"我从吊床上下来,但马上又想再躺下,可小伙子攒起劲儿帮我摘下吊床,又把小舟拖过来,我们登上去继续沿亚利河而下。当时我认为我们没有任何出路,就等死在亚利河上了。

"我们下行了半个小时,谁也没有说话,因为没有心思说话,直到他问我那天晚上发生了什么事。我对他说应该讲讲那天晚上发生的故事的是他。

"他说,他把一只脚迈进小舟,感到有个软绵绵的东西似电流一般缠到他的腿上。他没有在意。一条腿站稳之后,他又把另一条腿迈上小舟。那时他感到一股强电流刺得他的脑袋疼痛难忍,接着就失去知觉什么也不记得了……他不记得他在河中险些淹死,也不记得我抓住他的头发将他拖上岸,将他肚子中的水压挤出来。他居然什么也不记得!

"我们整整航行了两天,没见到一个人,也没见到遗弃的小屋,也没见到那地方昔日割胶的迹象。什么也没有。我们几次上岸,找点水果填填肚子。

"一天上午,我们开始看到许多库尤亚鸡,这是当地在水狸出没觅食的地方盛产的一种鸟。水狸捕到鱼后,只将鱼肉吃掉,而将鱼鳞整齐地一堆堆码在河岸上。库尤亚鸡就以这种鱼鳞为食。这是一种黑鸟,只有翅膀上方和脑袋是白的。它的肉很鲜美,可惜我们没有猎枪,只好让它走掉。爱德华多问我怎么办,我想了一会儿说:'我们没有猎枪,用那把破砍刀对付水狸又很危险,但无论如何我们得打到点什么,找点东西吃。生活在这些雨林中的水狸是一种身长约两米的动物,它的前掌后掌都像鸭蹼,脸像狗,两边长着小耳朵……当许多水狸在一起的时候,它们就攻击船只,大群大群的水狸把船只掀翻时,它们就向人发起攻击,将他们活活咬死,它们的尖牙如虎牙一般的锋利。但是,冒一次险是值得的,因为我们需要吃东西。

"我们再往前走,除了库尤亚鸡之外,还不断地看到河岸上有出来觅食的水狸的足迹,但没能看到水狸。那些水狸捕到鱼,就到岸上去吃。我想我们大约航行了三小时,随着沿河而下,我们发现了更为鲜美的可食物。当我们认为离猎物已不远的时候,我用右手握住了那把破砍刀,爱德华多握紧桨,把小舟划得更快。我们拐进一个河弯,当长长的弯河道就要结束的时候,我听到对面有声音。我问爱德华多听到了没有,他说也听到了,并说:'是水狸,你准备好砍刀,站稳了,如果我们跌进水里,那可就没命了。'再仔细听听,那声音就如一群狗乱哄哄地一起哼叫一般。

我们又小心翼翼地往前走了几米,并且不弄出声响,那时便看到前边有一道狭窄的河滩,河滩上的动物有着深咖啡色的毛皮,闪闪发光,十分的精美。我数了数共有八只:四只在捕鱼,四只在下边一点警戒。它们没有发觉我们,我们把小舟轻轻地划到几棵大树下,在那儿观察了几分钟。一只水狸跳进水中捕鱼,并不弄出声音。它小心地在水中往河中央滑动了几米,然后就沉入水中,在水中大约又往前潜泳了四米,它就一声尖叫返回水面,随之又潜入水中。捕到鱼之后,它就把它衔在嘴中,游到岸边。上岸之后,它把鱼放在河滩上,马上又回到水中去。其他的水狸在鱼的四周看着猎物,并不去动它,让那鱼就像捕获者放的那样待在那儿。

正当我们这样观察水狸互相恭敬地组织捕鱼的时候,一阵轻风沿河刮了下去,水狸立刻发现了我们,争先恐后地扑扑通通跳入水中。它们沉入水中,我们看到在距我们约四米远的地方,它们露出水面,爬到一根树干上。那树干从河水中往下漂着,但是看不见,因为它漂在水下。水狸从那儿开始看我们,并且低声哼叫着朝我们露出牙齿。砍刀那么小,我不知该拿它派什么用场,而爱德华多手中又只有一只桨,但是,最令我担心的还是随便一个猛烈的动作都会使小舟翻沉。而一旦落入水中,我们就毫无自卫能力了。那是从未被人追捕过的凶残的水狸,也许第一次看到它们的人就是我们,这从它们对付狩猎者的方式上就能看得出来……我对爱德华多说:'你拿砍刀轻轻地靠近它们,看看能不能砍它一个,咱们试试运气吧。'但是,我们正在这样说着的时候,我看到一只水狸潜入水中。我对爱德华多说:'注意,一只水狸来攻击我们了。'此时,那水狸从水中露出了脑袋。它就在小舟舷边,瞪着红红的小眼张着嘴巴看着我们。那牙齿可真厉害!它冲着我摇晃着脑袋哼叫着,我用尽全身之力,毫不犹豫举起砍刀向它砍去,我觉得不歪不斜地砍到了它的鼻子上,把它的鼻子砍伤了。水狸咳嗽了一下钻入水中。我朝树干望去,其他水狸也都接连地跳入水中。我对爱德华多说:'别的水狸也过来了。'第一个从下边水中露出来的受了伤,因为我看到水被血染红了。接着我们就注意看其他的水狸从哪儿钻出来。又过了一会儿,所有的水狸都从后边一点的地方露出来了。受伤的水狸消失在水中,后来我看到它上了岸,在那儿继续哼叫着。其他的水狸也都没入水中,我们再次等待着看个究竟,它们都在第一条水狸上岸的地方露出了头。

"'它们胆怯了,我们追过去。'我对爱德华多说。小伙子开始摇起桨,信心百倍地把小舟划向水狸钻进山里的地方。我们上岸之后,听到它们在百米之外哼叫;我们赶到声音传来的地方,可没有看到它们。它们又哼叫起来,我们觉得它们在转圈儿。当然,它们从我们上方30米处出现了,从那儿跳进了河里,然后在约80米处又露出了脑袋。我们无计可施,眼巴巴地看着它们溜掉了。

"我们看到水狸消失得无影无踪,白费了半天劲,我感到很泄气。爱德华多对我说他也没有力气了。我们斜靠在河滩上,他对我说他认为我们要死在那儿了,我们要遭受跟在河上方发现的那个骷髅人同样的命运了。我心中很害怕,但口中什么也没说,后来我决定鼓励他,说：'不，小伙子，我们就要到阿拉拉瓜拉了，那儿有人。'但是我内心中也认为我们的死期已到了。我以水为镜，照了照我的身影，我看到自己很瘦。爱德华多脸色苍白，脸上的颧骨突现出来，包在松弛的皮肤里，看上去像个骷髅。我伸手摸了摸脑袋，头发上沾满泥巴和苔藓，硬挺挺的。衣服已完全撕破了，衬衣成了布片片儿，裤子成了布条条儿，而且只留下膝盖以上的部分。后边，屁股那儿已磨出了洞。我看看自己的双腿，瘦得像两根棍儿。后来我们又继续航行，但太阳像下火一般，我们不得不时时靠岸找树荫乘凉，因为我们已经不抗热了。我们都同意到下午四五点钟后再继续航行。夜间行船的危险对我们已无所谓了，因此，那天下午和晚上我们都不停地划船前进。

"我想那是我们遇到开船上行打猎的小伙子们后的第九天。下午5点钟，我们又下行了一段，忽然听到一声猎枪响。

"'有人打猎！'爱德华多说。我们停下说话，又注意去听。我们转入一段长长的笔直的河道，又听到了从岸上传来的几声枪响。我对爱德华多说：'走这边，那儿有人。如果是个猎人，他肯定住在附近，我们往这边走。'我们划着小舟奔向枪响的地方，用尽最后的力气，一直顺这段直河道航行了一个半小时；我们既焦急又害怕，因为我们知道那是得救的最后一次机会了。如果经过这次还是找不到人，那我们肯定要葬身于那儿的黄土中了。我们拼命地划呀，划呀，天完全黑了下来，大约是下午7时半吧，我们到了那条直河道的尽头，从那儿看到下方有灯光。'是一家人，一家人。'爱德华多高声喊叫起来，我由于高兴什么也说不出。我们已万分的疲惫不堪了，但还是再努一把力，朝灯光那儿划去。

"大约是晚上9点钟,我们到达了一座茅屋,茅屋对面挂着一盏煤油灯。煤油灯下方有一道栏杆,一位夫人默默地倚在栏杆上,注视着河流。我说:'上帝保佑,我们不会出什么事了,我们得救了,因为终于到了有人的地方。'我感到喜悦万分,爱德华多也一样,但是我们很快就镇静下来。那时我感到打起精神能说话了。我们又往前划了几米,待我们到达茅屋近前的时候,那夫人用手遮住前额在黑暗中仔细地观察,我听到她在叫什么人。当我们登上河岸的时候,我已不能站立。我的身体十分虚弱,而且患了病。我看到从房子后边走出一个男人,他手里拿着猎枪,并且瞄准我们的方向。他不相信我们,表现得十分谨慎小心。我高声喊着向他问晚安,告诉他我们是好人,我们快饿死了,而我还患了病,身上忽冷忽热。我希望他来帮助我们,因为我们的情况很不好。

"他走近河滩,提起一个灯笼看了看我们的脸,说道:'你们的脸像死尸一般。来吧,我帮助你们。'

"我们进了他的家。我感到头晕,但我还是竭力站住听他在说什么。这时,女人端来了两杯咖啡,我觉得我连端咖啡的力气都没有了。我使了使劲,把咖啡喝下去。我一生中从来没有喝过这么香的咖啡!

"他给我们搬来座位之后,我们就开始给他讲述我们历险的经过。他说那不可能,没有人能穿越亚利河。我们对他说,如果他不相信我们,那就没办法了,可我们真的穿越了亚利河。我们总共是八位同伴,其他的同伴还在河上挤在一个筏子上,情况十分的不妙。

"他告诉我他叫萨乌尔·阿拉克,曾在阿拉拉瓜拉坐监。监狱关闭的时候,他的刑期已满了。但是,由于在那儿折腾了那么多年,他没有心思重新再回到城市，因为他连城市的模样都忘掉了。他同一位土著女人结了婚，选择了那个岛住下来，亚利河从这个岛的位置注入卡克塔河。卡克塔河是一条大河。当监狱设在那儿的时候，那个岛是阿拉拉瓜拉七个营地中最残忍的一个。萨乌尔·阿拉克告诉我们：'这个岛上的囚犯都是赤身裸体的疯子和病人，从来没有人给他们饭吃，就让他们活活饿死。'

"我告诉阿拉克我在发烧，听不清他的话。他给了我一个药片，又给我端来一小杯汤让我喝下去。'我不能给您更多的饭吃，那对您不好，从你们脸上看得出，你们已许多天没吃饭了。等明天再说吧。'阿拉克对我们说。我把汤喝下去，产生了一种奇怪的感觉，那就是我忘记了热饭是怎样的，盐是怎样的，洋葱是怎样的……我喝下那杯汤，马上就入睡了。

"第二天上午10点钟，我下了吊床。夫人给了我一点吃的，但是我什么也吃不下去，吃第一口就吐了。尽管如此，我们还是起床了。我们去了阿拉克的船边，开动马达，逆水而上去找我们的伙伴了。

"尽管我们给他讲了那么多，他也亲眼看到了我们的境况，但他还是没有完全相信我们。他疑心很重。他说他来开船，让我们坐在船前部，不希望我们离他太近。他坐下来，装满弹药的猎枪放在身边，以防我们有某种可疑举动。我看出了这一点，朝爱德华多挤了挤眼，像是在告诉他：'应该说服他，让他相信我们是安分的人。'我们这样做了。我们安安静静地待在那儿，回答他提出的所有问题……他无法相信我们穿越了亚利河。

"我们不停地开船前进。下午两点钟，我们进入了一个笔直的河段,那时,我们看到河中央有一个筏子缓慢地漂下来。筏子没入水下,上边的人都站立着,水没到他们的腰部。筏子的四角支起四根柱子,搭成了一个小房子,屋顶由棕榈叶搭成。

"看到那些人时,阿拉克拿起了猎枪,他问我们那些人是不是我们的同伴,我们作了肯定的回答,并且希望他放慢船速靠过去,以避免船激起的波浪使那筏子沉没。我们向筏子靠过去,我看到筏子上的人笑了起来,并开始叫我们的名字:'爱德华多……奥斯卡。'

"阿拉克把船开到筏子边,瘦得怕人的劳尔对我说:
'我们还以为您不会来找我们了哩。'
'我是个好伙伴,看到你们的窘境,没有吃食,没有武器,什么也没有,我们就加快速度首先冲过来了。如果你们慢慢腾腾地下来,那就活不成了,因为到卡克塔河的距离可是很远哟。'
'什么河?'
'卡克塔河。我们到了卡克塔河了,我们到了卡克塔河了。'我对他说,他不敢相信。

"劳尔首先跳上船来拥抱了我。然后筏上的人都一个一个上了船,也都拥抱了我,接着他们又拥抱了爱德华多和阿拉克,尽管他们不认识后者。'是这位先生救了我们的命。'我对他们说,他们向阿拉克表示了感谢。

"大约晚上9点钟,我们到达了岛上。阿拉克说我们可以睡在从前的一个监狱牢房里。在岛上我们一直待到星期一。那家人给我们一些吃食,我们恢复了体力,然后就下行到中心营地去给桑切斯发电报,因为他们告诉我们那儿有发报机。但是,我们一到中心营地就被绑起双手逮起来关进了牢房,我们整整两个星期没有见到太阳,手也没有被解开。那儿的人只是偶尔给我们一点吃食和饮料，因为他们认定我们是强盗，让我们招出在那些地方干何勾当。

打捞出桑切斯的小飞机，在阿拉拉瓜拉监狱接人回多斯·里奥斯

"我们一直请求他们同多斯·里奥斯我们的老板豪尔赫·桑切斯联系，可他们总是问我们那几句话，那些日子我们整天就这么过。

"两个星期以后终于来了一位法官，他审问了我们，然后说可以放掉我们了，可看守不同意。又过了一个星期，显然是桑切斯得到了通知，因为后来飞来了一架小飞机，是他派来接我们的。但是，我没有上飞机，因为我不想回那儿去了。就这样，我永远地告别了劳尔，告别了他妻子和其他工人。爱德华多跟我留在了一起，因为他是我的兄弟。"

第十九章

在远离城市的喧嚣,占据着哥伦比亚三分之一领土的广阔无垠的热带雨林地区,交通和通讯似乎决定了时光过得惊人的缓慢:把一架飞机从河底打捞上来需要四个月;修理飞机需要九个月;选择能够飞行的气象条件需要等六星期。

有邮政服务的地方信件至多每年来四次;船上马达的过滤器坏了,这本不是什么大事,可船要在河中待四五个星期,在时间的概念上,热带雨林实在让人焦躁和苦恼。

在那些荒凉之地,某些居民点的警察局局长有老式的无线电话机,但那些电话机一年中大多数时间都不能用,因为电话需要电,而那儿电厂的燃料供应时断时续,没有任何保障。

这就是为什么直至注意到本哈明迟迟不归的第九天之后,家里人才收到他妻子寄出的第一封信的原因。

安娜·胡迪特:"罗萨尔瓦的信寄出3个月之后我才收到,知道了本哈明在热带雨林迟迟未归的事,罗萨尔瓦对从她门前经过的一个人说,请他一看到无线电话局,就让那儿的人将本哈明的事通知弗洛伦西亚。那时,我在弗洛伦西亚的一个叫拉图维亚的小镇上当教师,每到周末便进城去,而每次进城我总要光顾一下政府开办的布伊特拉戈先生的无线电话局,看看有没有家里寄来的信。

"您看,事情真是巧极了,在我得知本哈明发生了某种不测之前,我梦见我坐在一列长长的火车上旅行,一个孩子丢了,我找哇,找哇,终于通过车窗看到了他在下车,而火车已经开动,我无法赶上他。我看到他的小脸脏兮兮的,那就是本哈明小时候我在父母的一个叫'埃尔贝苏维奥'的农场里照顾他时的小脏脸。我看到他下了车,火车开动了,我急得不得了,一下子醒来了。那一夜我多次醒来,睡得很不安宁。

"一收到罗萨尔瓦告诉我本哈明迟迟未归的信,本哈明被抛弃在启动的火车下面临死神的情况我就看得清清楚楚了,于是我开始三天两头地跑布伊特拉戈先生的无线电话局。我寄了数封信给我的另一个弟弟费里克斯,让他通知其他兄弟们一块设法营救本哈明。

"我不知过了多久,已经是2月的最后几天了,我走进布伊特拉戈先生的无线电话局,从他看我的神态上,我判断一定是有什么坏消息,因此我要求他直话直说,痛痛快快地把事情说清楚:'如果有什么不好的事,那就告诉我吧。'我对他说。他犹豫了一下。显然,他很紧张。他开始整理手中拿着的一些纸张。最后他伸了个懒腰,从桌子上的电话机上拿起一张油纸,放到眼前看着,然后从纸上方注视着我说道:

'您肯定在亚利的是您的弟弟吗?'

'完全肯定。您很清楚,许久以来我一直在等信。'

'好吧……您看,这里有封信,我希望这是一个误解,不过,这是一个在雨林中迷了路的人去了亚利,他在河边的一个简陋的房子里

发现了一个人的尸骨。'

"我听到这消息一下就晕了,我不知道后来发生了什么事。当时陪着我的是我的哥哥赫苏斯·玛丽娅和我的女儿,他们说我一句话没说就离开了电话局。我到了弗洛伦西亚大广场,在那儿毫无目的地游荡着,我的目光没有一个确定的目标,我也不说话,只是走呀,走呀,走。在广场上转了三圈之后,我的哥哥抱住我的肩膀拥抱了我。我开始哭起来。我们在广场的一条长凳上坐了许久,直至我开始讲一些与本哈明有联系的事情。

"我们从广场直接去了律师事务所。我们把事情讲给律师听了之后,他要我们去弄钱付他的费用,与此同时他起草一份刑事诉讼书交给法官。

"三个小时之后我们弄到了一些钱。那时律师陪我们一起把案件递交到司法部门……嗯,也就是官方。"

就在那一天,也就是 2 月 28 日,弗洛伦西亚的刑事当局开始对案件进行调查;3 月 7 日,法庭书记官——因为当时没有法官——到营地去处理库维略斯的尸体事宜。

老比奇格拉福特飞机担任了此次飞行任务。飞机上坐着马丁、陆军少校阿尔韦托·佩雷斯·普拉塔——他是马丁的朋友,作为法庭的书记官在尸体处理记录上签了字,以及空军机械师亚历杭德罗·埃尔南德斯,他在司法文件上的身份是"专家"。

事情很快就处理完毕。飞机于下午 2 时半到达营地,法庭书记官在处理记录上写道:"由于路途遥远,在营地又缺乏时间,特命令尸体留在发现之原地,不再运回。"

库维略斯的遗嘱：

莫宁斯塔先生：我请求您把我送到弗洛伦西亚，哪怕是尸体也要这样做。请把我交给我的姐姐。

九天之后，也就是 3 月 16 日，秘密警察在卡利逮捕了马丁，认定他为抛弃库维略斯的主要嫌犯；后来又逮捕了到监狱附近去探听他朋友命运的维森特。

但是，在那个时候，劳尔·利马、他的妻子和在几个月迷路中一直跟他们在一起的四个土著人已经回到了多斯·里奥斯；在那儿他们向他们的老板豪尔赫·桑切斯一五一十地讲述了在营地的发现。"为好奇心所驱使，为困扰那个实在令人入迷的故事的神秘色彩所吸引，我决定马上组织一次远征到雨林那儿去。"桑切斯讲述道。接着他又补充说：

"我手持那个地区的地图，用了几个小时的时间详细地重温了劳尔所讲故事的每一个细节，决定了行动路线。到那儿去需要很多人，我估计往返至少要费时三个月。这是件非常困难的事，但是，劳尔和他那伙人的故事是如此神秘，有那么多的难解之谜，又是要进入完全原始的地区，这一切使我忘记了我们可能遇到的危险。

"这是因为对于我们这些在热带雨林中居住了那么多年的人来说，了解那些荒凉之地，认识那些尚不为人所知的事情，发现密林中的山水和奇奇怪怪的地方，是我们生活的组成部分。因此，我组织了我自己的远征，但劳尔那伙到过雨林的人没有一个愿意加入我们的远征队……因为就连劳尔本人也不愿再去冒险了。"

桑切斯是一个健壮的男子,他那粗壮魁梧的身躯同他的温文尔雅的风度十分的不相称。在我同他的多次会见中,每次都使我想到他那安静的性格同热带雨林中似乎是永远处于静止状态的时光有关。

表面看来,他无忧无虑,也不关注时光的流逝。他身上唯一与时光有关的就是手上戴的那块镶嵌着钻石的金表;但是他从来不去看它。

桑切斯今年50岁。从18岁开始他就做兽皮生意,他杀死了千万只野兽,积蓄了一笔钱财,但是,随着野兽的逐渐消失,他的生意也便清淡起来,积蓄的钱也就渐渐花光了。那时,他又冒险去采橡胶和做橡胶生意。然而,一天,印第安人开始离他而去,他们跑到了传教士身旁。于是桑切斯的橡胶生意也告结束,热带雨林又一次把他的钱财吞噬掉。

桑切斯需要寻求新的生活手段。他第三次找到的发财手段是从河底打捞被人遗弃的飞机。打捞出来后,将它们修好,让它们重新升空飞行。

桑切斯能说五种土著语言。他非常清楚找到藏在热带雨林腹地的最后的部落意味着什么。所以,奥斯卡和爱德华多在波涛滚滚的大河岸边听到的那些叫喊声在他的心中变成了一种新的刺激,新的诱惑;他决心要到亚利河去。

"您听我说,"他说,"我不知道为什么,一切与那条河有关的东西都散发着臭气熏天的马兰杜阿草味。这种草是一种凶兆,是悲剧。那次远征我组织得很好,从安排大小船只起(那儿把小船叫小马驹),我们就确定了出发的准确日期。但是,那天清晨死了一个人把我们的日期推迟了四天。死的是一个名叫卡斯塔涅达的白人,他应该同我们一起启程,可我们却不得不去寻找他的尸体。

"这个人淹死在了阿帕波里斯河里,中午时分我们才找到他的尸体。当然,要把他埋掉,此时热带雨林上空下起了暴雨……至今那场葬礼的情景我还历历在目:暴雨下呀,下呀,雨水如瓢泼似地洒下来,两个印第安人用船把尸体运来,他们靠了岸,我们走下去抬尸体。尸体已被水泡得鼓胀起来,我们用一块油布将它盖好。与此同时,我们砍了一棵大肚棕榈树,将树干劈开来,挖出中央的东西,这就是雨林中的棺木。但是,我们往里放尸体的时候,怎样也放不进去,尽管我们在做这个棺木之前对尸体的体积作了充分的估计,选了一棵大棕榈树。我们一次一次地试着把尸体往棺木中塞放,最后终于放进去了,可是那棺木裂开了,我们不得不用藤条将它捆好,又打了死扣。我们把棺木放到船上,渡过河,到对岸去找一个安静的地方。我们往岸上爬的时候,脚下的泥土很滑,因为雨越下越大,没有丝毫减弱的意思。爬到了岸上之后,我们在泥水中开始挖坑。此时的雨林中地面很滑,只几分钟我们就变成了泥人,因为雨水打到地面上,带着混浊的黄土反弹回来,不时地溅到我们的脸上。我们举镐挖土,一镐下去,脚下一滑便是一个大跟头。大家一齐摔倒又一齐爬起来,重新再用工具挖土。只要一用力挥镐,必定又是一个大跟头。滂沱大雨不停地下着,当坑挖到一米半深的时候,我们意识到那坟穴永远难以挖好了,于是我们草草地把尸体放进坑内,又填上黄土掩埋。然后,我们临时随便找来棍棒做成一个十字架,又用土著语言作了祷告,便与死者告别了。当天下午,我们就启程去亚利河,大家都十分的悲痛。卡斯塔涅达对雨林非常熟悉,是一个重要人物。

"尽管失去了一个伙伴,我还是挑选到了 30 个人。他们大多数是土著人，也有一些白人。而女人之一就是我的妻子，她从来不会离开我，她记了一份日记，起名为《伟大的旅行》。

"正如我对您说的，我们安排了两条大船，我的那条大船用一台12马力的彭塔牌发动机驱动，上边装了大量的木薯粉、盐和汽油，也坐了一些人。这条大船的后边拴了十条轻便的小船，这就形成了所谓的子母船。小船是用来离开大船去捕猎水狸，或进入水量不大的小河。在雨林中，这种小船由于船体很轻可以很容易地在陆地上被从一条小河拖到另一条小河，在大河里则十分的灵敏，操作方便。每条小船可以乘坐两人。

"那天下午我们航行了两小时，夜幕降临后也没有停下来，而是继续航行直到第二天黎明。我们上岸两小时又往船上装了些东西，接着又在阿哈胡河中连续航行两天没有停歇。

"连续航行两天之后，我们停下来等划桨前进的第二条船到来。那时我们清点了一下人数，我发现劳尔·洛梅林没有来。他可是个不可缺少的重要人物，因为他要帮我翻译多种土著语言。船上的人来自几个部落，有时候甚至他们之间都很难懂对方的话。因此我派了一条摩托小船到多斯·里奥斯去接劳尔·洛梅林。他是在卡斯塔涅达的葬礼混乱中留了下来。

"劳尔·洛梅林接来之后，我们便马上启程。我们又沿河上行了一天，到了一个叫'供给地'的地方。之所以叫这儿'供给地'，是因为距河岸约十分钟路程的地方有一块盐土地，就是说，各式各样的动物都到这儿来吸食盐土。那儿有条条小道，也有一些宽宽的大道，多年来，动物把那儿变成了它们真正的'饮食站'。一个人来到这地方躲起来，就可以观察到各种动物的到来。想想看，那真是动物的迎神庙会。到那儿去的有驼鹿、老虎、毛皮动物和飞禽,总之,无所不包。自然,猎人会捡最肥大的动物来捕杀。不过一般来说,由于驼鹿个头大,肉又鲜美,它是猎者的首选。选它还有一个原因,这就是它的脂肪当地人用来烹饪。

"在这条道路上,我们开始看到科学家说的大蟒蛇。这种蛇异常的粗大而健壮,它不是去咬企图捕猎的动物,而是整个儿把它们吞下去。大蟒蛇的出现使我很恐慌,因为印第安人视它们为恶魔。这是件麻烦事。但不管怎样,我们还是杀死了两条,为的是取它们的脂肪做菜吃,30个人要吃很多东西,供应的东西总是显得很少。

"最后,在航行十天之后,我们到达了一条叫马黑尼亚的河。我们很快就通过了这条河,又往前航行了六天,到了一个再也无法继续前进的地方。那时我们就扔掉大船,拖着小船在雨林中穿行,船上的东西也通过一条狭窄的小道运走,这样做拖了我们两天的时间。

"到了另一边之后,我们又造了两条大船,然后沿一道河汊下行去找亚利河,那道河汊在地图上被称为卡穆亚河,因为那河面上游着一丛丛的锯鱼。到了这地方,热带雨林看上去更为原始,丝毫没有受到人类的损害,我们开始看到很多的蛇,很多的动物和很多的蟒蛇,在很多地区,我们行进得很慢,因为水面上覆盖着大棍棒,说明从来没有人从那儿穿过。穿过那段满是棍棒的河面后又往下走了一点,一条卧在荆棘丛中的大蟒蛇突然伸展开身躯缠住了一个土著人的胳膊,企图把他拖下船去吃掉。但是,船上的其他人马上发觉了,并且一齐用猎枪向它开火。这是我们的一个疏忽,没有发觉那大蟒蛇正卧在那儿觅食。

"从此之后,我们之间开始了祈祷,开始讲一些神话传说和不吉利之兆。形势变得非常困难和紧张。印第安人想回家去,因为他们看到了许多恶魔。但是,最后他们还是服从了,我们继续前进。

"两天之后,我们扎营休息,并且检查一下东西是否包装得很好,没有受潮,由于我习惯于在这样的长途旅行中清晨两三点钟就起来检查一下吊床看是否人都睡在那儿,这一次我马上意识到少人了。这是怎么回事?我把一个负责人员管理的白人叫起来,他对事情一无所知。几个印第安人不辞而别了,就是说溜了,我们数得清清楚楚,18个人在陆地上走了,他们回去了。我们找不到他们的脚印,但我们还是去找他们了。从河上乘船出去了一伙人,他们从河上下行了四天,人影儿都没见到,便回到了我等待他们的地方。那时有人对我说,'是马兰杜阿草作祟,我们还看到了大蟒蛇呀。'

"每天上午,不管在河上还是在营地里我都要用便携式无线电话机同米格尔·纳瓦罗联系一次。他是我的朋友,待在米拉弗洛雷斯负责我们的联络事宜。但是,几天之后我的船沉了,无线电话机进了水,不能用了,我也便同文明世界失去了联系。

"我们继续往前航行,终于到达了亚利河。那是一条大河,我们毫不犹豫地把船开了进去。长话短说,四天之后,我算了一下那次旅行的账:印第安人收获了42张皮子,包括大虎皮、小虎皮、水獭皮和貂皮。我们继续顺水而下,在无线电话机失灵20天之后,我们听到在我们前方地区的上空有两架飞机飞行,在那地方出现飞机颇令人感到奇怪,因为那是百分之百的无人区。但是,我们还是继续寻找发现骷髅的那个营地。"

面对联络中断,负责天天通过无线电话收取桑切斯信息的人将事情报告了当局。三个星期之后,当局组织了一次空中寻找。当然是失败了,后来空中寻找便被取消。

米拉弗洛雷斯是多斯·里奥斯附近的一个雨林小港。卡洛斯·马林·埃雷拉是驻这个港口的省里一家《热带雨林邮报》的小报记者。他广泛地报道了桑切斯的冒险远征,有几节这样写道:

> 关于那个知名的橡胶商人和绅士堂豪尔赫·桑切斯·阿里萨的命运没有任何具体的消息。几个星期前他就离开了他在多斯·里奥斯的设施深入到了热带雨林中心地区。那是一个尚不为人所知的地方,可以想象,在他之前,没有一个文明人到过那儿。
>
> 豪尔赫·桑切斯49岁,他的妻子叫莱蒂·德桑切斯。他们有三个孩子,孩子们都是由他们的母亲照料在波哥大受的教育。桑切斯是一位海军准尉,曾同几家外国企业航行到数个国家,积累了丰富的经验,经历了无数的冒险。
>
> 豪尔赫·桑切斯被称为花花公子,在追求女人方面议论颇多。
>
> 奥蒂利娅·卡莫娜是一位出身名门、举止文雅、面容姣好的姑娘,五年以来她一直在他的雨林冒险生涯中陪伴着他。每天,当很少对他们起到指南针作用的太阳结束了一天的行程、夜幕徐徐降落时,他们三岁的女儿皮拉尔就为他们野外的艰苦生活带来乐趣。那时,在潮湿的夜色中,他们看到太阳缓缓地将它的余晖涂抹在远方那不可穿透的丛林和杂草的一片翠绿之上,涂抹在那茂密的、寂静无声的枝杈之上。人类的英雄业绩便同神秘融混在了一起了。
>
> 人所共知,伟大的桑切斯过惯了舒适安逸的生活,但是几年

前,他带着优雅的女士堂娜·奥蒂利娅和跟他在一起的20个土著人进入了热带雨林。那些土著人属于不同的部落,桑切斯利用这些人专门在丛林中猎取珍贵的毛皮,而劳尔·利马则为他照管庄园,用橡胶和地方特产换取远方佃户的商品。桑切斯对他新的事业信心百倍,坚定不移,他向所有的土著人供应弹药和猎枪,给他们规定任务,让他们每月交固定数量的兽皮。本来,堂米格尔·纳瓦罗先生每天上午都用无线电话机同桑切斯联系,当他在米拉弗洛雷斯再也听不到桑切斯送话器的声音时,人们自然地便想到伟大的桑切斯发生了不测,而且这种怀疑日益加深。桑切斯长时间的杳无音信令他的兄弟埃佛拉因十分的不安,两周前他决定动身去寻找桑切斯,临行前告诉纳瓦罗,他将把他的情况随时用无线电话报告给他,但是,他进入雨林后也是消息全无,给人们又增添了一层新的焦虑。

发现尸体

但是,正当伟大的桑切斯在不为人所知的丛林中音信渺然的时候,却传来了一条非官方的消息,说在丛林遥远的山洞里发现了三具尸体。尸体已经严重腐烂,难以辨认其身份。当地的印第安人认为——当一切悲剧发生的时候,这种神秘的信息系统总是运转良好——,有一具尸体很可能是被称为"善于谋生者"的卡洛斯·阿尔韦亚尔·马查多。这位冒险家14年来一直在那个美丽的地区过着流浪、游乐和狩猎的生活。另两具尸体估计是他的儿子卡韦萨·德帕洛和他的一位身份不明的朋友。

仇恨

据猎人和佃农们讲，那个林区的财富产生了一种所谓的"皮毛仇恨"，也就是另一种犯罪形式：这就是猎人周期性地失踪。而这种失踪使人想到是狼心狗肺的巴西人和秘鲁人到这儿来了。这些人专门抢劫和杀害猎人。

这个消息的中心人物伟大的豪尔赫·桑切斯、美丽而风姿秀逸的奥蒂利娅以及他们的同伴们成为在那个雨林区播种恐怖和仇恨的可怕的黑社会的牺牲品没有半点儿奇怪。在那个地区，尽管到处有巨蟒、毒蛇、食人鱼、老虎和金钱豹出没，可并没有使这类猎人和佃户胆战心惊。

最新消息

最新消息告知人们，一架由假想的牺牲者的叔叔卡洛斯·桑切斯少校驾驶的 TAL 公司的小型飞机带着他们的其他亲属在雨林上空寻找桑切斯没有发现任何迹象，结果围绕桑切斯失踪出现的谜依旧难以解开。伟大的桑切斯在进入雨林之前曾带着 103 张皮子去了首都波哥大。那些皮子价值近 50 万比索，今天可以称得上是一笔财富了。如果桑切斯的失踪不像众人断言的那样是被杀害，而是仍在同他的妻子以及同伴们健康地活在热带雨林的某个地方，那我们实在太高兴了。倘若如此，我们记者将承认他为风云人物，而他则必须偿还我们承认他的这笔债。

在豪尔赫·桑切斯和他的一伙人开始听到飞机的声音十天之后，飞机停止了在亚利河东方上空的飞行。到这时，他们的远征已历时两个月，距营地已经不远了。

桑切斯："那天下午，太阳特别毒。5点钟左右，我们举目往下方望去，看到河左岸闪耀着黄色的反光，天已近黄昏了。十分钟之后，根据劳尔的指点，我们证实那就是我们要找的地方了。我命令所有人都拿上武器，检查好弹药，准备好器材，不要说话，唯一听得到的声音就是船桨划水的声音，划桨要用力，但要谨慎小心，划得有技巧不要让人发现我们的到来。在这种情况下，我们在河左岸的行动非常秘密，而且以最快的速度前进。

"在到达那黄色的反光之地200米以前，我带着我的人跳上了岸。我们摆出U字阵形在雨林中前进，我命令大家以进攻的姿态进入那个地方，不要让人突然把我们抓住。我们的神经十分紧张，因为我们不知道在那儿会遇到什么。那儿完全是无人区，但我们听说附近会突然出现野蛮凶猛的印第安人，因此我们要百倍的小心。

"我们往前走了不远，就清楚地看到了营地锌皮顶的小房子。6点半整，我们就手持武器去到了简陋的棚屋前。

"走在前边进入营地的是我和我的妻子以及四个男人，而其他人则站在河岸上和营地的周围。夜色渐渐笼罩了大地，但景物还能看得清楚。我们小心翼翼地一步一步地前进，看到的是一片荒凉。唯一留在那儿的是一具骷髅、野营帐篷、冰箱、设计图、盐、固体咖啡……长了几个月的乱蓬蓬的杂草开始把留在那儿的东西吞没。植物从瓦缝中生长起来，已经有80厘米左右高，它们把物品都拱倒了。我们迅

速地检查了一下周围,什么也没有发现。7点钟左右,用一盏煤油灯

豪尔赫·桑切斯在他的茅屋前欣赏自己的狩猎成果

照着亮,我把地上的骷髅掀了起来。那人死时躺在一个垫子上,此时的垫子已被植物的根穿透,植物从垫子的衬里中冒出来,已经长了20厘米高。我的心情十分的沉重而难过。我把垫子的剩余部分掀起来,用几根棍棒支住,以代替原来的已经腐朽的支架。那男人就是死在这张床上的。尸体的骨骼已经散成了几段,我重新将它们连接起来。森林的潮湿和闷热,只需短短几个星期就可以使留在这儿的东西四分五裂,因此很难估计那个遗体已经躺在那儿多长时间。不管怎样,我们还是从外边拿来一块锌皮盖上了那些白骨,像是为了要保护它们。我不知为何要保护它们,反正把锌皮盖在了上边。

"由于最后几天非常辛苦,大家都劳累不堪,我们在棚屋外边几米远的地方挂好吊床就躺下休息。上床后大家都在想:那儿到底发生

了什么事？什么人到了那个如此遥远的地方？那个人又是怎么死的呢？嗯，每个人都在想，最后高声地说出他们的推测，直至一个接一个地入睡了。当营地完全静寂下来的时候，我也便入睡。我企盼着黎明早一点到来，以便勘察一下周围，对那莫名其妙的一切做出解释。

"大约晚上9点钟，风刮起来了，而且一直不停。我听到盖骷髅的锌皮呼啸着被风吹跑了。我不管三七二十一，瞄准那儿一阵猛射，把手枪里的子弹全打光了。好一排单调无味的猛射！我用灯笼照着看了看，锌皮安安静静地待在那儿，下边盖着的白骨同样如我放着的那样安安静静地待在那儿。大家沉默不语地憋了一会儿，然后就忍不住一齐哈哈大笑起来，这终于使我完全清醒过来。由于神经紧张，我的情绪处于激动不安的状态，那响声几乎使我的整个身体爆炸开来。我没有别的办法，只好在半个小时中忍受着众人的讥讽。然后我们便继续聊天，我们还从吊床上下来煮了咖啡。当我们再次入睡的时候，那大概是凌晨两三点钟了。

"东方破晓，我们开始对营地进行仔细的检查。我们发现了两条小道，每条小道都约千米左右。它们从营地向雨林伸延过去，路上洒满了猎枪的空子弹壳，这说明那儿的人曾不分青红皂白地用猎枪乱射，把那儿的野兽赶走。因此，尽管已过了几个月，我们在营地周围方圆一公里的范围内，还是什么也找不到。动物已抛弃了那个地方。

"我们仔细检查了几天，没有发现任何东西。我说道：'他妈的，除了这具骷髅和他们扔下的东西外，总还得有点什么吧。'可是，我们什么也没找到。在那两条小路的尽头，是一道密集的树墙，它挡住人们的视线，往前什么也看不见。那儿的一切都经过精心设计，算计得很准，整个空间就是一个不设防的狩猎营地。随便什么人到那儿，除了两条小路之外什么也见不到,只好空手而归。但是,我对此并不甘心,又把我们在那儿的停留时间延长了一个星期。

"我们在那两条小路和河边上不停地走来走去。到了第八天,我们到了附近一条河水清澈见底的小河边,从那儿我听到一个印第安人在森林深处叫我:'豪尔赫,橡胶,豪尔赫。'我想他是发现了几棵橡胶树。我已经厌倦了做橡胶生意,但印第安人不停地叫我,我便走了过去。您猜我看到了什么?一根工业输水管,是一根直径约六寸的胶皮管,管心是钢制的。我马上想道:'这里肯定有点什么我们想了解的东西。在这个地方为什么有工业输水管?'我把其他人也叫来,大家一块集中在那个地方寻找答案。不一会儿我们需要的答案就出来了:那儿有一套电焊设备。当我又发现一套发电设备的时候,从它的体积看,我估计出它发的电至多能供给四五个灯泡照明。再往前一点儿,就看到了两人操作的大电锯和多种工具,其中包括木工工具,机械工具,还有采矿的锨和镐……半个小时之后,有人从雨林的更深处叫我:那儿发现了一个矿坑。这矿坑有约80厘米宽,一米七深。我们下到矿坑内,发现坑口下边往四面都加宽了,大约有三米宽的空间。我从来没见过这样的工程。我知道那是矿坑,但说不准是采什么矿。我感到很好奇,又继续寻找。我看到在矿坑北边三米远左右的地方有一堆小山似的闪闪发光的金属矿石,上边已长满杂草。这使我欣喜若狂。我想,这是什么矿呢?那不是绿宝石。因为绿宝石矿我是认识的……

"我正在这样思索的时候,又听到一个印第安人叫我。那声音来自上方的河岸边,听起来很远。我去了那儿,大概又深入雨林400米。我看到了那儿有一个安装在木头上的漏斗状容器,已经开始腐烂了。想想看,一个漏斗,一个非常牢固地固定在硬木料上的漏斗,肯定那是洗矿设备。我又继续找,很快就看到了一台佩尔顿发电机的基座,那是为利用那儿的河水发电建造的,但看上去没有建完就放弃了。围绕那具骷髅,到底还有哪些故事?

"我们的好奇心是如此之大,以致从发现工业输水管的那一刻起,把吃饭都完全忘在了脑后。但是,天色已晚,我们必须得回到我们的吊床那儿去。尽管十分的劳累,但还是拖了许久我们才入睡。大家讲呀,讲呀,一块儿分析发现的东西是在作什么文章……

"第二天清晨,我从吊床上跳下来,匆匆喝了杯咖啡,就跑到河边去,从漏斗那地方又往上走了大约50公尺。那时,我又看到了一个与前边类似的矿坑和一个架着漏斗状容器的工作场地,而那地方都连着引水沟。总之,那地方出现了三个矿坑和三个设有漏斗的洗矿工作场所。正在这时,我又听到了有人喊叫,那声音来自小路附近的草木丛中,原来那儿发现了一个裹着钢皮的箱子,而在80米以外的草木丛中又发现了另一只一模一样的箱子。那时我想到了一切,想到我就要发现宝藏了,因为有那么多东西显示那儿有矿藏。我叫人给我拿根铁棍来,他们拿来了,我毫不犹豫地将铁棍插进钢皮把箱子撬开了,里边是一点……是一点面粉和一些边缘都烂了的帆布口袋。口袋是用很结实的布料做成的,上面用黑墨水印着加拿大元的图案,有一只口袋上还印着加拿大三个字。我们从破损处把口袋打开,看到的是烂掉了的加元的碎片片。那是白蚁干的。在那个地区,随便一个什么小洞白蚁都可以钻进去将里边的东西咬坏。在箱子里,实实在在的东西我们就发现了面粉和白蚁窝。如果说里边藏有美元和文件的话,它们也早已不翼而飞了。

"在那个地区我们再也没有找到别的东西。于是我便搜集了满满的一口袋矿石样品，那些矿石全都是从矿坑底部和旁边的漏斗容器里取来的。我让人把那口袋矿石样品跟我们准备带走的所有东西放在一起。矿坑里的矿物是粉末状的，是成千上万的光彩熠熠的碎片片儿。我准备把它们送到波哥大去化验。

"第二天，我停止了在那个地区的寻找，让何塞·罗德里戈斯陪着我沿亚利河岸往下行进。何塞·罗德里戈斯是一个非常有用的人，可说是个大能人，他懂医务，懂机械，还懂制鞋手艺。我每次出行他都陪着我，我们是在朝鲜战争中哥伦比亚海军部队服役时认识的，从那时起，我们一直相处得很好，过从甚密。他在这类远征中是如此不可多得的人物，所以我也便容忍他的一个大缺点：吸烟。何塞烟吸得很凶，没有烟的时候，他便用雨林中的枯树叶卷烟抽，用这种烟吞云吐雾。但是，看到他有那么多优点，我觉得忍受他吸烟的折磨还是值得的。

"我们开始沿河岸往下走，但结果却是难以前进。岸边的岩石又尖又陡，我们只走了40米就被迫停止了脚步。我们只好又回到营地，用一只小船，在水流缓慢处过河到了对岸。要从河岸上顺水而下，必须攀登岩石，这是很困难的。我们把绳子或藤条拴在身上，一点一点地在岩石丛中向营地下方发出闷雷一般轰鸣的一个瀑布前进。我们的样子酷似爬山运动员。我们终于爬到了岩石的顶端，然后就开始往下爬。在瀑布的对面，我们看到被河水冲散了的船只的碎木板，还有几条土著人行走的路；我不知道居住在那儿的是什么部落，反正那是印第安人行走的路，就在河岸边。再往下一点儿，还有一些33型发动机的碎片。我们想把三件事：印第安人、发动机和船只，联系在一起考虑是怎么回事,这使我们更加如痴如醉,可由于我们没有找到更多的依据,也不能对看到的东西做出解释,我们只好折返了。我们回到上边,坐上小船,可小船刚刚漂在水上,一股激流就把它冲跑了。我们被拖着飞速地沿河而下,我以为我们马上就要同沉入河底的发动机碎片做伴了。何塞使了个动作,巧妙地用桨控制小船,小船马上听从了他的指挥,我们也趁机抓住了几棵大树长长地伸到河面上的枝子。小船发生了倾斜,摇晃着被河水冲走了,我们挂在了树枝上。我们的脚下,河流像妖魔似的咆哮着喷洒出白色的浪花。此刻,我平静地坐在这儿,再也难以描述出当时的焦急心情。挂在树上时的那种绝望无法对您述说。小船转瞬间就消失得无影无踪,我们从一个树枝爬到另一个树枝,最后终于上了岸。然后我们就沿河岸往前走,直到晚上才走到营地对面。我们扯着嗓子喊了好一阵,可营地里的人听不到。最后我们想到了掏出手枪对空射击,可没想到结果是他们手持猎枪跑出营地,对我们开了火,没办法,我脱下衬衫,拴在一根棍子上用手电筒照着在空中摇晃,他们才终于认出了我,过河来接我们了。

"到了营地之后,我吃了点东西,然后,又去重新查看口袋中装的矿石样品。在灯光的照耀下,那些含在沙中的金属颗粒和小片片儿更加光芒四射。哦,那是些什么宝贝呢?"

维森特:"您记得那座高山吗?就是顶端有一块黑岩石的大山,那块黑色的岩石十分巨大,平平的,还带着方格格儿,那方格格儿跟练习本上的格格一样整齐。就是那儿有矿藏,这对我们是最重要的。这高山坐落在一个叫伊古安的高原上,我们发现它就跟发现印第安人一样:无须寻找。

"事情是这样的:自从马丁选择好建设营地的地点后,我们便到那儿去建设。每天我们在工地上干几个小时的活,一天中其余的时间就乘小飞机在空中勘察。那纯粹是出于一种好奇心,因为这儿全是地地道道的未开垦的处女地,谁都会对它抱有浓厚的兴趣,不是吗?

"像每天一样,那天下午我们在低空飞行了一阵,马丁说,咱们回营地去吧。飞机拉高了一点。当我们正要沿河飞行的时候,我看到在东方,在河的左岸有一座山,山顶上有点什么在闪闪发光。我把那地方指给马丁看,马丁立刻调转机头朝那个发光的地方飞去。飞近那儿之后,我们看到那座山顶部是平的,而且光光滑滑没有草木。我们盯住了那地方,飞机在山头周围低飞盘旋,机身一直向左倾斜着,驾驶员一侧的机翼几乎蹭到了树梢,因此马丁把脸贴到舷窗上,外边的一切看得清清楚楚。那黑岩石是平平的,呈正方形,面积约几百平方米;那方格格儿是些笔直的沟沟儿,仿佛是用尺子设计出来的,整个岩石上都是那种方格格。在那闪光发亮的黑色平平的岩石的尽头,便接上了茂密的雨林,再往外就是险陡的悬崖峭壁了;而悬崖峭壁一直伸延到下边的平原上。马丁又盘旋了几圈,然后把机身调平,接着他又让飞机向我这一侧倾斜,并且要我好好往外看看,看看能观察到什么东西。我说我看到的东西跟他一样,他不禁笑了起来。随后他又把机身调平,对我说:'维森特,那是铀,我知道,那是轴,他妈的。'

"马丁把飞机拉远了一点,然后又对着山顶飞过去。他对我说:'我们在山头上降落,维森特,我们得降落在那儿。'我说不行,您千万别干蠢事,您不明白我们乘坐的是浮筒式飞机吗?他把这事完全忘记了。听了我的话,他又飞了一阵,然后问我可不可以在那儿建个营地。我告诉他那是不可能的,因为山顶的黑岩石上飞机无法降落,而从陆地到达那座山又十分的困难。'从陆地到这儿要多长时间?'

他问我,我对他说:'您飞直线到营地,我们就可以估计出来。'他照我的话做了。我们到了营地之后,当然我就估算了一下:如果开一条路,快点走至少也要一天半的时间……从陆地行走到那儿是非常困难的。我们的飞机在营地降落。那天晚上,马丁什么都不谈,只谈山上的铀。'明天我们回去再好好看看,找条路。'他说。我说:'好吧。'

"第二天,我看清楚了路线,那是一条迎着太阳光的直线。没错,步行要用一天半的时间,而且还要大步流星地走。这第二次飞行飞的时间更长,因为我们要寻找飞机降落的可能性,但是没有办法。我们又接着寻找,看到了几条小溪和河流,它们的源头都在山的附近。于是我们开始一条一条地勘察,看看哪儿有水面可供降落。刚看了第一条河,马丁就对我说:'这条河可以。'我对他说:'不行,这条河的源头太远了,而且也不流向大山的方向。这条河不行,再找另一条吧。'他又选了一条离山更近些的河流,他在那条河上反复地飞呀,飞呀,企图找到那条河的河口。那条河先是汇入一个湖,然后又流进一条河。可不管怎么说,那条路我们可以利用。他回头又去找其他的河流,但我们看到它们的发源地都离山很远。正当我们就这样一条河一条河地勘察着的时候,马丁突然在山背后的悬崖上看到一片没有雨林覆盖的区域。他开始迎面飞过去,并且更加兴奋地对我说:'维森特,您看到了那条又长又细的白色矿脉吗?'我说,是的,看到了。他说:'哎,那是绿宝石。'他娘的,是绿宝石,于是,我们产生了一个想法:在山脚下建一条飞机降落的跑道,我们乘轮式飞机从营地飞来这儿。

"我们又到山那儿去了两次,除了在那儿建一条跑道之外想不出别的办法。马丁做梦都想快一点去那儿。他说我们的财富在那儿,我们将变成百万富翁。他对我说：'说得明白点儿，维森特，别再拖延别再啰嗦了，我们在山旁边的瀑布上边造一座房子，就在高高的空中，我们就住在那儿，我们要在那儿生活一辈子。'他十分地激动，脸涨得通红。然后又安静下来去冥思苦想。

"再一次去山上的时候，我们选好了一个地方，那地方相当平坦，可以修飞机降落跑道。我对马丁说：'要把森林烧掉。'他说：'是的，无论如何我们要这样做。'我们回到营地，我把满满的一桶含乙烷基的汽油装到飞机上，又带上了发火药和一段导火索。我对马丁说：'我们飞到那地方上空，我点着导火索，把这桶汽油扔下去，它一着地，就会像炸弹似的爆炸，那时森林中就会燃起熊熊烈火。我们让它烧上几天，等我们再回来时，修建跑道的地方就空荡荡的了。'他说，好吧，我们就应该这么办。我们起飞了。待我们到达那儿的时候，天公却不作美，山上来了暴风雨，我们只好返回。到了营地，马丁说，无论如何我们也要去那儿，因为我们就要成为百万富翁了。我对他说：'我们从陆地上走着去。'他说：'好吧，他妈的，我努努力。'天刚一亮，他就对我说：'我们走吧，维森特。'我们启程上路，走到中午，他累了，对我说道：'不行啦，他妈的，我太累啦，我死在这儿算了。'我对他说：'我们已经到了这儿，还是继续往前走吧。'他说：'不，我们回去吧，要把我累死了。'我们又折回营地。道路十分的难走，雨林稠密得酷似一道幕墙，而且草木的枝杈纵横交错地纠结在一起，撕不开，扯不断。

"还有另一条路，那条小溪。我们在一只小船上安上发动机，一直开到湖那儿，穿过湖面之后，我们继续沿那条溪流而上，小船往前开呀，开呀，走出很远的路。但是走了两天之后，还是没有眉目。我们大概弄错了,那条小溪不是我们要走的路,我们又调头返回,白白浪费了五天的时间。

"马丁依旧对那座山魂牵梦萦。他三番五次地对我说,不要想别的,就想我们靠那座山可以成为百万富翁。'那么,我们再找另一条路。'我对他说,我们又开船进入了河流,从那条河进入了一个小湖,从小湖出来又转入另一条河流。在这条河流行船半个小时后,我们上岸行走。又走了一个小时,就见河水从一连串的土台阶上流下来,那台阶跟教堂前廊的石台阶相似。河水清澈见底。我们又往前走了一段,地面就变得坎坷不平了。我们已经到了那座山的脚下,大山的根基一直延伸到平原上。山脚下涌出一股股的水,那些水流汇聚在一起,就形成了一条河……山脚下的泥土又黑又黏。马丁说:'就是这儿了。'他开始研究那儿的岩石,我们看到这儿的矿跟山上不一样。但不管怎么说,在那黑色的泥土中,有一些黄点点儿在闪光,那就像钢的颜色,或者说差不多是钢的颜色。后来我们就回去了。

"又一次飞行的时候,我们带了些工具。我们用尖嘴锤取了像钢一样闪耀着黄色光芒的矿物样品。马丁说:'应该带一台大型机动泵来,把这些流在台阶上的水抽干,淘洗这儿的泥土。我是内行,我知道这儿的矿物很好。'他没告诉我那是什么矿。

"我们回到港口,马丁在那儿买了一根粗大的工业输水管,并且配上钢管,以便同机动泵联结,他为飞机的浮筒也配了些东西。我们带着这些东西飞回到营地去,还带回了一台佩尔顿牌水轮机,为的是首先在山下建立了一个水力发电站。马丁说,他要运去很多机器,这需要很多电力。佩尔顿牌水轮机和几把大铲,还有其他一些机械用具他是向旧货商店买来的。

"我们带上这些东西旅行,到了营地之后,马丁说:'我们现在该怎么办?'像每次那样,我们两人总是单独行动,不让任何人知道我们的秘密,这就使一切变得更加困难。我对他说:'咱们先走水路把东西运到小湖那儿,然后再从陆地上把它们往前运。'我们花了整整一天的时间运那些工具、水轮机、输水管、机械装置等等。头三天我们是安装水轮机。我拼命地干活,终于把水轮机安好了,我们使它保持着良好的平衡状态。第四天我们起了个大早,大概在上午8点钟赶到那儿,准备操作水轮机使其运转。但是,整整一天,我们从头湿到脚,也没调整好,因为忽而水量很大,忽而水量很小。我跑到上边去分配水量,但是水轮机的转速就是达不到需要的水平。要想发电,它需要达到1800转。可是,不行,它达不到这样的转速。原因是水量不够。见此情景,马丁说:'不行啦,这个龟孙子儿不想干活,明天我驾飞机再到港口去。'我说:'可是,您到港口去干吗?'他说:'我去弄几个零件来,让水轮机的轴运转得更好,再挑些专门的木材,装上另一个零件,使水轮机的转速提高。'他去港口的时候,我留下来砍了些木材,又挖了些坑把水轮机固定得更牢。我花了整整一天的时间干这些事,我把桩子埋得很深,以便不让水把它们冲走。马丁终于带着一些专门的小轮子回来了,安装后,我把它们都上了油,然后爬到上方去放水。可是天呐,水往四处飞溅,为了制服那些水,我们又从头湿到脚。这时候,天黑下来,什么也看不见了,那约摸已是下午6点钟。那一天,我们从早晨9点就开始干活,可是干了一天,一无所成。水轮机转速仍是不够。到这时候,天越来越黑,我对他说:'不行啦,马丁,我要饿死啦,我们怎么办?'他说:'哎呀,您喝点啤酒,咱们再干一会。'我们用一盏灯照亮着一直干到差不多9点钟,最后我对他说：'没办法，水量不够，咱们走吧。'我们把水轮机扔在了那儿。这个美国佬好主意很多，干活也很勤劳，非常非常的勤苦。但是，一旦遇到麻烦他就泄气，把干起来的事情一扔算完。

"我们把水电站的事放在那儿，我开始建造一些洗矿的漏斗装置。在漏斗的旁边，马丁又教我挖一些坑。我们在坑中洗矿，在漏斗里洗矿。我们干活非常卖力气。我们用尖嘴锤在台阶处又取了些矿物样品，码在漏斗的旁边。那儿的矿物与山下的不同；与矿坑中的也不同。马丁想要把这些样品送到一个美国朋友那儿去分析化验，我不知道最后他是否真的这样做了，他们美国人做事是从来不张扬的……

"我们就这样干了许久，但是并没有干出结果。马丁无论如何也要找个人来把事情说明白，他耐心地等着。他说等这个人来到的时候，我们就上山去，因为那儿肯定有铀和绿宝石。肯定是这样，绝不会有错！您看，如果不是由于库维略斯的死马丁受到追捕的话，我们肯定就会变成大富翁了，因为那座山上肯定有宝藏。"

第二十章

恰恰就在桑切斯组织远征的时候，马丁和维森特被从监狱中提出来押解到了弗洛伦西亚的第二刑庭。在那儿，4月14日，也就是他们被逮捕的28天之后，法庭的代表通知他们，没有发现继续监禁他们的证据，因此，在他们每人交纳200比索（当时约9个美元）的保证金后，对他们宣布无罪释放。

豪尔赫·桑切斯："我们在营地周围勘察，没有发现更多的东西。到了该考虑打道回府的时候了，但是大家都想带点东西走。那儿有很多工具，很多扔掉不要的东西。根据热带雨林法，在山上或在河中的东西，谁找到归谁。这时我们需要组织一下，需要分清哪些东西归谁。

"由于我们发现的东西都很有价值，运走它们我们的船就装不下了，因此我们需要把一条船加大。我们找到一把大锯，交给两个人要他们去找一棵适合砍伐的树，锯出一些木板来。我们沿着一条小路寻找，那时我发现了一件从前没有注意的事情：很可能是这样，营地里那个死者在他死亡前的最后几天里，曾经手拿一把刀在棚屋周围的小道上走来走去，他在树干上用刀刻出一颗颗心脏，然后在上边刻进一个×;他还在另外的一些树干上刻出人的形象,并且肯定又用刀戳了它,因为树干上留下了不少刀尖扎出的坑。还有一些树干上,他刻出两个大写的'MM',也用刀去扎了它们,大概那两个'M'字母代表着点什么,或者恨的什么人,他想杀死的人。这一切我都照了相,因为我觉得很奇怪。比如说,他在树干上刻出一个人,又在人的对面刻出一把左轮手枪瞄准他。这一切使我明白,那个人想杀人。在我看来,他死时已经发疯,或者已经处于昏迷状态。因为,您看,在那骷髅的旁边,我发现了有一口装满雨水的锅,锅上长满了一层苔藓。我想死者在他的最后时刻是感到渴,他想喝水,但又不能动。

"好啦,我们要用木板把一条船加大。我们找到了几棵橡胶树,用胶汁把木板粘接在船上,再用绳子或藤条将它们捆牢。开始装船了,印第安人装了50块锌皮,分量相当重。有一个人喜欢那个用钢皮裹着的箱子,这个诺亚方舟也被装了上去。工具、充气垫、绳索、装矿物样品的口袋,自然一样不落。我妻子喜欢那个冰箱,她也要带上。一个冰箱……天哪!我可以在城里给您买10个呀,可是不行,她说她就喜欢这一个。那么,您知道,女人比男人更厉害,结果我们也把冰箱装上船。这时候,我们还有15个人:我妻子奥蒂利娅、劳尔·洛梅林、何塞·罗德里戈斯、何塞·法哈多和我;另外就是印第安人:塞萨尔·古铁雷斯、雷多·谢拉、佩德罗·埃尔南德斯、佩德罗·桑多瓦尔、纳塔利西奥、亨蒂尔、爱德华多·塔尔加、奥克塔维奥·拉戈迪塔、阿纳斯塔西奥、费利奥、克里斯托瓦尔·普列托和福斯蒂诺……最后一个人的姓我不记得了。当时印第安人已经收获到153张皮子,有些皮子是很贵重的,我们把它们放进了冰箱里。

"船只十分沉重。我们逆水而上走了一天,打到了一只驼鹿,像吃宴会一般美美地饱餐了一顿，因为我们已几天没吃肉了。再往前走，我们遇到了一只大老虎，它从河岸上注视着我们。再往前走，我们就到了一条大河的河口，当地人称那些河为溪，实际上水流很急，我们船上的发动机开始出毛病了。费了整整一天的功夫，我想把它修好，但没有成功，因此我们只好开始划桨前进。我们行进得非常苦，非常慢，非常难。每天只能前进一莱瓜，也就是4.5公里。

"我们的船继续往前开进。又走了一段，我们看到岸上有一个汽油桶，那是有人扔在那儿的。再往前走，又看到一个。又往前走了一会，这次发现了一个发动机。连接机器和推进器的绳子已经断了，有人曾企图用藤条将它修好。由于没有成功，他们就把它扔在了河岸上，上面盖了块油布。看到机器状况良好，我们就把它搬上了船。我们继续前进，加上这台发动机的重量，我们的行进更加困难了。我们估算了一下，这般沉重的船只，如果是顺水而下，它一天的行程就可以等于逆水而上四天的行程。

"几天过去了，食品几近吃空，猎物也快没有了。太阳已渐渐没有那么炎热，我们终于离开了亚利河。两个星期之后，我们也通过了卡穆亚河，又进入了热带雨林。我们找到了一条小路，在那儿休息了三天，我们太累了，也都饿瘦了。我们离开了船只，开始把我们装载的东西全部卸下来，然后用肩膀抬着穿过雨林，搬运到另一条通向我们家乡的河流。搬运工作整整持续了八天，干得很苦，尤其是搬运冰箱，特别的困难。为了搬运冰箱我指定了两个大汉专门走在前边开出一条宽宽的路，他们的任务是砍掉树枝和荆棘杂草，以便不让它们把冰箱卡住。

"我们把冰箱用藤条捆在两根长棍上，尽管那长棍我们尽量打磨光,但它上边的一些疙瘩还是把四个抬冰箱的印第安人的肩膀压得生疼。他们四个人分成两班,每班抬四个小时。但是,抬着走了第一天之后,他们就开始抱怨,打算不干了,因为他们的肩膀被压出了血,我劝奥蒂利娅把冰箱扔在那儿,可她不干,她坚决要把冰箱运到多斯·里奥斯去。我们没有办法。她不但不想扔掉,反而要求在冰箱上边盖上两条放了气的充气垫保护它,我们也只好照办了。由于劳累,我们的前进一天比一天慢。抬冰箱的人很少,因为大多数人都要搬运其他的东西。不过,那些要锌皮的人由于累得忍受不了,开始把它们往路上扔了。开头是扔一块,以后是扔两块,再后来就是扔五块。他们一块接一块地把锌皮扔掉,大自然开始回收它的东西了。

"要箱子的人仍旧把箱子背在背上,他们的背部也磨破了皮,流出了血,但是他们舍不得把箱子扔在雨林中。

"前进了一段之后,抬冰箱的人又开始抗议了。我们费了三个小时的口舌说服他们,让他们继续抬冰箱。我把我应得的皮子的一部分送给他们,他们最后才勉强答应下来。要大锯的人后来把它也扔了,扛矿物样品包的人也照此办理。可是我返回去,用一个小瓶子装了含矿物的沙子,然后又赶上他们。

"那是我们第三次在那条小路上扎营睡觉了。我们已记不清日子,也不知道我们这次冒险经历了多长时间,反正就那么一天,大约在清晨5点钟,我们被印第安人一阵乱哄哄的吵嚷声惊醒了。我看到他们一边奔跑一边喊叫,我从吊床上跳下来,一手拿着手枪,一手提着卡宾枪;奥蒂利娅手里也拿着手枪。但是我们弄不明白发生了什么事。他们有的人四散逃跑,有的人往大树上爬,有的人往水里跳。我们也不知道自己该怎么办,于是只好学着他们干,跑出去往树上爬。

'到底发生了什么事呀？'原来是一群山猪（这种动物凶残至极）过来了，我估计有1500—1700头。您看，它们哼叫着，嘴里流着口水，像一片黑云似地扑过来。这些动物走过哪儿，就把哪儿的看到的东西全部糟蹋掉，吞噬掉，它们像一阵暴风雨似地从我们的营地穿过去了，把我们所剩的东西全都踩了个稀巴烂，只留下了冰箱。是的，它们没有碰冰箱，的的确确没有碰冰箱。

"我们在树上放眼望去，只见黑压压的山猪群过呀，过呀，好像永远也过不完。在我们跳起来往树上爬的时候，我们把手中的武器都扔下了，因为我们明白这一时刻它们毫无用处。而我们一到了树上，却开始感到悲哀起来，我们饿着肚子，这种动物的肉又十分的美味可口，然而我们却一筹莫展，眼睁睁地看着它们在我们身边过去，看着它们渐去渐远。我唯一留下来的是一把手枪，但是，坦白地说，我无法射击，因为我的双臂都挂在树杈上，如果松开一只就会从树上掉下来，而这些动物是极其凶猛的，即使老虎被它们赶上，它们都会把它杀死吃掉。它们简直如爆炸物一般让人害怕。

"我们又走了三天，但是，一天比一天走得更慢。第一天的早上，一箱工具被扔在了雨林的树下，接着，到了中午，第二箱工具也扔掉了。第二天还扔掉了我们在河边捡到的那台发动机，第三天上午扔掉了我们那台散了架的发动机。之后又扔掉了一盏灯。走过的路上，到处留下了我们扔下的东西，好似森林在说：'这是我的东西，你们把它还给我吧。'但是冰箱没有扔掉，它仍旧和着抬它的两个人肩膀的节奏摇晃着前进。抬冰箱者的脚下已开始打滑，每走一二百米就要停下来歇一歇。治疗肩上伤口的药已经用完了，他们再也不想干了。'我们还有一天,就差一天了。马上我们就到马黑尼亚河源头了,再努点力吧。'我对他们说。我们停下来寻找药用植物,做成药膏糊在他们的肩膀上,他们的肩膀已经磨得烂糊糊的,几乎要感染了。又换了两个人,又走了200米。我们之间的关系很紧张,但我们继续前进。属于我的皮子我全部送给了他们,后来我只好一遍遍苦苦地求他们抬着冰箱前进。有一些人扔掉东西后得到了休息,他们答应帮助我。我们继续前进,也继续扔东西,直到最后一天我们互相看了看,除了冰箱和武器外,大家都已是两手空空,什么也没有了。一切都留在那片热带雨林中了,但是我们终于到达了马黑尼亚河的源头。

"在这种时刻,我们能到河对岸的希望很小。大家心情忧伤,疲惫不堪,没有药物。还在山上的时候大家就开始绝望了,因为当一个人进入热带雨林很久的时候就会面临这类问题,开始一种集体的疯狂,那时必须善于驾驭形势,因为人们会有一种疯狂的行动,或制造一场悲剧。举例说,我们15个人聚在一起,我们感到有一个人过来了,大家互相观望着,都听到有人过来了,可结果连个人影儿也没看到。也有的时候,我们听到有人在用斧头砍树,一个人问他旁边的同伴:'您听到斧头砍树的声音了吗?''是的,听到了。'他回答说。接着又听到人说话的声音:'您听到有人在说话吗?''是的,豪尔赫,我听到了。'可是,压根儿没有那么回事,没有一个人出现。若是一个人单独待在雨林中就好说了,可我们是15个人,15个人多次听到同样的声音。于是人们就开始紧张了,就感到要发疯了。这是在热带雨林中产生的一种绝望情绪,是一种看不到任何人,见不到任何东西的绝望。这是一种十分严重的情况,因为到这时候,大家都感到焦躁不安,这些人不相信那一些人,那些人不相信另一些人,同伴之间的友情没有了。而恰恰是这种友情，在这种关键时刻是使大家得救的决定性因素。

"在马黑尼亚河岸上，我们找到了四个月前我们丢弃的大船，但它们已经腐烂了。我们没有工具打造新船，可我们需要沿马黑尼亚而下找到阿哈胡河，从那儿到达多斯·里奥斯，这大概需要两个星期的时间。所以我们利用留下的砍刀从一棵参天大树上往下砍木料，砍倒那棵树我们用了六天的时间。到第十天头上，木料全部切割好了。我们花了一天的时间尽量把船修好。我们在深山中找到了一棵橡胶树，先是用胶汁把木板补贴在船只的破损处，将孔洞和裂缝堵死，然后又用藤条将船只捆牢。冰箱首先要被搬上船，直到这时，它还是得救了。

"冰箱搬上船后，我们也登船准备启程，但船进水还是很严重，我们只好又跳上岸。我们又取来一些胶汁，并且把剩下的衣服撕破。我们的裤子下半部已经完全被撕破了，只是几块布片片儿盖着小腿。我们把衬衣撕破，用那些已经糟了的布片片儿沾上胶汁去堵塞船窟窿。这项工作又费了我们一天的时间。第二天清晨我们启程了，但刚到中午河里的水位就开始降低，而且越来越低，结果我们行船也就越来越困难，因为船的龙骨已经拖在河底的污泥中了。那时，我们只好从船上下人。先是下了两个，接着是三个，再后来是10个……12个。他们从船上下来，淌着水在河中走，并且还要推船，但是我们终于消耗得没有一点力气了，我们彻底垮了，从头到脚都是泥巴，变成了泥人儿。但是我们必须在那儿坚持下去，因为坦白地说，我们已没有力气进入雨林，于是我们便准备在岸上徒步继续前进。

"我们在那个地方等了两天两夜，水位没有上涨。那时我们便开始用棍棒、杂草、泥巴在两岸之间垒起一道堤坝挡水。我们使水位上升了10厘米，15厘米，直至20厘米，这样我们的船又往前开行了几公尺……我们就这样一点点地前进。有时河水少了，我们就从船上下来推着船前进。搁了浅以后就再垒一道堤坝，再往前漂几米。就这样翻来覆去地折腾，到了第五天头上大家都病了，如果不是互相搀扶着，谁也不能走路了。可天无绝人之路，就在这时，老天爷下起了大雨，而且是瓢泼大雨，河水上涨了，船可以滑动了，而且是不停地往前滑动。我们不禁大笑起来，说些语无伦次的话。我们产生了幻觉，我们发疯了，甚至船都要翻沉，冰箱都要被河水冲走了，我们还没有意识到。但是，我们还是动手不停地从船里往外淘水，并且一齐大声喊叫，像是要把一种痛苦畅畅快快地发泄出来。我们没有让船翻沉，而是继续往前航行，天黑时也没有靠岸。第二天黎明时分，我们就要进入阿哈胡河了。那是一条很宽的大河，水量丰富，而且水流湍急。一进入那条波涛滚滚的大河，我们的船只就吱吱嘎嘎地响个不停，船舱中也进满了水，我们连续不断地淘了两个小时的水后才得以靠岸。休息了一阵之后，我们又继续航行。实际上，此时我们的身上已是一丝不挂，而且瘦骨嶙峋，但是我们终于脱离了险境，冰箱得救了，我们大家也都得救了。我以为到这时我们的厄运已结束了，或者像我们在这儿对您说得那样，亚利河马兰杜阿草带来的不吉之兆没有了。"

尾声

这一年的6月就要结束了。猎人卡洛斯·卢恩加和他的三个儿子沿亚利河面上去寻找一群水狸,走到离最后一道瀑布不远的地方,在一个河套处,他们在沿右岸下行的时候,发现了一具被扔在一小河滩上的人的骷髅。"那骷髅已被太阳晒焦了,我们不想动他,我的一个叫罗伯托的儿子给他照了几张相。我们打完猎之后,就沿河而下赶到阿拉拉瓜拉,把事情报告了当局。"猎人说。

"当局反应如何?"

"听了我们的报告,桑坦德港的视察员当即回答我们说,出于两种原因他对那件事丝毫不感兴趣。第一,他没有汽油可以开车活动,因为没有给他汽油;第二,即使他有汽油他也不想工作,因为政府已经四个月没有付他工资了,因此,他也就没有义务干事。但愿全世界的人都死了吧。"

看上去,那遗骨似乎是埃内斯特·斯里姆·鲍威尔。他是物理学家、音乐家、石油钻井专家、数学家、翻译和热带雨林向导,但是没有人能够证实。那具骷髅就这样留在河滩上,第二年冬天就被河水冲走了。

在亚利河发现的骸骨

7月19日,法官交给了安娜·胡迪特和费里克斯·库维略斯一个小口袋,口袋里装着他们的弟弟本哈明的遗骨。这些遗骨当天被埋葬在弗洛伦西亚,但是我从未找到他的坟墓,也没有找到十字架或墓志铭。

我去公墓的那天下午,又一次听到对罗萨尔瓦的录音采访,下面的话语清晰地在我的脑海中回荡起来。

"……他跟所有的孩子告别,临行前一个个吻了他们,抚摩了他们。他非常爱这些孩子。出门时他对我说:'眼下的情况你们再忍受一阵吧,等我回来的时候,咱们的命运就要改变了,有好日子过了。'"